D1559090

Lo mejor de Ernesto Sabato

Seix Barral

Lo mejor de Ernesto Sabato

Selección, prólogo y comentarios del autor

Obra editada en colaboración con Editorial Seix Barral – España

Diseño original de la colección: Josep Bagà Associats

© 2011, Herederos de Ernesto Sabato
c/o Guillermo Schavelzon, Agencia literaria

Derechos exclusivos de edición en español reservados para todo
el mundo:
© 2011, Editorial Seix Barral, S.A. – Barcelona, España

© 2011, Editorial Planeta Mexicana, S.A. de C.V.
Bajo el sello editorial SEIX BARRAL M.R.
Avenida Presidente Masarik núm. 111, 2o. piso
Colonia Chapultepec Morales
C.P. 11570 México, D.F.
www.editorialplaneta.com.mx

Primera edición impresa en España en Seix Barral: abril de 1989
Primera edición en esta presentación: junio de 2011
ISBN: 978-84-322-0948-2

Primera edición impresa en México en esta presentación: junio de 2011
ISBN: 978-607-07-0818-3

También disponible en e-book

Impreso en los talleres de Litográfica Ingramex, S.A. de C.V.
Centeno núm. 162, colonia Granjas Esmeralda, México, D.F.
Impreso en México – *Printed in Mexico*

NOTA EDITORIAL

En 1989 Ernesto Sabato reunió para Seix Barral lo que él juzgaba «lo mejor» de su obra. Tal selección incluye fragmentos de las novelas *El túnel*, *Sobre héroes y tumbas* y *Abaddón el exterminador* y de los ensayos *El escritor y sus fantasmas* y *Apologías y rechazos*, y es, por su misma naturaleza, un volumen insustituible. Sólo el propio Sabato podía operar con tal libertad y tan seguro criterio en la selección de los materiales y en su presentación: «He intentado —nos dice Sabato— en el caso de las novelas, no dar fragmentos sueltos, sino acompañados de contextos que aseguran un mínimo de significado.» Así, Sabato configuró para esta antología un microcosmos de toda su creación que intencionadamente se cierra con un conciso, profundo y emotivo homenaje a Borges después de su muerte.

Tratar de extender esta selección a los libros publicados por Sabato posteriormente sería desnaturalizarla: nadie podría reemplazar el criterio de Sabato respecto a títulos tan unitarios como *Antes del fin* y *La resistencia*, o tan variado como *España en los diarios de mi vejez*. Tal como está, *Lo mejor de Ernesto Sabato* tiene entidad propia, reúne con creces una representación de todos los libros que cimentaron la fama de su autor y constituye una creación autónoma, siendo así uno de sus títulos más reveladores y posiblemente su autorretrato más significativo.

Nos hemos permitido añadir, a modo de apéndice, el prólogo escrito para el volumen *Nunca más* (también conocido como «Informe Sabato»), que abría en 1984 la compilación de las conclusiones de la comisión que investigó los crímenes contra la humanidad cometidos por las juntas militares en Argentina entre 1976 y 1983, y que, presidida por Ernesto Sabato, fue creada a poco de hacerse cargo del gobierno Raúl Alfonsín. La extraordinaria trascendencia cívica y moral de este texto, de enorme resonancia en su momento, justifica sobradamente su inclusión aquí, pese a que Sabato —probablemente en parte por modestia y en parte por la entonces muy dolorosa cercanía de los hechos— no lo había incluido. Sea por tanto la recuperación de este texto impresionante lo que complete nuestro homenaje a este autor que —para emplear un adjetivo muy de su gusto y que a él puede aplicarse con toda justicia— podemos calificar de insobornable. *Lo mejor de Ernesto Sabato* es un libro fundamental, un libro extraordinario.

ALGUNAS CAVILACIONES

Desde que mi admirado Pere Gimferrer me pidió esta antología, como en otras ocasiones similares, me acometieron dudas casi insuperables; y sólo ante su insistente reclamo me decidí a hacer esta selección. Cada crítico y hasta cada lector encontrará motivos valederos para reconvenirme. Pero ni ellos ni yo debemos malhumorarnos por tan poca cosa: el tiempo se encargará de realizar la verdadera y justa antología, si es que no concluye olvidando la obra entera entre montañas de polvo.

Las dudas empezaron desde el título general de la serie. ¿Qué es «lo mejor»? Pedro Henríquez Ureña ironizaba acerca de títulos como Las cien mejores poesías de la lengua castellana, *y proponía en su lugar denominaciones más cautelosas y divertidas. Cada vez que conversábamos sobre esto, recordaba yo la inacabable disputa sobre el carácter absoluto de los valores estéticos. Sin entrar en análisis sutilísimos, bastaba mencionar el relativismo que demoledoramente manifiestan los hechos, como cuando un genio como Lope afirma que el* Quijote *es lo peor que leyó en su vida, o como cuando André Gide arroja al canasto los originales de un desconocido llamado Marcel Proust; y ya desde el exa-*

men filosófico, bastaría pensar que los sistemas que demuestran la absolutidad de esos valores son aplastados por sistemas inversos que demuestran lo contrario.

¿Qué hacer, entonces? Ninguna de las actitudes ante una antología es indiscutible. Y si no lo es en el ilustre caso de toda la poesía castellana, ¿cómo lo ha de ser en nuestro precario caso personal? Hay todavía un agravante en un novelista, porque una parte de una ficción no tiene su cabal sentido y trascendencia sino en el contexto de la obra entera, que arroja sobre ese fragmento resplandores y sugestiones imprescindibles. Porque, como lo afirmó Aristóteles mucho antes del estructuralismo, el todo es anterior a las partes. Ante tales catastróficas perspectivas, he intentado, en el caso de las novelas, no dar fragmentos sueltos sino acompañados de contextos que aseguran un mínimo de significado. Lo que tampoco ha sido sencillo, porque escribí esas ficciones tumultuosamente y con sentimientos tan encontrados que me indujeron a quemar la mayor parte de lo que escribí.

De cualquier manera, es probable —es casi seguro— que muchos pensarán por qué he sido tan respetuoso en mi piromanía.

Ernesto Sabato

Santos Lugares, junio de 1988

EL TÚNEL

1948

¿Es El túnel *un relato autobiográfico?*

Ninguno de los episodios fundamentales de esa narración está meramente tomado de la vida real, empezando por el crimen: hasta hoy no he matado a nadie. Aunque las ganas no me han faltado. Y es probable que esas ganas expliquen en buena medida el crimen de Castel. Porque en un sentido más profundo, no hay novela que no sea autobiográfica, si en la vida de un hombre incluimos sus sueños y pesadillas. En tales condiciones ¿cómo puedo identificarme y cómo puedo no identificarme con Castel? Él representa un momento o aspecto de mi yo, en tanto que otro momento quizá esté representado por María. Castel expresa, me imagino, el lado adolescente y absolutista, María el lado maduro y relativizado. Y también Allende representa algo mío, y también Hunter.

Castel vive en una total e irremediable soledad, el encuentro con los otros le resulta imposible. ¿Se siente usted en una situación similar?

No. Él representa una situación extrema, cosa que a menudo sucede con los personajes novelescos de nuestro tiempo. Naturalmente, yo mismo he sentido en momentos de mi vida una incomunicación parecida, pero jamás hasta ese punto. La diferencia, además, entre un novelista y un loco es que el novelista puede ir hasta la locura y volver. Los locos no vuelven, ni son capaces de escribir una novela de locos. Una novela es un cosmos, un orden. Y el demente vive en el desorden total.

¿Qué se propuso con El túnel? *¿Es una descripción del problema de los celos, o un intento de describir el drama de la soledad y de la incomunicación?*

Mientras escribía esta narración, arrastrado por sentimientos confusos e impulsos no del todo conscientes, muchas veces me detuve perplejo a juzgar lo que estaba saliendo, tan distinto de lo que había previsto. Y, sobre todo, me intrigaba la creciente importancia que iban adquiriendo los celos y el problema de la posesión física. Mi idea inicial era la de escribir un cuento, el relato de un pintor que se volvía loco al no poder comunicarse con nadie, ni siquiera con la mujer que parecía haberlo entendido a través de su pintura. Pero al seguir el personaje me encontré con que se desviaba de este tema para «descender» a preocupaciones casi triviales de sexo, celos y crimen. Esa derivación no me agradó mucho y repetidas veces pensé en abandonar el relato que me alejaba tan decididamente de lo que me había propuesto. Más tarde comprendí la raíz del fenómeno: los seres humanos no pueden representar nunca las angustias metafísicas al estado de puras ideas, sino que lo hacen encarnándolas, oscureciéndolas con sus sentimientos y pasiones. Los seres carnales son esencialmente misteriosos y se mueven a impulsos imprevisibles, aun para el mismo escritor que sirve de *intermediario* entre ese singular mundo irreal pero verdadero de la ficción y el lector que sigue el drama. Las ideas metafísicas se convierten así en problemas psicológicos, la soledad metafísica se transforma en el aislamiento de un hombre concreto en una ciudad bien determinada, la desesperación metafísica se transforma en celos, y la novela o relato que estaba destinado a ilustrar aquel problema termina siendo el relato de una pasión y de un crimen. Castel trata de apoderarse de la realidad-mujer mediante el sexo. Empeño vano.

Usted narra el drama de ese pintor en primera persona. ¿Es un azar o es un punto de vista bien deliberado?

Vacilé mucho en la elección del punto de vista de la narración, problema siempre decisivo en el arte de la ficción, pues según la elección que se haga puede darse más intensidad y verdad al relato, o quitárselas hasta el punto de malograrlo. Hice varias pruebas fallidas. Hasta que tuve la sensación (no basta con pensarlo: hay que sentirlo) de que el proceso delirante que llevaría al crimen tendría más eficacia si estaba descrito por el propio protagonista, haciendo sufrir al lector un poco sus propias ansiedades y dudas, arrastrándolo finalmente con la «lógica» de su propio delirio hasta el asesinato de la mujer. Era la única técnica que permitía dar la sensación de la realidad externa que enloquecía a Castel, transmitiéndola al mismo lector, convirtiéndolo hasta cierto punto en un *alter ego* del pintor. Vista así la realidad externa desde la cabeza y el corazón del protagonista, desde su total subjetividad, tenía que aparecer como una imprecisa fantasmagoría que se escapa a menudo de entre nuestros dedos y razonamientos. ¡Y hay críticos que me reprocharon la imprecisión de ese mundo exterior, la ambigüedad y opacidad de los enigmáticos seres que se mueven en torno de Castel! Si ese reproche sería ya absurdo tratándose de un narrador normal y tranquilo, piénsese cuánto más disparatado resulta tratándose de un narrador delirante.

Tal como en la descripción fenomenológica, la novela de hoy rehúye la demostración y la explicación. Los personajes actúan y sólo sabemos de ellos lo que ellos mismos nos dicen, o lo que hacen y piensan (si está escrita, como en este caso, en primera persona). De modo que si nos colocamos en su yo, podemos descender hasta el fondo de su conciencia. Este descenso es un descenso al misterio primordial de la condición humana; y, dadas las características de esa condición, un descenso a su propio infierno. Allí se plantean inevitablemente los grandes dilemas: ¿por qué estamos hoy y aquí? ¿Qué hacemos, qué sentido tiene nuestro existir limitado y absurdo, en un insignificante rincón del espacio y del tiempo, rodeados por el infinito y la muerte? Hundidos en el precario rincón del universo que nos ha tocado en suerte, intentamos comunicarnos con otros fragmentos semejantes, pues la soledad de los espacios ilimitados nos aterra. A través de abismos insondables, tendemos temblorosos los puentes, nos transmitimos palabras sueltas y gritos significativos, gestos de esperanza o de desesperación. Y alguien como yo, un alma que siente y piensa y sufre como yo, alguien que también está pugnando por comunicarse, tratando de entender mis mensajes cifrados, también se arriesga a través de frágiles puentes o en tambaleantes embarcaciones a través del océano tumultuoso y oscuro.

¿Qué significado le da usted al crimen final?

Podría ser que al matar a su amante, Castel realiza un último intento de fijarla para la eternidad. Aunque también se me ha dicho que es un último y catastrófico intento de poseerla en forma absoluta; señalándoseme que la mata a cuchilladas en el vientre, no con revólver ni estrangulándola. Puede ser, es una hipótesis significativa. En todo caso, no vacilé un solo instante en el momento del crimen, no pensé en ningún otro medio que el del cuchillo. Yo escribí ese fragmento, creo, con la misma rapidez instintiva y hasta con la misma pasión con que Castel comete su crimen.

I

Bastará decir que soy Juan Pablo Castel, el pintor que mató a María Iribarne; supongo que el proceso está en el recuerdo de todos y que no se necesitan mayores explicaciones sobre mi persona.

Aunque ni el diablo sabe qué es lo que ha de recordar la gente, ni por qué. En realidad, siempre he pensado que no hay memoria colectiva, lo que quizá sea una forma de defensa de la especie humana. La frase «todo tiempo pasado fue mejor» no indica que antes sucedieran menos cosas malas, sino que —felizmente— la gente las echa en el olvido. Desde luego, semejante frase no tiene validez universal; yo, por ejemplo, me caracterizo por recordar preferentemente los hechos malos y, así, casi podría decir que «todo tiempo pasado fue peor», si no fuera porque el presente me parece tan horrible como el pasado; recuerdo tantas calamidades, tantos rostros cínicos y crueles, tantas malas acciones, que la memoria es para mí como la temerosa luz que alumbra un sórdido museo de la vergüenza. ¡Cuántas veces he quedado aplastado durante horas, en un rincón oscuro del taller, después de leer una noticia en la sección policial! Pero la verdad es que no siempre lo más vergonzoso de la raza humana aparece allí; hasta cierto punto, los criminales son gente más limpia, más inofensiva; esta afirmación no la hago porque yo mismo haya matado a un ser humano: es una honesta y profunda convicción. ¿Un individuo es pernicioso? Pues se lo liquida y se acabó. Eso es lo que yo llamo una *buena acción*. Piensen cuánto peor es para la sociedad que ese individuo siga destilando su veneno y que en vez de eliminarlo se quiera contrarrestar su acción recurriendo a anónimos, maledicencia y otras bajezas semejantes. En lo que a mí se refiere, debo confesar que ahora lamento no haber aprovechado mejor el tiempo de mi libertad, liquidando a seis o siete tipos que conozco.

Que el mundo es horrible, es una verdad que no necesita demostración. Bastaría un hecho para probarlo, en todo caso: en un campo de concentración un ex pianista se quejó de hambre y entonces lo obligaron a comerse una rata, *pero viva*.

No es de eso, sin embargo, de lo que quiero hablar ahora; ya diré más adelante, si hay ocasión, algo más sobre este asunto de la rata.

II

Como decía, me llamo Juan Pablo Castel. Podrán preguntarse qué me mueve a escribir la historia de mi crimen (no sé si ya dije que voy a relatar mi crimen) y, sobre todo, a buscar un editor. Conozco bastante bien el alma humana para prever que pensarán en la vanidad. Piensen lo que quieran: me importa un bledo; hace rato que me importan un bledo la opinión y la justicia de los hombres. Supongan, pues, que publico esta historia por vanidad. A fin de cuentas estoy hecho de carne, huesos, pelo y uñas como cualquier otro hombre y me parecería muy injusto que exigiesen de mí, precisamente de mí, cualidades especiales; uno se cree a veces un superhombre, hasta que advierte que también es mezquino, sucio y pérfido. De la vanidad no digo nada: creo que nadie está desprovisto de este notable motor del Progreso Humano. Me hacen reír esos señores que salen con la modestia de Einstein o gente por el estilo; respuesta: *es fácil ser modesto cuando se es célebre*; quiero decir *parecer modesto*. Aun cuando se imagina que no existe en absoluto, se la descubre de pronto en su forma más sutil: la vanidad de la modestia. ¡Cuántas veces tropezamos con esa clase de individuos! Hasta un hombre, real o simbólico, como Cristo, pronunció palabras sugeridas por la vanidad o al menos por la soberbia. ¿Qué decir de Léon Bloy, que se defendía de la acusación de soberbia argumentando que se había pasado la vida sirviendo a individuos que no le llegaban a las rodillas? La vanidad se encuentra en los lugares más inesperados: al lado de la bondad, de la abnegación, de la generosidad. Cuando yo era chico y me desesperaba ante la idea de que mi madre debía morirse un día (con los años se llega a saber que la muerte no sólo es soportable sino hasta reconfortante), no imaginaba que mi madre pudiese tener defectos. Ahora que no existe, debo decir que fue tan buena como puede llegar a serlo un ser humano. Pero recuerdo, en sus últimos años, cuando yo era un hombre, cómo al comienzo me dolía descubrir debajo de sus mejores acciones un sutilísimo ingrediente de vanidad o de orgullo. Algo mucho más demostrativo me sucedió a mí mismo cuando la operaron de cáncer. Para llegar a tiempo tuve que viajar dos días enteros sin dormir. Cuando llegué al lado de su cama, su rostro de cadáver logró sonreírme levemente, con ternura, y murmuró unas palabras para compadecerme (¡ella se compadecía de mi cansancio!). Y yo sentí dentro de mí, oscuramente, el vanidoso orgullo de haber acudido tan pronto. Confieso este secreto para que vean hasta qué punto no me creo mejor que los demás.

Sin embargo, no relato esta historia por vanidad. Quizá estaría dispuesto a aceptar que hay algo de orgullo o de soberbia. Pero ¿por qué esa manía de querer encontrar explicación a todos los actos de la vida? Cuando comencé este relato estaba firmemente decidido a no dar explicaciones de ninguna especie. Tenía ganas de contar la historia de mi crimen, y se acabó: al que no le gustara, que no la leyese. Aunque no lo creo, porque precisamente esa gente que siempre anda detrás de las explicaciones es la más curiosa y pienso que ninguno de ellos se perderá la oportunidad de leer la historia de un crimen hasta el final.

Podría reservarme los motivos que me movieron a escribir estas páginas de confesión; pero como no tengo interés en pasar por excéntrico, diré la verdad, que de todos modos es bastante simple: pensé que podrían ser leídas por mucha gente, ya que ahora soy célebre; y aunque no me hago muchas ilusiones acerca de la humanidad en general y de los lectores de estas páginas en particular, me anima la débil esperanza de que alguna persona llegue a entenderme. Aunque sea una sola persona.

«¿Por qué —se podrá preguntar alguien— apenas una débil esperanza si el manuscrito ha de ser leído por tantas personas?» Éste es el género de preguntas que considero inútiles. Y no obstante hay que preverlas, porque la gente hace constantemente preguntas inútiles, preguntas que el análisis más superficial revela innecesarias. Puedo hablar hasta el cansancio y a gritos delante de una asamblea de cien mil rusos: nadie me entendería. ¿Se dan cuenta de lo que quiero decir?

Existió una persona que podría entenderme. *Pero fue, precisamente, la persona que maté.*

IX

Al otro día, temprano, estaba ya parado frente a la puerta de entrada de las oficinas de T. Entraron todos los empleados, pero ella no apareció: era claro que no trabajaba allí, aunque restaba la débil hipótesis de que hubiera enfermado y no fuese a la oficina por varios días.

Quedaba, además, la posibilidad de la gestión, de manera que decidí esperar toda la mañana en el café de la esquina.

Había ya perdido toda esperanza (serían alrededor de las once y media) cuando la vi salir de la boca del subterráneo. Terriblemente agitado, me levanté de un salto y fui a su encuentro. Cuando ella me vio, se detuvo como si de pronto se hubiera convertido en piedra: era evidente que no contaba con semejante aparición. Era curioso, pero la sensación de que mi mente había trabajado con un rigor férreo me daba una energía inusitada: me sentía fuerte, estaba poseído por una decisión viril y dispuesto a todo. Tanto que la tomé de un brazo casi con brutalidad y, sin decir una sola palabra, la arrastré por la calle San Martín en dirección a la plaza. Parecía desprovista de voluntad; no dijo una sola palabra.

Cuando habíamos caminado unas dos cuadras, me preguntó:

—¿Adónde me lleva?

—A la plaza San Martín. Tengo mucho que hablar

con usted —le respondí, mientras seguía caminando con decisión, siempre arrastrándola del brazo.

Murmuró algo referente a las oficinas de T., pero yo seguí arrastrándola y no oí nada de lo que me decía.

Agregué:

—Tengo muchas cosas que hablar con usted.

No ofrecía resistencia: yo me sentía como un río crecido que arrastra una rama. Llegamos a la plaza y busqué un banco aislado.

—¿Por qué huyó? —fue lo primero que le pregunté.

Me miró con esa expresión que yo había notado el día anterior, cuando me dijo «la recuerdo constantemente»: era una mirada extraña, fija, penetrante, parecía venir de atrás; esa mirada me recordaba algo, unos ojos parecidos, pero no podía recordar dónde los había visto.

—No sé —respondió finalmente—. También querría huir ahora.

Le apreté el brazo.

—Prométame que no se irá nunca más. La necesito, la necesito mucho —le dije.

Volvió a mirarme como si me escrutara, pero no hizo ningún comentario. Después fijó sus ojos en un árbol lejano.

De perfil no me recordaba nada. Su rostro era hermoso pero tenía algo duro. El pelo era largo y castaño. Físicamente, no aparentaba mucho más de veintiséis años, pero existía en ella algo que sugería edad, algo típico de una persona que ha vivido mucho; no canas ni ninguno de esos indicios puramente materiales, sino algo indefinido y seguramente de orden espiritual; quizá la mirada, pero ¿hasta qué punto se puede decir que la mirada de un ser humano es algo físico?; quizá la manera de apretar la boca, pues, aunque la boca y los labios son elementos físicos, la manera de apretarlos y ciertas arrugas son también elementos espirituales. No pude precisar en aquel momento, ni tampoco podría precisarlo ahora, qué era, en definitiva, lo que daba esa impresión de edad. Pienso que también podría ser el modo de hablar.

—Necesito mucho de usted —repetí.

No respondió: seguía mirando el árbol.

—¿Por qué no habla? —le pregunté.

Sin dejar de mirar el árbol, contestó:

—Yo no soy nadie. Usted es un gran artista. No veo para qué me puede necesitar.

Le grité brutalmente:

—¡Le digo que la necesito! ¿Me entiende?

Siempre mirando el árbol, musitó:

—¿Para qué?

No respondí en el instante. Dejé su brazo y quedé pensativo. ¿Para qué, en efecto? Hasta ese momento no me había hecho con claridad la pregunta y más bien había obedecido a una especie de instinto. Con una ramita comencé a trazar dibujos geométricos en la tierra.

—No sé —murmuré al cabo de un buen rato—. Todavía no lo sé.

Reflexionaba intensamente y con la ramita complicaba cada vez más los dibujos.

—Mi cabeza es un laberinto oscuro. A veces hay como relámpagos que iluminan algunos corredores. Nunca termino de saber por qué hago ciertas cosas. No, no es eso...

Me sentía bastante tonto: de ninguna manera era ésa mi forma de ser. Hice un gran esfuerzo mental: ¿acaso yo no razonaba? Por el contrario, mi cerebro estaba constantemente razonando como una máquina de calcular; por ejemplo, en esta misma historia ¿no me había pasado meses razonando y barajando hipótesis y clasificándolas? Y, en cierto modo, ¿no había encontrado a María al fin, gracias a mi capacidad lógica? Sentí que estaba cerca de la verdad, muy cerca, y tuve miedo de perderla: hice un enorme esfuerzo.

Grité:

—¡No es que no sepa razonar! Al contrario, razono siempre. Pero imagine usted un capitán que en cada instante fija matemáticamente su posición y sigue su ruta hacia el objetivo con un rigor implacable. Pero que *no sabe por qué va hacia ese objetivo,* ¿entiende?

Me miró un instante con perplejidad; luego volvió nuevamente a mirar el árbol.

—Siento que usted será algo esencial para lo que tengo que hacer, aunque todavía no me doy cuenta de la razón.

Volví a dibujar con la ramita y seguí haciendo un gran esfuerzo mental. Al cabo de un tiempo, agregué:

—Por lo pronto sé que es algo vinculado a la escena de la ventana: usted ha sido la única persona que le ha dado importancia.

—Yo no soy crítico de arte —murmuró.

Me enfurecí y grité:

—¡No me hable de esos cretinos!

Se dio vuelta sorprendida. Yo bajé entonces la voz y le expliqué por qué no creía en los críticos de arte: en fin, la teoría del bisturí y todo eso. Me escuchó siempre sin mirarme y cuando yo terminé comentó:

—Usted se queja, pero los críticos siempre lo han elogiado.

Me indigné.

—¡Peor para mí! ¿No comprende? Es una de las cosas que me han amargado y que me han hecho pensar que ando por el mal camino. Fíjese por ejemplo lo que ha pasado en este salón: ni uno solo de esos charlatanes se dio cuenta de la importancia de esa escena. Hubo una sola persona que le ha dado importancia: usted. Y usted no es un crítico. No, en realidad hay otra persona que le ha dado importancia, pero negativa: me lo ha reprochado, le tiene aprensión, casi asco. En cambio, usted...

Siempre mirando hacia adelante dijo, lentamente:

—¿Y no podría ser que yo tuviera la misma opinión?

—¿Qué opinión?

—La de esa persona.

La miré ansiosamente; pero su cara, de perfil, era inescrutable, con sus mandíbulas apretadas. Respondí con firmeza:

—Usted piensa como yo.

—¿Y qué es lo que piensa usted?

—No sé, tampoco podría responder a esa pregunta. Mejor podría decirle que usted *siente* como yo. Usted miraba aquella escena como la habría podido mirar yo en su lugar. No sé qué piensa y tampoco sé lo que pienso yo, pero sé que piensa como yo.

—¿Pero entonces usted no piensa sus cuadros?

—Antes los pensaba mucho, los construía como se construye una casa. Pero esa escena no: sentía que debía pintarla así, sin saber bien por qué. Y sigo sin saber. En realidad, no tiene nada que ver con el resto del cuadro y hasta creo que uno de esos idiotas me lo hizo notar. Estoy caminando a tientas, y necesito su ayuda porque sé que siente como yo.

—No sé exactamente lo que piensa usted.

Comenzaba a impacientarme. Le respondí secamente:

—¿No le digo que no sé lo que pienso? Si pudiera

decir con palabras claras lo que siento, sería casi como pensar claro. ¿No es cierto?

—Sí, es cierto.

Me callé un momento y pensé, tratando de ver claro. Después agregué:

—Podría decirse que toda mi obra anterior es más superficial.

—¿Qué obra anterior?

—La anterior a la ventana.

Me concentré nuevamente y luego dije:

—No, no es eso exactamente, no es eso. No es que fuera más superficial.

¿Qué era, verdaderamente? Nunca, hasta ese momento, me había puesto a pensar en este problema; ahora me daba cuenta hasta qué punto había pintado la escena de la ventana como un sonámbulo.

—No, no es que fuera más superficial —agregué, como hablando para mí mismo—. No sé, todo esto tiene algo que ver con la humanidad en general, ¿comprende? Recuerdo que días antes de pintarla había leído que en un campo de concentración alguien pidió de comer y lo obligaron a comerse una rata viva. A veces creo que nada tiene sentido. En un planeta minúsculo, que corre hacia la nada desde millones de años, nacemos en medio de dolores, crecemos, luchamos, nos enfermamos, sufrimos, hacemos sufrir, gritamos, morimos, mueren y otros están naciendo para volver a empezar la comedia inútil.

¿Sería eso, verdaderamente? Me quedé reflexionando en esa idea de la falta de sentido. ¿Toda nuestra vida sería una serie de gritos anónimos en un desierto de astros indiferentes?

Ella seguía en silencio.

—Esa escena de la playa me da miedo —agregué después de un largo rato—, aunque sé que es algo más profundo. No, más bien quiero decir que me representa más profundamente a *mí*... Eso es. No es un mensaje claro, todavía, no, pero me representa profundamente a *mí*.

Oí que ella decía:

—¿Un mensaje de desesperanza, quizá?

La miré ansiosamente:

—Sí —respondí—, me parece que un mensaje de desesperanza. ¿Ve cómo usted sentía como yo?

Después de un momento, preguntó:

—¿Y le parece elogiable un mensaje de desesperanza?

La observé con sorpresa.

—No —repuse—, me parece que no. ¿Y usted qué piensa?

Quedó un tiempo bastante largo sin responder; por fin volvió la cara y su mirada se clavó en mí.

—La palabra elogiable no tiene nada que hacer aquí —dijo, como contestando a su propia pregunta—. Lo que importa es la verdad.

—¿Y usted cree que esa escena es verdadera? —pregunté.

Casi con dureza, afirmó:

—Claro que es verdadera.

Miré ansiosamente su rostro duro, su mirada dura. «¿Por qué esa dureza?», me preguntaba, «¿por qué?» Quizá sintió mi ansiedad, mi necesidad de comunión, porque por un instante su mirada se ablandó y pareció ofrecerme un puente; pero sentí que era un puente transitorio y frágil colgado sobre un abismo. Con una voz también diferente, agregó:

—Pero no sé qué ganará con verme. Hago mal a todos los que se me acercan.

XV

En los días que precedieron a la llegada de su carta, mi pensamiento era como un explorador perdido en un paisaje neblinoso: acá y allá, con gran esfuerzo, lograba vislumbrar vagas siluetas de hombres y cosas, indecisos perfiles de peligros y abismos. La llegada de la carta fue como la salida del sol.

Pero este sol era un sol negro, un sol nocturno. No sé si se puede decir esto, pero aunque no soy escritor y aunque no estoy seguro de mi precisión, no retiraría la palabra nocturno; esta palabra era, quizá, la más apropiada para María, entre todas las que forman nuestro imperfecto lenguaje.

Ésta es la carta que me envió:

He pasado tres días extraños: el mar, la playa, los caminos me fueron trayendo recuerdos de otros tiempos. No sólo imágenes: también voces, gritos y largos silencios de otros días. Es curioso, pero vivir consiste en construir futuros recuerdos; ahora mismo, aquí frente al mar, sé que estoy preparando recuerdos minuciosos, que alguna vez me traerán la melancolía y la desesperanza.

El mar está ahí, permanente y rabioso. Mi llanto de entonces, inútil; también inútiles mis esperas en la playa solitaria, mirando tenazmente al mar. ¿Has adivinado y pintado este recuerdo mío o has pintado el recuerdo de muchos seres como vos y yo?

Pero ahora tu figura se interpone: estás entre el mar y yo. Mis ojos encuentran tus ojos. Estás quieto y un poco desconsolado, me mirás como pidiendo ayuda.

MARÍA

¡Cuánto la comprendía y qué maravillosos sentimientos crecieron en mí con esta carta! Hasta el hecho de tutearme de pronto me dio una certeza de que María era mía. Y solamente mía: «estás entre el mar y yo»; allí no existía otro, estábamos solos nosotros dos, como lo intuí desde el momento en que ella miró la escena de la ventana. En verdad ¿cómo podía no tutearme si nos conocíamos desde siempre, desde mil años atrás? Si cuando ella se detuvo frente a mi cuadro y miró aquella pequeña escena sin oír ni ver la multitud que nos rodeaba, ya era como si nos hubiésemos tuteado y en seguida supe cómo era y quién era, cómo yo la necesitaba y cómo, también, yo le era necesario.

¡Ah, y sin embargo te maté! ¡Y he sido yo quien te ha matado, yo, que veía como a través de un muro de vidrio, sin poder tocarlo, tu rostro mudo y ansioso! ¡Yo, tan estúpido, tan ciego, tan egoísta, tan cruel!

Basta de efusiones. Dije que relataría esta historia en forma escueta y así lo haré.

XVI

Amaba desesperadamente a María y no obstante la palabra *amor* no se había pronunciado entre nosotros. Esperé con ansiedad su retorno de la estancia para decírsela.

Pero ella no volvía. A medida que fueron pasando los días, creció en mí una especie de locura. Le escribí una segunda carta que simplemente decía: «¡Te quiero, María, te quiero, te quiero!»

A los dos días recibí, por fin, una respuesta que decía estas únicas palabras: «Tengo miedo de hacerte mucho mal.» Le contesté en el mismo instante: «No me importa lo que puedas hacerme. Si no pudiera amarte, me moriría. Cada segundo que paso sin verte es una interminable tortura.»

Pasaron días atroces, pero la contestación de María no llegó. Desesperado, escribí: «Estás pisoteando este amor.»

Al otro día, por teléfono, oí su voz, remota y temblorosa. Excepto la palabra *María*, pronunciada repetidamente, no atiné a decir nada, ni tampoco me habría sido posible: mi garganta estaba contraída de tal modo que no podía hablar distintamente. Ella me dijo:

—Vuelvo mañana a Buenos Aires. Te hablaré apenas llegue.

Al otro día, a la tarde, me habló desde su casa.

—Te quiero ver en seguida —dije.

—Sí, nos veremos hoy mismo —respondió.

—Te espero en la plaza San Martín —le dije.

María pareció vacilar. Luego respondió:

—Preferiría en la Recoleta. Estaré a las ocho.

¡Cómo esperé aquel momento, cómo caminé sin rumbo por las calles para que el tiempo pasara más rápido! ¡Qué ternura sentía en mi alma, qué hermosos me parecían el mundo, la tarde de verano, los chicos que jugaban en la vereda! Pienso ahora hasta qué punto el amor enceguece y qué mágico poder de transformación tiene. ¡La hermosura del mundo! ¡Si es para morirse de risa!

Habían pasado pocos minutos de las ocho cuando vi a María que se acercaba, buscándome en la oscuridad. Era ya muy tarde para ver su cara, pero reconocí su manera de caminar.

Nos sentamos. Le apreté un brazo y repetí su nombre insensatamente, muchas veces; no acertaba a decir otra cosa, mientras ella permanecía en silencio.

—¿Por qué te fuiste a la estancia? —pregunté por fin, con violencia—. ¿Por qué me dejaste solo? ¿Por qué dejaste esa carta en tu casa? ¿Por qué no me dijiste que eras casada?

Ella no respondía. Le estrujé el brazo. Gimió.

—Me hacés mal, Juan Pablo —dijo suavemente.

—¿Por qué no me decís nada? ¿Por qué no respondés?

No decía nada.

—¿Por qué? ¿Por qué?

Por fin respondió:

—¿Por qué todo ha de tener respuesta? No hablemos de mí: hablemos de vos, de tus trabajos, de tus preocupaciones. Pensé constantemente en tu pintura, en lo que me dijiste en la plaza San Martín. Quiero saber qué hacés ahora, qué pensás, si has pintado o no.

Le volví a estrujar el brazo con rabia.

—No —le respondí—. No es de mí que deseo hablar: deseo hablar de nosotros dos, necesito saber si me querés. Nada más que eso: saber si me querés.

No respondió. Desesperado por el silencio y por la oscuridad que no me permitía adivinar sus pensamientos a través de sus ojos, encendí un fósforo. Ella dio vuelta rápidamente la cara, escondiéndola. Le tomé la cara con mi otra mano y la obligué a mirarme: estaba llorando silenciosamente.

—Ah... entonces no me querés —dije con amargura.

Mientras el fósforo se apagaba vi, sin embargo, cómo me miraba con ternura. Luego, ya en plena oscuridad, sentí que su mano acariciaba mi cabeza. Me dijo suavemente:

—Claro que te quiero... ¿por qué hay que decir ciertas cosas?

—Sí —le respondí—, ¿pero cómo me querés? Hay

muchas maneras de querer. Se puede querer a un perro, a un chico. Yo quiero decir *amor, verdadero amor, ¿entendés?*

Tuve una rara intuición: encendí rápidamente otro fósforo. Tal como lo había intuido, el rostro de María sonreía. Es decir, ya no sonreía, pero había estado sonriendo un décimo de segundo antes. Me ha sucedido a veces darme vuelta de pronto con la sensación de que me espiaban, no encontrar a nadie y sin embargo sentir que la soledad que me rodeaba era reciente y que algo fugaz había desaparecido, como si un leve temblor quedara vibrando en el ambiente. Era algo así.

—Has estado sonriendo —dije con rabia.

—¿Sonriendo? —preguntó asombrada.

—Sí, sonriendo: a mí no se me engaña tan fácilmente. Me fijo mucho en los detalles.

—¿En qué detalles te has fijado? —preguntó.

—Quedaba algo en tu cara. Rastros de una sonrisa.

—¿Y de qué podía sonreír? —volvió a decir con dureza.

—De mi ingenuidad, de mi pregunta si me querías verdaderamente o como a un chico, qué se yo... Pero habías estado sonriendo. De eso no tengo ninguna duda.

María se levantó de golpe.

—¿Qué pasa? —pregunté asombrado.

—Me voy —repuso secamente.

Me levanté como un resorte.

—¿Cómo, que te vas?

—Sí, me voy.

—¿Cómo, que te vas? ¿Por qué?

No respondió. Casi la sacudí con los dos brazos.

—¿Por qué te vas?

—Temo que tampoco vos me entiendas.

Me dio rabia.

—¿Cómo? Te pregunto algo que para mí es cosa de vida o muerte, en vez de responderme sonreís y además te enojás. Claro que es para no entenderte.

—Imaginás que he sonreído —comentó con sequedad.

—Estoy seguro.

—Pues te equivocás. Y me duele infinitamente que hayas pensado eso.

No sabía qué pensar. En rigor, yo no había visto la sonrisa sino algo así como un rastro en una cara ya seria.

—No sé, María, perdoname —dije abatido—. Pero tuve la seguridad de que habías sonreído.

Me quedé en silencio; estaba muy abatido. Al rato sentí que su mano tomaba mi brazo con ternura. Oí en seguida su voz, ahora débil y dolorida:

—¿Pero cómo pudiste pensarlo?

—No sé, no sé —repuse casi llorando.

Me hizo sentar nuevamente y me acarició la cabeza como lo había hecho al comienzo.

—Te advertí que te haría mucho mal —me dijo al cabo de unos instantes de silencio—. Ya ves como tenía razón.

—Ha sido culpa mía —respondí.

—No, quizá ha sido culpa mía —comentó pensativamente, como si hablase consigo misma.

«Qué extraño», pensé.

—¿Qué es lo extraño? —preguntó María.

Me quedé asombrado y hasta pensé (muchos días después) que era capaz de leer los pensamientos. Hoy mismo no estoy seguro de que yo haya dicho aquellas palabras en voz alta, sin darme cuenta.

—¿Qué es lo extraño? —volvió a preguntarme, porque yo, en mi asombro, no había respondido.

—Qué extraño lo de tu edad.

—¿De mi edad?

—Sí, de tu edad. ¿Qué edad tenés?

Rió.

—¿Qué edad creés que tengo?

—Eso es precisamente lo extraño —respondí—. La primera vez que te vi me pareciste una muchacha de unos veintiséis años.

—¿Y ahora?

—No, no. Ya al comienzo estaba perplejo, porque algo no físico me hacía pensar...

—¿Qué te hacía pensar?

—Me hacía pensar en muchos años. A veces siento como si yo fuera un niño a tu lado.

—¿Qué edad tenés vos?

—Treinta y ocho años.

—Sos muy joven, realmente.

Me quedé perplejo. No porque creyera que mi edad fuese excesiva sino porque, a pesar de todo, yo debía de tener muchos más años que ella; porque, de cualquier modo, no era posible que tuviese más de veintiséis años.

—Muy joven —repitió, adivinando quizá mi asombro.

—Y vos, ¿qué edad tenés? —insistí.

—¿Qué importancia tiene eso? —respondió seriamente.

—¿Y por qué has preguntado mi edad? —dije, casi irritado.

—Esta conversación es absurda —replicó—. Todo esto es una tontería. Me asombra que te preocupés de cosas así.

¿Yo preocupándome de cosas así? ¿Nosotros teniendo semejante conversación? En verdad, ¿cómo podía pasar todo eso? Estaba tan perplejo que había olvidado la causa de la pregunta inicial. No, mejor dicho, no había *investigado* la causa de la pregunta inicial. Sólo en mi casa, horas después, llegué a darme cuenta del significado profundo de esta conversación aparentemente tan trivial.

XIX

Naturalmente, puesto que se había casado con Allende, era lógico pensar que alguna vez debió sentir algo por ese hombre. Debo decir que este problema, que podríamos llamar «el problema Allende», fue uno de los que más me obsesionaron. Eran varios los enigmas que quería dilucidar, pero sobre todo estos dos: ¿lo había querido en alguna oportunidad?, ¿lo quería todavía? Estas dos preguntas no se podían tomar en forma aislada: estaban vinculadas a otras: si no quería a Allende, ¿a quién quería? ¿A mí? ¿A Hunter? ¿A alguno de esos misteriosos personajes del teléfono? ¿O bien era posible que quisiera a distintos seres de manera diferente, como pasa en ciertos hombres? Pero también *era posible que no quisiera a nadie* y que sucesivamente nos dijese a cada uno de nosotros, pobres diablos, chiquilines, que éramos *el único* y que los demás eran simples sombras, seres con quienes mantenía una relación superficial o aparente.

Un día decidí aclarar el problema Allende. Comencé preguntándole por qué se había casado con él.

—Lo quería —me respondió.

—Entonces ahora no lo querés.

—Yo no he dicho que haya dejado de quererlo —respondió.

—Dijiste «lo quería». No dijiste «lo quiero».

—Hacés siempre cuestiones de palabras y retorcés

todo hasta lo increíble —protestó María—. Cuando dije que me había casado porque lo quería no quise decir que ahora no lo quiera.

—Ah, entonces lo querés a él —dije rápidamente, como queriendo encontrarla en falta respecto a declaraciones hechas en interrogatorios anteriores.

Calló. Parecía abatida.

—¿Por qué no respondés? —pregunté.

—Porque me parece inútil. Este diálogo lo hemos tenido muchas veces en forma casi idéntica.

—No, no es lo mismo que otras veces. Te he preguntado si ahora lo querés a Allende y me has dicho que sí. Me parece recordar que en otra oportunidad, en el puerto, me dijiste que yo era la primera persona que habías querido.

María volvió a quedar callada. Me irritaba en ella que no solamente era contradictoria sino que costaba un enorme esfuerzo sacarle una declaración cualquiera.

—¿Qué contestás a eso? —volví a interrogar.

—Hay muchas maneras de amar y de querer —respondió, cansada—. Te imaginarás que ahora no puedo seguir queriendo a Allende como hace años, cuando nos casamos, de la misma manera.

—¿De qué manera?

—¿Cómo de qué manera? Sabés lo que quiero decir.

—No sé nada.

—Te lo he dicho muchas veces.

—Lo has dicho, pero no lo has explicado nunca.

—¡Explicado! —exclamó con amargura—. Vos has dicho mil veces que hay muchas cosas que no admiten explicación y ahora me decís que explique algo tan complejo. Te he dicho mil veces que Allende es un gran compañero mío, que lo quiero como a un hermano, que lo cuido, que tengo una gran ternura por él, una gran admiración por la serenidad de su espíritu, que me parece muy superior a mí en todo sentido, que a su lado me siento un ser mezquino y culpable. ¿Cómo podés imaginar, pues, que no lo quiera?

—No soy yo el que ha dicho que no lo quieras. Vos misma me has dicho que ahora no es como cuando te casaste. Quizá debo concluir que cuando te casaste lo querías como decís que ahora me querés a mí. Por otro lado, hace unos días, en el puerto, me dijiste que yo era la primera persona a la que habías querido verdaderamente.

María me miró tristemente.

—Bueno, dejemos de lado esta contradicción —proseguí—. Pero volvamos a Allende. Decís que lo querés como a un hermano. Ahora necesito que me respondás a una sola pregunta: ¿te acostás con él?

María me miró con mayor tristeza. Estuvo un rato callada y al cabo me preguntó con voz muy dolorida:

—¿Es necesario que responda también a eso?

—Sí, es absolutamente necesario —le dije con dureza.

—Me parece horrible que me interrogués de este modo.

—Es muy sencillo: tenés que decir *sí* o *no*.

—La respuesta no es tan simple: se puede hacer y no hacer.

—Muy bien —concluí fríamente—. Eso quiere decir que sí.

—Muy bien: sí.

—Entonces lo deseás.

Hice esta afirmación mirando cuidadosamente sus ojos; la hacía con mala intención; era óptima para sacar una serie de conclusiones. No es que yo creyera que lo desease realmente (aunque también eso era posible dado el temperamento de María), sino que quería forzarle a aclarar eso de «cariño de hermano». María, tal como yo lo esperaba, tardó en responder. Seguramente, estuvo pensando las palabras. Al fin dijo:

—He dicho que me acuesto con él, no que lo desee.

—¡Ah! —exclamé triunfalmente—. ¡Eso quiere decir que lo hacés sin desearlo pero *haciéndole creer que lo deseás!*

María quedó demudada. Por su rostro comenzaron a caer lágrimas silenciosas. Su mirada era como de vidrio triturado.

—Yo no he dicho eso —murmuró lentamente.

—Porque es evidente —proseguí implacable— que si demostrases no sentir nada, no desearlo, si demostrases que la unión física es un sacrificio que hacés en honor a su cariño, a tu admiración por su espíritu superior, etcétera, Allende no volvería a acostarse jamás con vos. En otras palabras: el hecho de que siga haciéndolo demuestra que sos capaz de engañarlo no sólo acerca de tus sentimientos sino hasta de tus sensaciones. Y que sos capaz de una imitación perfecta del placer.

María lloraba en silencio y miraba hacia el suelo.

—Sos increíblemente cruel —pudo decir, al fin.

—Dejemos de lado las consideraciones de formas: me interesa el fondo. El fondo es que sos capaz de engañar a tu marido durante años, no sólo acerca de tus sentimientos sino también de tus sensaciones. La conclusión podría inferirla un aprendiz: ¿por qué no has de engañarme a mí también? Ahora comprenderás por qué muchas veces te he indagado la veracidad de tus sensaciones. Siempre recuerdo cómo el padre de Desdémona advirtió a Otelo que una mujer que había engañado al padre podía engañar a otro hombre. Y a mí nada me ha podido sacar de la cabeza este hecho: el que has estado engañando constantemente a Allende, durante años.

Por un instante, sentí el deseo de llevar la crueldad hasta el máximo y agregué, aunque me daba cuenta de su vulgaridad y torpeza:

—Engañando a un ciego.

XXVII

Pensaba quedarme varios días en la estancia pero sólo pasé una noche. Al día siguiente de mi llegada, apenas salió el sol, escapé a pie, con la valija y la caja. Esta actitud puede parecer una locura, pero se verá hasta qué punto estuvo justificada.

Apenas nos separamos de Hunter y Mimí, fuimos adentro, subimos a buscar las presuntas manchas y finalmente bajamos con mi caja de pinturas y una carpeta de dibujos, destinada a simular las manchas. Este truco fue ideado por María.

Los primos habían desaparecido, de todos modos. María comenzó entonces a sentirse de excelente humor, y cuando caminamos a través del parque, hacia la costa, tenía verdadero entusiasmo. Era una mujer diferente de la que yo había conocido hasta ese momento, en la tristeza de la ciudad: más activa, más vital. Me pareció, también, que aparecía en ella una sensualidad desconocida para mí, una sensualidad de los colores y olores: se entusiasmaba extrañamente (extrañamente para mí, que tengo una sensualidad introspectiva, casi de pura imaginación) con el color de un tronco, de una hoja seca, de un bichito cualquiera, con la fragancia del eucalipto mezclada al olor del mar. Y lejos de producirme alegría, me entristecía y desesperanzaba, porque intuía que esa forma de María me era casi totalmente ajena y que, en cambio, de algún modo debía pertenecer a Hunter o a algún otro.

La tristeza fue aumentando gradualmente; quizá también a causa del rumor de las olas, que se hacía a cada instante más perceptible. Cuando salimos del monte y apareció ante mis ojos el cielo de aquella costa, sentí que esa tristeza era ineludible; era la misma de siempre ante la belleza, o por lo menos ante cierto género de belleza. ¿Todos sienten así o es un defecto más de mi desgraciada condición?

Nos sentamos sobre las rocas y durante mucho tiempo estuvimos en silencio, oyendo el furioso batir de las olas abajo, sintiendo en nuestros rostros las partículas de espuma que a veces alcanzaban hasta lo alto del acantilado. El cielo, tormentoso, me hizo recordar el del Tintoretto en el salvamento del sarraceno.

—Cuántas veces —dijo María— soñé compartir con vos este mar y este cielo.

Después de un tiempo, agregó:

—A veces me parece como si esta escena la hubiéramos vivido siempre juntos. Cuando vi aquella mujer solitaria de tu ventana, sentí que eras como yo y que también buscabas ciegamente a alguien, una especie de interlocutor mudo. Desde aquel día pensé constantemente en vos, te soñé muchas veces acá, en este mismo lugar donde he pasado tantas horas de mi vida. Un día hasta pensé en buscarte y confesártelo. Pero tuve miedo de equivocarme, como me había equivocado una vez, y esperé que de algún modo fueras vos el que buscara. Pero yo te ayudaba intensamente, te llamaba cada noche, y llegué a estar tan segura de encontrarte que cuando sucedió, al pie de aquel absurdo ascensor, quedé paralizada de miedo y no pude decir nada más que una torpeza. Y cuando huiste, dolorido por lo que creías una equivocación, yo corrí detrás como una loca. Después vinieron aquellos instantes de la plaza San Martín, en que creías necesario explicarme cosas, mientras yo trataba de desorientarte, vacilando entre la ansiedad de perderte para siempre y el temor de hacerte mal. Trataba de desanimarte, sin embargo, de hacerte pensar que no entendía tus medias palabras, tu mensaje cifrado.

Yo no decía nada. Hermosos sentimientos y sombrías ideas daban vueltas en mi cabeza, mientras oía su voz, su maravillosa voz. Fui cayendo en una especie de encantamiento. La caída del sol iba encendiendo una fundición gigantesca entre las nubes del poniente. Sentí que ese momento mágico no se volvería a repetir *nunca*. «Nunca más, nunca más», pensé, mientras empecé a experimentar el vértigo del acantilado y a pensar qué fácil sería arrastrarla al abismo, conmigo.

Oí fragmentos: «Dios mío... muchas cosas en esta eternidad que estamos juntos... cosas horribles... no sólo somos este paisaje, sino pequeños seres de carne y huesos, llenos de fealdad, de insignificancia...»

El mar se había ido transformando en un oscuro monstruo. Pronto, la oscuridad fue total y el rumor de las olas allá abajo adquirió sombría atracción: ¡Pensar que era tan fácil! Ella decía que éramos seres llenos de fealdad e insignificancia; pero, aunque yo sabía hasta qué punto era yo mismo capaz de cosas innobles, me desolaba el pensamiento de que también ella podía serlo, que *seguramente* lo era. ¿Cómo? pensaba—, ¿con quiénes, cuándo? Y un sordo deseo de precipitarme sobre ella y destrozarla con las uñas y de apretar su cuello hasta ahogarla y arrojarla al mar iba creciendo en mí. De pronto oí otros fragmentos de frases: hablaba de un primo, Juan o algo así; habló de la infancia en el campo; me pareció oír algo de hechos «tormentosos y crueles», que habían pasado con ese otro primo. Me pareció que María me había estado haciendo una preciosa confesión y que yo, como un estúpido, la había perdido.

—¡Qué hechos, tormentosos y crueles! —grité.

Pero, extrañamente, no pareció oírme: también ella había caído en una especie de sopor, también ella parecía estar sola.

Pasó un largo tiempo, quizá media hora.

Después sentí que acariciaba mi cara, como lo había hecho en otros momentos parecidos. Yo no podía hablar. Como con mi madre cuando chico, puse la cabeza sobre su regazo y así quedamos un tiempo quieto, sin transcurso, hecho de infancia y de muerte.

¡Qué lástima que debajo hubiera hechos inexplicables y sospechosos! ¡Cómo deseaba equivocarme, cómo ansiaba que María no fuera más que ese momento! Pero era imposible: mientras oía los latidos de su corazón junto a mis oídos y mientras su mano acariciaba mis cabellos, sombríos pensamientos se movían en la oscuridad de mi cabeza, como en un sótano pantanoso; esperaban el momento de salir, chapoteando, gruñendo sordamente en el barro.

XXXVI

Fue una espera interminable. No sé cuánto tiempo pasó en los relojes, de ese tiempo anónimo y universal de los relojes, que es ajeno a nuestros sentimientos, a nuestros destinos, a la formación o al derrumbe de un amor, a la espera de una muerte. Pero de mi propio tiempo fue una cantidad inmensa y complicada, lleno de cosas y vueltas atrás, un río oscuro y tumultuoso a veces, y a veces extrañamente calmo y casi mar inmóvil y perpetuo donde María y yo estábamos frente a frente contemplándonos estáticamente, y otras veces volvía a ser río y nos arrastraba como en un sueño a tiempos de infancia y yo la veía correr desenfrenadamente en su caballo, con los cabellos al viento y los ojos alucinados, y yo me veía en mi pueblo del sur, en mi pieza de enfermo, con la cara pegada al vidrio de la ventana, mirando la nieve con ojos también alucinados. Y era como si los dos hubiéramos estado viviendo en pasadizos o túneles paralelos, sin saber que íbamos el uno al lado del otro, como almas semejantes en tiempos semejantes, para encontrarnos al fin de esos pasadizos, delante de una escena pintada por mí como clave destinada a ella sola, como un secreto anuncio de que ya estaba yo allí y que los pasadizos se habían por fin unido y que la hora del encuentro había llegado.

¡La hora del encuentro había llegado! Pero ¿realmente los pasadizos se habían unido y nuestras almas se habían comunicado? ¡Qué estúpida ilusión mía había sido todo esto! No, los pasadizos seguían paralelos como antes, aunque ahora el muro que los separaba fuera como un muro de vidrio y yo pudiese verla a María como una figura silenciosa e intocable... No, ni siquiera ese muro era siempre así: a veces volvía a ser de piedra negra y entonces yo no sabía qué pasaba del otro lado, qué era de ella en esos intervalos anónimos, qué extraños sucesos acontecían; y hasta pensaba que en esos momentos su rostro cambiaba y que una mueca de burla lo deformaba y que quizá había risas cruzadas con otro y que toda la historia de los pasadizos era una ridícula invención o

43

creencia mía y que *en todo caso había un solo túnel, oscuro y solitario: el mío, el túnel en que había transcurrido mi infancia, mi juventud, toda mi vida.* Y en uno de esos trozos transparentes del muro de piedra yo había visto a esta muchacha y había creído ingenuamente que venía por otro túnel paralelo al mío, cuando en realidad pertenecía al ancho mundo, al mundo sin límites de los que no viven en túneles; y quizá se había acercado por curiosidad a una de mis extrañas ventanas y había entrevisto el espectáculo de mi insalvable soledad, o le había intrigado el lenguaje mudo, la clave de mi cuadro. Y entonces, mientras yo avanzaba siempre por mi pasadizo, ella vivía afuera su vida normal, la vida agitada que llevan esas gentes que viven afuera, esa vida curiosa y absurda en que hay bailes y fiestas y alegría y frivolidad. Y a veces sucedía que cuando yo pasaba frente a una de mis ventanas ella estaba esperándome muda y ansiosa (¿por qué esperándome?, ¿y por qué muda y ansiosa?); pero a veces sucedía que ella no llegaba a tiempo o se olvidaba de este pobre ser encajonado, y entonces yo, con la cara apretada contra el muro de vidrio, la veía a lo lejos sonreír o bailar despreocupadamente o, lo que era peor, no la veía en absoluto y la imaginaba en lugares inaccesibles o torpes. Y entonces sentía que mi destino era infinitamente más solitario que lo que había imaginado.

SOBRE HÉROES Y TUMBAS

1961

Existe cierto tipo de ficciones mediante las cuales el autor intenta liberarse de una obsesión que no resulta clara ni para él mismo. Para bien y para mal, son las únicas que puedo escribir. Más, todavía, son las incomprensibles historias que me vi forzado a escribir desde que era un adolescente. Por ventura fui parco en su publicación, y recién en 1948 me decidí a publicar una de ellas: EL TÚNEL. *En los trece años que transcurrieron luego, seguí explorando ese oscuro laberinto que conduce al secreto central de nuestra vida. Una y otra vez traté de expresar el resultado de mis búsquedas, hasta que desalentado por los pobres resultados terminaba por destruir los manuscritos. Ahora, algunos amigos que los leyeron me han inducido a su publicación. A todos ellos quiero expresarles aquí mi reconocimiento por esa fe y esa confianza que, por desdicha, yo nunca he tenido.*

Dedico esta novela a la mujer que tenazmente me alentó en los momentos de descreimiento, que son los más. Sin ella, nunca habría tenido fuerzas para llevarla a cabo. Y aunque habría merecido algo mejor, aun así, con todas sus imperfecciones, a ella le pertenece.

NOTICIA PRELIMINAR

Las primeras investigaciones revelaron que el antiguo Mirador que servía de dormitorio a Alejandra fue cerrado con llave desde dentro por la propia Alejandra. Luego (aunque, lógicamente, no se puede precisar el lapso transcurrido) mató a su padre de cuatro balazos con una pistola calibre 32. Finalmente, echó nafta y prendió fuego.

Esta tragedia, que sacudió a Buenos Aires por el relieve de esa vieja familia argentina, pudo parecer al comienzo la consecuencia de un repentino ataque de locura. Pero ahora un nuevo elemento de juicio ha alterado ese primitivo esquema. Un extraño «Informe sobre ciegos», que Fernando Vidal terminó de escribir la noche misma de su muerte, fue descubierto en el departamento que, con nombre supuesto, ocupaba en Villa Devoto. Es, de acuerdo con nuestras referencias, el manuscrito de un paranoico. Pero no obstante se dice que de él es posible inferir ciertas interpretaciones que echan luz sobre el crimen y hacen ceder la hipótesis del acto de locura ante una hipótesis más tenebrosa. Si esa inferencia es correcta, también se explicaría por qué Alejandra no se suicidó con una de las dos balas que restaban en la pistola, optando por quemarse viva.

[*Fragmento de una crónica policial publicada el 28 de junio de 1955 por* La Razón *de Buenos Aires.*]

48

1.ª PARTE

EL DRAGÓN Y LA PRINCESA

I

Un sábado de mayo de 1953, dos años antes de los acontecimientos de Barracas, un muchacho alto y encorvado caminaba por uno de los senderos del parque Lezama.

Se sentó en un banco, cerca de la estatua de Ceres, y permaneció sin hacer nada, abandonado a sus pensamientos. «Como un bote a la deriva en un gran lago aparentemente tranquilo pero agitado por corrientes profundas», pensó Bruno, cuando, después de la muerte de Alejandra, Martín le contó, confusa y fragmentariamente, algunos de los episodios vinculados a aquella relación. Y no sólo lo pensaba sino que lo comprendía ¡y de qué manera!, ya que aquel Martín de diecisiete años le recordaba a su propio antepasado, al remoto Bruno que a veces vislumbraba a través de un territorio neblinoso de treinta años; territorio enriquecido y devastado por el amor, la desilusión y la muerte. Melancólicamente lo imaginaba en aquel viejo parque, con la luz crepuscular demorándose sobre las modestas estatuas, sobre los pensativos leones de bronce, sobre los senderos cubiertos de hojas blandamente muertas. A esa hora en que comienzan a oírse los pequeños murmullos, en que los grandes ruidos se van retirando, como se apagan las conversaciones demasiado fuertes en la habitación de un moribundo; y entonces, el rumor de la fuente, los pasos de un hombre que se aleja, el gorjeo de los pájaros que no terminan de acomodarse en sus nidos, el lejano grito de un niño, comienzan a notarse con extraña gravedad. Un misterioso acontecimiento se produce en esos momentos: anochece. Y todo es diferente: los árboles, los bancos, los jubilados que encienden alguna fogata con hojas secas, la sirena de un barco en la Dársena Sur, el distante eco de la ciudad. Esa hora en que todo entra en una existencia más profunda y enigmática. Y también más temible, para los seres solitarios que a esa hora permanecen callados y pensativos en los bancos de las plazas y parques de Buenos Aires.

Martín levantó un trozo de diario abandonado, un trozo en forma de país: un país inexistente, pero posible. Mecánicamente leyó las palabras que se referían a Suez, a comerciantes que iban a la cárcel de Villa Devoto, a algo que dijo Gheorghiu al llegar. Del otro lado, medio manchada por el barro, se veía una foto: PERÓN VISITA EL TEATRO DISCÉPOLO. Más abajo, un ex combatiente mataba a su mujer y a otras cuatro personas a hachazos.

Arrojó el diario: «Casi nunca suceden cosas», le diría Bruno, años después, «aunque la peste diezme una región de la India». Volvía a ver la cara pintarrajeada de su madre diciendo «existís porque me descuidé». Valor, sí señor, valor era lo que le había faltado. Que si no, habría terminado en las cloacas.

Madrecloaca.

Cuando de pronto —dijo Martín— tuve la sensación de que alguien estaba a mis espaldas, mirándome.

Durante unos instantes permaneció rígido, con esa rigidez expectante y tensa, cuando, en la oscuridad del dormitorio, se cree oír un sospechoso crujido. Porque muchas veces había sentido esa sensación sobre la nuca, pero era simplemente molesta o desagradable; ya que (explicó) siempre se había considerado feo y risible, y lo molestaba la sola presunción de que alguien estuviera estudiándolo o por lo menos observándolo a sus espaldas; razón por la cual se sentaba en los asientos últimos de los tranvías y ómnibus, o entraba al cine cuando las luces estaban apagadas. En tanto que en aquel momento sintió algo distinto. Algo —vaciló como buscando la palabra más adecuada—, algo inquietante, algo similar a ese crujido sospechoso que oímos, o creemos oír, en la profundidad de la noche.

Hizo un esfuerzo para mantener los ojos sobre la estatua, pero en realidad no la veía más: sus ojos estaban vueltos hacia dentro, como cuando se piensa en cosas pasadas y se trata de reconstruir oscuros recuerdos que exigen toda la concentración de nuestro espíritu.

«Alguien está tratando de comunicarse conmigo», dijo que pensó agitadamente.

La sensación de sentirse observado agravó, como siempre, sus vergüenzas: se veía feo, desproporcionado, torpe. Hasta sus diecisiete años se le ocurrían grotescos.

«Pero si no es así», le diría dos años después la muchacha que en ese momento estaba a sus espaldas; un tiempo enorme —pensaba Bruno—, porque no se medía por meses y ni siquiera por años, sino, como es propio de esa clase de seres, por catástrofes espirituales y por días de absoluta soledad y de inenarrable tristeza; días que se alargan y se deforman como tenebrosos fantasmas sobre las paredes del tiempo. «Si no es así de ningún modo», y lo escrutaba como un pintor observa a su modelo, chupando nerviosamente su eterno cigarrillo.

«Espera», decía.

«Sos algo más que un buen mozo», decía.

«Sos un muchacho interesante y profundo, aparte de que tenés un tipo muy raro.»

—Sí, por supuesto —admitía Martín, sonriendo con amargura, mientras pensaba «ya ves que tengo razón»—, porque todo eso se dice cuando uno no es un buen mozo y todo lo demás no tiene importancia.

«Pero te digo que esperés», contestaba con irritación. «Sos largo y angosto, como un personaje del Greco.»

Martín gruñó.

«Pero callate», prosiguió con indignación, como un sabio que es interrumpido o distraído con trivialidades en el momento en que está a punto de hallar la ansiada fórmula final. Y volviendo a chupar ávidamente el cigarrillo, como era habitual en ella cuando se concentraba, y frunciendo fuertemente el ceño, agregó:

«Pero, sabés: como rompiendo de pronto con ese proyecto de asceta español te revientan unos labios sensuales. Y además tenés esos ojos húmedos. Callate, ya sé que no te gusta nada todo esto que te digo, pero dejame terminar. Creo que las mujeres te deben encontrar atractivo, a pesar de lo que vos te suponés. Sí, también tu expresión. Una mezcla de pureza, de melancolía y de sensualidad reprimida. Pero además... un momento... Una ansiedad en tus ojos, debajo de esa frente que parece un balcón saledizo. Pero no sé si es todo eso lo que me gusta en vos. Creo que es otra cosa... Que tu espíritu domina sobre tu carne, como si estuvieras siempre en posición de firme. Bueno, gustar acaso no sea la palabra, quizá me sorprende, o me admira o me irrita, no sé... Tu espíritu reinando sobre tu cuerpo como un dictador austero.

»Como si Pío XII tuviera que vigilar un prostíbulo.

Vamos, no te enojés, si ya sé que sos un ser angelical. Además, como te digo, no sé si eso me gusta en vos o es lo que más odio.»

Hizo un gran esfuerzo por mantener la mirada sobre la estatua. Dijo que en aquel momento sintió miedo y fascinación; miedo de darse vuelta y un fascinante deseo de hacerlo. Recordó que una vez, en la quebrada de Humahuaca, al borde de la Garganta del Diablo, mientras contemplaba a sus pies el abismo negro, una fuerza irresistible lo empujó de pronto a saltar hacia el otro lado. Y en ese momento le pasaba algo parecido: como si se sintiese impulsado a saltar a través de un oscuro abismo «hacia el otro lado de su existencia». Y entonces, aquella fuerza inconsciente pero irresistible le obligó a volver su cabeza.

Apenas la divisó, apartó con rapidez su mirada, volviendo a colocarla sobre la estatua. Tenía pavor por los seres humanos: le parecían imprevisibles, pero sobre todo perversos y sucios. Las estatuas, en cambio, le proporcionaban una tranquila felicidad, pertenecían a un mundo ordenado, bello y limpio.

Pero le era imposible ver la estatua: seguía manteniendo la imagen fugaz de la desconocida, la mancha azul de su pollera, el negro de su pelo lacio y largo, la palidez de su cara, su rostro clavado sobre él. Apenas eran manchas, como en un rápido boceto de pintor, sin ningún detalle que indicase una edad precisa ni un tipo determinado. Pero *sabía* —recalcó la palabra— que algo muy importante acababa de suceder en su vida: no tanto por lo que había visto, sino por el poderoso mensaje que recibió en silencio.

—Usted, Bruno, me lo ha dicho muchas veces. Que no siempre suceden cosas, que casi nunca suceden cosas.

Un hombre cruza el estrecho de los Dardanelos, un señor asume la presidencia en Austria, la peste diezma una región de la India, y nada tiene importancia para uno. Usted mismo me ha dicho que es horrible, pero es así. En cambio, en aquel momento, tuve la sensación nítida de que acababa de suceder algo. Algo que cambiaría el curso de mi vida.

No podía precisar cuánto tiempo transcurrió, pero recordaba que después de un lapso que le pareció larguísimo sintió que la muchacha se levantaba y se iba. Entonces, mientras se alejaba, la observó: era alta, llevaba un libro en la mano izquierda y caminaba con cierta nerviosa energía. Sin advertirlo, Martín se levantó y empezó a caminar en la misma dirección. Pero de pronto, al tener conciencia de lo que estaba sucediendo y al imaginar que ella podía volver la cabeza y verlo detrás, siguiéndola, se detuvo con miedo. Entonces la vio alejarse en dirección al alto, por la calle Brasil hacia Balcarce.

Pronto desapareció de su vista.

Volvió lentamente a su banco y se sentó.

—Pero —le dijo— ya no era la misma persona que antes. Y nunca lo volvería a ser.

II

Pasaron muchos días de agitación. Porque *sabía* que volvería a verla, tenía la seguridad de que ella volvería al mismo lugar.

Durante ese tiempo no hizo otra cosa que pensar en la muchacha desconocida y cada tarde se sentaba en aquel banco, con la misma mezcla de temor y de esperanza.

Hasta que un día, pensando que todo había sido un

disparate, decidió ir a la Boca, en lugar de acudir una vez más, ridículamente, al banco del parque Lezama. Y estaba ya en la calle Almirante Brown cuando empezó a caminar de vuelta hacia el lugar habitual; primero con lentitud y como vacilando, con timidez; luego, con creciente apuro, hasta terminar corriendo, como si pudiese llegar tarde a una cita convenida de antemano.

Sí, allá estaba. Desde lejos la vio caminando hacia él.

Martín se detuvo, mientras sentía cómo golpeaba su corazón.

La muchacha avanzó hacia él y cuando estuvo a su lado le dijo:

—Te estaba esperando.

Martín sintió que sus piernas se aflojaban.

—¿A mí? —preguntó enrojeciendo.

No se atrevía a mirarla, pero pudo advertir que estaba vestida con un *sweater* negro de cuello alto y una falda también negra, o tal vez azul muy oscuro (eso no lo podía precisar, y en realidad no tenía ninguna importancia). Le pareció que sus ojos eran negros.

—¿Los ojos negros? —comentó Bruno.

No, claro está: le había parecido. Y cuando la vio por segunda vez advirtió con sorpresa que sus ojos eran de un verde oscuro. Acaso aquella primera impresión se debió a la poca luz, o a la timidez que le impedía mirarla de frente, o, más probablemente, a las dos causas juntas. También pudo observar, en ese segundo encuentro, que aquel pelo largo y lacio que creyó tan renegrido tenía, en realidad, reflejos rojizos. Más adelante fue completando su retrato: sus labios eran gruesos y su boca grande, quizá muy grande, con unos pliegues hacia abajo en las comisuras, que daban sensación de amargura y de desdén.

«Explicarme a mí cómo es Alejandra, se dijo Bruno,

cómo es su cara, cómo son los pliegues de su boca.» Y pensó que eran precisamente aquellos pliegues desdeñosos y cierto tenebroso brillo de sus ojos lo que sobre todo distinguía el rostro de Alejandra del rostro de Georgina, a quien de verdad él había amado. Porque ahora lo comprendía, había sido a ella a quien verdaderamente quiso, pues cuando creyó enamorarse de Alejandra era a la madre de Alejandra a quien buscaba, como esos monjes medievales que intentaban descifrar el texto primitivo debajo de las restauraciones, debajo de las palabras borradas y sustituidas. Y esa insensatez había sido la causa de tristes desencuentros con Alejandra, experimentando a veces la misma sensación que podría sentirse al llegar, después de muchísimos años de ausencia, a la casa de la infancia y, al intentar abrir una puerta en la noche, encontrarse con una pared. Claro que su cara era casi la misma que la de Georgina: su mismo pelo negro con reflejos rojizos, sus ojos grisverdosos, su misma boca grande, sus mismos pómulos mongólicos, su misma piel mate y pálida. Pero aquel «casi» era atroz, y tanto más cuanto más sutil e imperceptible, porque de ese modo el engaño era más profundo y doloroso. Ya que no bastan —pensaba— los huesos y la carne para construir un rostro, y es por eso que es infinitamente menos físico que el cuerpo: está calificado por la mirada, por el rictus de la boca, por las arrugas, por todo ese conjunto de sutiles atributos con que el alma se revela a través de la carne. Razón por la cual, en el instante mismo en que alguien muere, su cuerpo se transforma bruscamente en algo distinto, tan distinto como para que podamos decir «no parece la misma persona», no obstante tener los mismos huesos y la misma materia que un segundo antes, un segundo antes de ese misterioso momento en que el alma se retira del cuerpo y en que éste queda tan muerto como queda una casa cuando se retiran para siempre los seres que la habitan y, sobre todo, que sufrieron y se amaron en ella. Pues no son las paredes, ni el techo, ni el piso lo que individualiza la casa sino esos seres que la viven con sus conversaciones, sus risas, con sus amores y odios; seres que impregnan la casa de algo inmaterial pero profundo, de algo tan poco material como es la sonrisa en un rostro, aunque sea mediante objetos físicos como alfombras, libros o colores. Pues los cuadros que vemos sobre las paredes, los colores con que han sido pintadas las puertas y ventanas, el diseño de las alfombras, las flores que encontramos en los cuartos, los discos y libros, aunque objetos materiales (como también pertenecen a la carne los labios y las cejas), son, sin embargo, manifestaciones del alma; ya que el alma no puede manifestarse a nuestros ojos materiales sino por medio de la materia, y eso es una precariedad del alma pero también una curiosa sutileza.

—¿Cómo, cómo? —preguntó Bruno.

«Vine para verte», dijo Martín que dijo Alejandra.

Ella se sentó en el césped. Y Martín ha de haber manifestado mucho asombro en su expresión porque la muchacha agregó:

—¿No creés, acaso, en la telepatía? Sería sorprendente, porque tenés todo el tipo. Cuando los otros días te vi en el banco, sabía que terminarías por darte vuelta. ¿No fue así? Bueno, también ahora estaba segura de que te acordarías de mí.

Martín no dijo nada. ¡Cuántas veces se iban a repetir escenas semejantes: ella adivinando su pensamiento y él escuchándola en silencio! Tenía la exacta sensación de conocerla, esa sensación que a veces tenemos de haber visto a alguien en una vida anterior, sensación que se parece a la realidad como un sueño a los hechos de la vigilia. Y debía pasar mucho tiempo hasta que comprendiese por qué Alejandra le resultaba vagamente conocida y *entonces Bruno volvió a sonreír para sí mismo.*

Martín la observó con deslumbramiento: su pelo renegrido contra su piel mate y pálida, su cuerpo alto y anguloso; había algo en ella que recordaba a las modelos que aparecen en las revistas de modas, pero revelaba a la vez una aspereza y una profundidad que no se encuentran en esa clase de mujeres. Pocas veces, casi nunca, la vería tener un rasgo de dulzura, uno de esos rasgos que se consideran característicos de la mujer y sobre todo de la madre. Su sonrisa era dura y sarcástica, su risa era violenta, como sus movimientos y su carácter en general: «Me costó mucho aprender a reír —le dijo un día—, pero nunca me río desde dentro.»

—Pero —agregó Martín mirando a Bruno, con esa voluptuosidad que encuentran los enamorados en hacer que los demás reconozcan los atributos del ser que aman—, pero ¿no es cierto que los hombres y aun las mujeres daban vuelta la cabeza para mirarla?

Y mientras Bruno asentía, sonriendo para sus adentros ante aquella candorosa expresión de orgullo, pensó que así era en efecto, y que siempre y donde fuese Alejandra despertaba la atención de los hombres y también de las mujeres. Aunque por motivos diferentes, porque a las mujeres no las podía ver, las detestaba, sostenía que formaban una raza despreciable y sostenía que únicamente podía mantenerse amistad con algunos hombres; y las mujeres, por su parte, la detestaban a ella con la misma intensidad y por motivos inversos, fenómeno que a Alejandra apenas le suscitaba la más desdeñosa indiferencia. Aunque seguramente la detestaban sin dejar de admirar en secreto aquella figura que Martín llamaba *exótica* pero que en realidad era una paradojal manera de ser argentina, ya que ese tipo de rostros es frecuente en los países sudamericanos, cuando el color y los rasgos de un blanco se combinan con los pómulos y los ojos mongólicos del indio. Y aquellos ojos hondos y ansiosos, aquella gran boca desdeñosa, aquella mezcla de sentimientos y pasiones contradictorias que se sospechaban en sus rasgos (de ansiedad y de fastidio, de violencia y de una suerte de distraimiento, de sensualidad casi feroz y de una especie de asco por algo muy general y profundo), todo confería a su expresión un carácter que no se podía olvidar.

Martín también dijo que aunque no hubiese pasado nada entre ellos, aunque sólo hubiera estado o hablado con ella en una única ocasión, a propósito de cualquier nimiedad, no habría podido ya olvidar su cara en el resto de su vida. Y Bruno pensaba que era cierto, pues era algo más que hermosa. O, mejor dicho, no se podía estar seguro de que fuera hermosa. Era distinto. Y resultaba poderosamente atractiva para los hombres, como se advertía caminando a su lado. Tenía cierto aire distraído y concentrado a la vez, como si estuviera cavilando en algo angustioso o mirando hacia adentro, y era seguro que cualquiera que tropezase con ella debía preguntarse, ¿quién es esta mujer, qué busca, qué está pensando?

Aquel primer encuentro fue decisivo para Martín. Hasta ese momento, las mujeres eran o esas vírgenes puras y heroicas de las leyendas, o seres superficiales y frívolos, chismosos y sucios, ególatras y charlatanes, pérfidos y materialistas («como la propia madre de Martín», pensó Bruno que Martín pensaba). Y de pronto se encontraba con una mujer que no encajaba en ninguno de esos dos moldes, moldes que hasta ese encuentro él había creído que eran los únicos. Durante mucho tiempo le angustió esa novedad, ese inesperado género de mujer que, por un lado, parecía poseer algunas de las virtudes de aquel modelo heroico que tanto le había apasionado en sus lecturas adolescentes, y, por otro lado, revelaba esa sensualidad que él creía propia de la clase que execraba. Y aun entonces, ya muerta Alejandra, y después de haber mantenido con ella una relación tan intensa, no alcanzaba a ver con claridad en aquel gran enigma; y se solía preguntar qué habría hecho en aquel segundo encuentro si hubiera adivinado que ella era lo que luego los acontecimientos revelaron. ¿Habría huido?

Bruno lo miró en silencio: «Sí, ¿qué habría hecho?»

Martín lo miró a su vez con concentrada atención y después de unos segundos, dijo:

—Sufrí con ella tanto que muchas veces estuve al borde del suicidio.

«Y, no obstante, aun así, aun sabiendo de antemano todo lo que luego me sucedió, habría corrido a su lado.»

«Por supuesto», pensó Bruno. «¿Y qué otro hombre, muchacho o adulto, tonto o sabio, no habría hecho lo mismo?»

—Me fascinaba —agregó Martín— como un abismo tenebroso, y si me desesperaba era precisamente porque la quería y la necesitaba. ¿Cómo ha de desesperarnos algo que nos resulta indiferente?

Quedó largo rato pensativo y luego volvió a su obsesión: se empecinaba en recordar (en tratar de recordar) los momentos con ella, como los enamorados releen la vieja carta de amor que guardan en el bolsillo, cuando ya está alejado para siempre el ser que la escribió; y, también como en la carta, los recuerdos se iban agrietando y envejeciendo, se perdían frases enteras en los dobleces del alma, la tinta iba desvaneciéndose y, con ella, hermosas y mágicas palabras que creaban el sortilegio. Y entonces era necesario esforzar la memoria como quien esfuerza la vista y la acerca al resquebrajado y amarillento papel. Sí, sí: ella le había preguntado por dónde vivía, mientras arrancaba un yuyito y empezaba a masticar el tallo (hecho que recordaba con nitidez). Y después le habría preguntado con quién vivía. Con su padre, le respondió. Y después de un momento de vacilación, agregó que también vivía con su madre. «¿Y qué hace tu padre?», le preguntó entonces Alejandra, a lo que él no respondió en seguida, hasta que por fin dijo que era pintor. Pero al decir la palabra «pintor» su voz fue levemente distinta, como si fuese frágil, y temió que el tono de su voz hubiese llamado la atención de ella como debe llamar la atención de la gente la forma de caminar de alguien que atraviesa un techo de vidrio. Y que algo raro notó Alejandra en aquella palabra lo probaba el hecho de que se inclinó hacia él y lo observó.

—Te estás poniendo colorado —comentó.

—¿Yo? —preguntó Martín.

Y, como sucede siempre en esas circunstancias, enrojeció aún más.

—Pero ¿qué te pasa? —insistió ella, con el tallito en suspenso.

—Nada, qué me va a pasar.

Se produjo un momento de silencio, luego Alejandra volvió a recostarse de espaldas sobre el césped, recomenzando su tarea con el tallito. Y mientras Martín miraba una batalla de cruceros de algodón, reflexionaba que él no tenía por qué avergonzarse del fracaso de su padre.

Una sirena de barco se oyó desde la Dársena y Martín pensó *Coral Sea, Islas Marquesas*. Pero dijo:

—Alejandra es un nombre raro.

—¿Y tu madre? —preguntó.

Martín se sentó y empezó a arrancar unas matitas de hierba. Encontró una piedrita y pareció estudiar su naturaleza, como un geólogo.

—¿No me oís?

—Sí.

—Te pregunté por tu madre.

—Mi madre —respondió Martín en voz baja— es una cloaca.

Alejandra se incorporó a medias, apoyándose sobre un codo y mirándolo con atención. Martín, sin dejar de examinar la piedrita, se mantenía en silencio, con las mandíbulas muy apretadas, pensando cloaca, *madrecloaca*. Y después agregó:

—Siempre fui un estorbo. Desde que nací.

Sentía como si gases venenosos y fétidos hubiesen sido inyectados en su alma, a miles de libras de presión. Su alma, hinchándose cada año más peligrosamente, no cabía ya en su cuerpo y amenazaba en cualquier momento lanzar la inmundicia a chorros por las grietas.

—Siempre grita: ¡Por qué me habré descuidado!

Como si toda la basura de su madre la hubiese ido acumulando en su alma, a presión, pensaba, mientras Alejandra lo miraba, acodada sobre un costado. Y palabras como *feto, baño, cremas, vientre, aborto,* flotaban en su mente, en la mente de Martín, como residuos pegajosos y nauseabundos sobre aguas estancadas y podridas. Y entonces, como si hablara consigo mismo, agregó que durante mucho tiempo había creído que no lo había amamantado por falta de leche, hasta que un día su madre le gritó que

64

no lo había hecho para no deformarse y también le explicó que había hecho todo lo posible para abortar, menos el raspaje, porque odiaba el sufrimiento tanto como adoraba comer caramelos y bombones, leer revistas de radio y escuchar música melódica. Aunque también decía que le gustaba la música seria, los valses vieneses y el príncipe Kalender. Que desgraciadamente ya no estaba más. Así que podía imaginar con qué alegría lo recibió, después de luchar durante meses saltando a la cuerda como los boxeadores y dándose golpes en el vientre, razón por la cual (le explicaba su madre a gritos) él había salido medio tarado, ya que era un milagro que no hubiese ido a parar a las cloacas.

Se calló, examinó la piedrita una vez más y luego la arrojó lejos.

—Será por eso —agregó— que cuando pienso en ella siempre se me asocia la palabra cloaca.

Volvió a reírse con aquella risa.

Alejandra lo miró asombrada porque Martín todavía tuviese ánimo para reírse. Pero al verle las lágrimas seguramente comprendió que aquello que había estado oyendo no era risa sino (como sostenía Bruno) ese raro sonido que en ciertos seres humanos se produce en ocasiones muy insólitas y que, acaso por precariedad de la lengua, uno se empeña en clasificar como risa o como llanto; porque es el resultado de una combinación monstruosa de hechos suficientemente dolorosos como para producir el llanto (y aun el desconsolado llanto) y de acontecimientos lo bastante grotescos como para querer transformarlo en risa. Resultando así una especie de manifestación híbrida y terrible, acaso la más terrible que un ser humano pueda dar; y quizá la más difícil de consolar, por la intrincada mezcla que la provoca. Sintiendo muchas veces uno ante ella el mismo y contradictorio sentimiento que experimentamos ante ciertos jorobados o rengos. Los dolores en Martín se habían ido acumulando uno a uno sobre sus espaldas de niño, como una carga creciente y desproporcionada (y también grotesca), de modo que él sentía que debía moverse con cuidado, caminando siempre como un equilibrista que tuviera que atravesar un abismo sobre un alambre, pero con una carga grosera y maloliente, como si llevara enormes fardos de basura y excrementos, y monos chillones, pequeños payasos vociferantes y movedizos, que mientras él concentraba toda su atención en atravesar el abismo sin caerse, el abismo negro de su existencia, le gritaban cosas hirientes, se mofaban de él y armaban allá arriba, sobre los fardos de basura. y excrementos, una infernal algarabía de insultos y sarcasmos. Espectáculo que (a su juicio) debía despertar en los espectadores una mezcla de pena y de enorme y monstruoso regocijo, tan tragicómico era; motivo por el cual no se consideraba con derechos a abandonarse al simple llanto, ni aun ante un ser como Alejandra, un ser que parecía haber estado esperando durante un siglo, y pensaba que tenía el deber, el deber casi profesional de un payaso a quien le ha ocurrido la mayor desgracia, de convertir aquel llanto en una mueca de risa. Pero, sin embargo, a medida que había ido confesando aquellas pocas palabras claves a Alejandra, sentía como una liberación y por un instante pensó que su mueca risible podía por fin convertirse en un enorme, convulsivo y tierno llanto; derrumbándose sobre ella como si por fin hubiese logrado atravesar el abismo. Y así lo hubiera hecho, así lo hubiera querido hacer, Dios mío, pero no lo hizo: sino que apenas inclinó su cabeza sobre el pecho, dándose vuelta para ocultar sus lágrimas.

III

Pero cuando años después Martín hablaba con Bruno de aquel encuentro apenas quedaban frases sueltas, el recuerdo de una expresión, de una caricia, la sirena melancólica de aquel barco desconocido: como fragmentos de columnas, y si permanecía en su memoria, acaso por el asombro que le produjo, era una que ella le había dicho en aquel encuentro, mirándolo con cuidado:

—Vos y yo tenemos algo en común, algo muy importante.

Palabras que Martín escuchó con sorpresa, pues ¿qué podía tener él en común con aquel ser portentoso?

Alejandra le dijo, finalmente, que debía irse, pero que en otra ocasión le contaría muchas cosas y que —lo que a Martín le pareció más singular— tenía *necesidad* de contarle.

Cuando se separaron, lo miró una vez más, como si fuera médico y él estuviera enfermo, y agregó unas palabras que Martín recordó siempre:

—Aunque por otro lado pienso que no debería verte nunca. Pero te veré porque te necesito.

La sola idea, la sola posibilidad de que aquella muchacha no lo viese más lo desesperó. ¿Qué le importaban a él los motivos que podía tener Alejandra para no querer verlo? Lo que anhelaba era verla.

—Siempre, siempre —dijo con fervor.

Ella se sonrió y le respondió:

—Sí, porque sos así es que necesito verte.

Y Bruno pensó que Martín necesitaría todavía muchos años para alcanzar el significado probable de aquellas oscuras palabras. Y también pensó que si en aquel entonces hubiera tenido más edad y más experiencia, le habrían asombrado palabras como aquéllas, dichas por una muchacha de dieciocho años. Pero también muy pronto le habrían parecido naturales, porque ella había nacido madura, o había madurado en su infancia, al menos en cierto sentido; ya que en otros sentidos daba la impresión de que nunca maduraría: como si una chica que todavía juega con las muñecas fuera al propio tiempo capaz de espantosas sabidurías de viejo; como si horrendos acontecimientos la hubiesen precipitado hacia la madurez y luego hacia la muerte sin tener tiempo de abandonar del todo atributos de la niñez y la adolescencia.

En el momento en que se separaban, después de haber caminado unos pasos, recordó o advirtió que no habían combinado nada para encontrarse. Y, volviéndose, corrió hacia Alejandra para decírselo.

—No te preocupés —le respondió—. Ya sabré siempre cómo encontrarte.

Sin reflexionar en aquellas palabras increíbles y sin atreverse a insistir, Martín volvió sobre sus pasos.

IV

Desde aquel encuentro, esperó día a día verla nuevamente en el parque. Después semana tras semana. Y, por fin, ya desesperado, durante largos meses. ¿Qué le pasaría? ¿Por qué no iba? ¿Se habría enfermado? Ni siquiera sabía su apellido. Parecía habérsela tragado la tierra. Mil veces se reprochó la necedad de no haberle preguntado ni siquiera su nombre completo. Nada sabía de ella. Era incomprensible tanta torpeza. Hasta llegó a sospechar que todo había sido una alucinación o un sueño. ¿No se había quedado dormido más de una vez en el banco del parque

Lezama? Podía haber soñado aquello con tanta fuerza que luego le hubiese parecido auténticamente vivido. Luego descartó esta idea porque pensó que había habido dos encuentros. Luego reflexionó que eso tampoco era un inconveniente para un sueño, ya que en el mismo sueño podía haber soñado con el doble encuentro. No guardaba ningún objeto de ella que le permitiera salir de dudas, pero al cabo se convenció de que todo había sucedido de verdad y que lo que pasaba era, sencillamente, que él era el imbécil que siempre imaginó ser.

Al principio sufrió mucho, pensando día y noche en ella. Trató de dibujar su cara, pero le resultaba algo impreciso, pues en aquellos dos encuentros no se había atrevido a mirarla bien sino en contados instantes; de modo que sus dibujos resultaban indecisos y sin vida, pareciéndose a muchos dibujos anteriores en que retrataba a aquellas vírgenes ideales y legendarias de las que había vivido enamorado. Pero aunque sus bocetos eran insípidos y poco definidos, el recuerdo del encuentro era vigoroso y tenía la sensación de haber estado con alguien muy fuerte, de rasgos muy marcados, desgraciado y solitario como él. No obstante, el rostro se perdía en una tenue esfumadura. Y resultaba algo así como una sesión de espiritismo, en que una materialización difusa y fantasmal de pronto da algunos nítidos golpes sobre la mesa.

Y cuando su esperanza estaba a punto de agotarse, recordaba las dos o tres frases claves del encuentro: «Pienso que no debería verte nunca. Pero te veré porque te necesito.» Y aquella otra: «No te preocupés. Ya sabré siempre cómo encontrarte.»

Frases —pensaba Bruno— que Martín apreciaba desde su lado favorable y como fuente de una inenarrable felicidad, sin advertir, al menos en aquel tiempo, todo lo que tenían de egoísmo.

Y claro —dijo Martín que entonces pensaba—, ella era una muchacha rara ¿y por qué un ser de esa condición había de verlo al otro día, o a la semana siguiente? ¿Por qué no podían pasar semanas y hasta meses sin necesidad de encontrarlo? Estas reflexiones lo animaban. Pero más tarde, en momentos de depresión, se decía: «No la veré más, ha muerto, quizá se ha matado, parecía desesperada y ansiosa.» Recordaba entonces sus propias ideas de suicidio. ¿Por qué Alejandra no podía haber pasado por algo semejante? ¿No le había dicho, precisamente, que se parecían, que tenían algo profundo que los asemejaba? ¿No sería esa obsesión del suicidio lo que habría querido significar cuando habló del parecido? Pero luego reflexionaba que aun en el caso de haberse querido matar lo habría venido a buscar antes, y se le ocurría que no haberlo hecho era una especie de estafa que le resultaba inconcebible en ella.

¡Cuántos días desolados transcurrieron en aquel banco del parque! Pasó todo el otoño y llegó el invierno. Terminó el invierno, comenzó la primavera (aparecía por momentos, friolenta y fugitiva, como quien se asoma a ver cómo andan las cosas, y luego, poco a poco, con mayor decisión y cada vez por mayor tiempo) y paulatinamente empezó a correr con mayor calidez y energía la savia en los árboles y las hojas empezaron a brotar; hasta que en pocas semanas, los últimos restos del invierno se retiraron del parque Lezama hacia otras remotas regiones del mundo.

Llegaron después los primeros calores de diciembre. Los jacarandaes se pusieron violetas y las tipas se cubrieron de flores anaranjadas.

Y luego aquellas flores fueron secándose y cayendo,

las hojas empezaron a dorarse y a ser arrastradas por los primeros vientos del otoño. Y entonces —dijo Martín— perdió definitivamente la esperanza de volver a verla.

VIII

—Hasta que volví a verla pasaron muchas cosas... en mi casa... No quise vivir más allá, pensé irme a la Patagonia, hablé con un camionero que se llama Bucich, ¿no le hablé nunca de Bucich?, pero esa madrugada... En fin, no fui al sur. No volví más a mi casa, sin embargo.

Se calló, rememorando.

—La volví a ver en el mismo lugar del parque, pero recién en febrero de 1955. Yo no dejé de ir en cada ocasión en que me era posible. Y sin embargo no me pareció que la encontrase gracias a esa espera en el mismo lugar.

—¿Sino?

Martín miró a Bruno y dijo:

—Porque ella quiso encontrarme.

Bruno no pareció entender.

—Bueno, si fue a aquel lugar es porque quiso encontrarlo.

—No, no es eso lo que quiero decir. Lo mismo me habría encontrado en cualquier otra parte. ¿Entiende? Ella sabía dónde y cómo encontrarme, si quería. Eso es lo que quiero decir. Esperarla allá, en aquel banco, durante tantos meses, fue una de las tantas ingenuidades mías.

Se quedó cavilando y luego agregó, mirándolo a Bruno como si le requiriera una explicación.

—Por eso, porque creo que ella me buscó, con toda su voluntad, con deliberación, por eso mismo me resulta más inexplicable que luego... de semejante manera...

Mantuvo su mirada sobre Bruno y éste permaneció con sus ojos fijos en aquella cara demacrada y sufriente.

—¿Usted lo entiende?

—Los seres humanos no son lógicos —repuso Bruno—. Además, es casi seguro que la misma razón que la llevó a buscarlo también la impulsó a...

Iba a decir «abandonarlo» cuando se detuvo y corrigió: «a alejarse».

Martín lo miró todavía un momento y luego volvió a sumirse en sus pensamientos, permaneciendo durante un buen tiempo callado. Luego explicó cómo había reaparecido.

Era ya casi de noche y la luz no le alcanzaba ya para revisar las pruebas, de modo que se había quedado mirando los árboles, recostado sobre el respaldo del banco. Y de pronto se durmió.

Soñaba que iba en una barca abandonada, con su velamen destruido, por un gran río en apariencia apacible, pero poderoso y preñado de misterio. Navegaba en el crepúsculo. El paisaje era solitario y silencioso, pero se adivinaba que en la selva que se levantaba como una muralla en las márgenes del gran río se desarrollaba una vida secreta y colmada de peligros. Cuando una voz que parecía provenir de la espesura lo estremeció. No alcanzaba a entender lo que decía, pero sabía que se dirigía a él, a Martín. Quiso incorporarse, pero algo lo impedía. Luchó, sin embargo, por levantarse porque se oía cada vez con mayor intensidad la enigmática y remota voz que lo llamaba y (ahora lo advertía) que lo llamaba con ansiedad, como si estuviera en un pavoroso peligro y él, solamente él, fuese capaz de salvarla. Despertó estremecido por la angustia y casi saltando del asiento.

Era ella.

Lo había estado sacudiendo y ahora le decía, con su risa áspera:

—Levántate, haragán.

Asustado, asustado y desconcertado por el contraste entre la voz aterrorizada y anhelante del sueño y aquella Alejandra despreocupada que ahora tenía ante sí, no atinó a decir ninguna palabra.

Vio cómo ella recogía algunas de las pruebas que se habían caído del banco durante su sueño.

—Seguro que el patrón de esta empresa no es Molinari —comentó riéndose.

—¿Qué empresa?

—La que te da este trabajo, zonzo.

—Es la Imprenta López.

—La que sea, pero seguro que no es Molinari.

No entendió nada. Y, como muchas veces le volvería a suceder con ella, Alejandra no se tomó el trabajo de explicarle. Se sentía —comentó Martín— como un mal alumno delante de un profesor irónico.

Acomodó las pruebas y esa tarea mecánica le dio tiempo para sobreponerse un poco de la emoción de aquel reencuentro tan ansiosamente esperado. Y también, como en muchas otras ocasiones posteriores, su silencio y su incapacidad para el diálogo eran compensados por Alejandra, que siempre, o casi siempre, adivinaba sus pensamientos.

Le revolvió el pelo con una mano, como las personas grandes suelen hacer con los chicos.

—Te expliqué que te volvería a ver, ¿recordás?, pero no te dije cuándo.

Martín la miró.

—¿Te dije, acaso, que te volvería a ver pronto?

—No.

Y así (explicó Martín) empezó la terrible historia. Todo había sido inexplicable. Con ella nunca se sabía, se encontraban en lugares tan absurdos como el hall del Banco de la Provincia o el puente Avellaneda. Y a cualquier hora: a las dos de la mañana. Todo era imprevisto, nada se podía pronosticar ni explicar: ni sus momentos de broma, ni sus furias, ni esos días en que se encontraba con él y no abría la boca, hasta que terminaba por irse. Ni sus largas desapariciones. «Y sin embargo —agregaba— ha sido el período más maravilloso de mi vida.» Pero él sabía que no podía durar porque todo era frenético y era, ¿se lo había dicho ya?, como una sucesión de estallidos de nafta en una noche tormentosa. Aunque a veces, muy pocas veces, es cierto, parecía pasar momentos de descanso a su lado como si estuviera enferma y él fuera un sanatorio o un lugar con sol en las sierras donde ella se tirase al fin en silencio. O también aparecía atormentada y parecía como si él pudiese ofrecerle agua o algún remedio, algo que le era imprescindible, para volver una vez más a aquel territorio oscuro y salvaje en que parecía vivir.

—Y en el que yo nunca pude entrar —concluyó, poniendo su mirada sobre los ojos de Bruno.

IX

—Aquí es —dijo.

Se sentía el intenso perfume a jazmín del país. La verja era muy vieja y estaba a medias cubierta con una glicina. La puerta, herrumbrada, se movía dificultosamente, con chirridos.

En medio de la oscuridad, brillaban los charcos de la reciente lluvia. Se veía una habitación iluminada, pero el silencio correspondía más bien a una casa sin habitaciones. Bordearon un jardín abandonado, cubierto de yuyos, por una veredita que había al costado de una galería lateral, sostenida por columnas de hierro. La casa era viejísima, sus ventanas daban a la galería y aún conservaban sus rejas coloniales, las grandes baldosas eran seguramente de aquel tiempo, pues se sentían hundidas, gastadas y rotas.

Se oyó un clarinete: una frase sin estructura musical, lánguida, desarticulada y obsesiva.

—¿Y eso? —preguntó Martín.

—El tío Bebe —explicó Alejandra—, el loco.

Atravesaron un estrecho pasillo entre árboles muy viejos (Martín sentía ahora un intenso perfume de magnolia) y siguieron por un sendero de ladrillos que terminaba en una escalera de caracol.

—Ahora, ojo. Seguime despacito.

Martín tropezó con algo: un tacho o un cajón.

—¡No te dije que andés con ojo! Esperá.

Se detuvo y encendió un fósforo, que protegió con una mano y que acercó a Martín.

—Pero Alejandra, ¿no hay lámpara por ahí? Digo... algo... en el patio...

Oyó la risa seca y maligna.

—¡Lámparas! Vení, colocá tus manos en mis caderas y seguime.

—Esto es muy bueno para ciegos.

Sintió que Alejandra se detenía como paralizada por una descarga eléctrica.

—¿Qué te pasa, Alejandra? —preguntó Martín, alarmado.

—Nada —respondió con sequedad—, pero haceme el favor de no hablarme nunca de ciegos.

Martín volvió a poner sus manos sobre las caderas y

la siguió en medio de la oscuridad. Mientras subían lentamente, con muchas precauciones, la escalera metálica, rota en muchas partes y vacilante en otras por la herrumbre, sentía bajo sus manos, por primera vez, el cuerpo de Alejandra, tan cercano y a la vez remoto y misterioso. Algo, un estremecimiento, una vacilación, expresaron aquella sensación sutil, y entonces ella preguntó qué pasaba y él respondió, con tristeza, «nada». Y cuando llegaron a lo alto, mientras Alejandra intentaba abrir una dificultosa cerradura, dijo «esto es el antiguo Mirador».

—¿Mirador?

—Sí, por aquí no había más que quintas a comienzos del siglo pasado. Aquí venían a pasar los fines de semana los Olmos, los Acevedo...

Se rió.

—En la época en que los Olmos no eran unos muertos de hambre... y unos locos...

—¿Los Acevedo? —preguntó Martín—. ¿Qué Acevedos? ¿El que fue vicepresidente?

—Sí, ésos.

Por fin, con grandes esfuerzos, logró abrir la vieja puerta. Levantó su mano y encendió la luz.

—Bueno —dijo Martín—, por lo menos acá hay una lámpara. Creí que en esta casa sólo se alumbraban con velas.

—Oh, no te vayas a creer. Abuelo Pancho no usa más que quinqués. Dice que la electricidad es mala para la vista.

Martín recorrió con su mirada la pieza como si recorriera parte del alma desconocida de Alejandra. El techo no tenía cielo raso y se veían los grandes tirantes de madera. Había una cama turca recubierta con un poncho y un conjunto de muebles que parecían sacados de un remate: de diferentes épocas y estilos, pero todos rotosos y a punto de derrumbarse.

—Vení, mejor sentate sobre la cama. Acá las sillas son peligrosas.

Sobre una pared había un espejo, casi opaco, del tiempo veneciano, con una pintura en la parte superior. Había también restos de una cómoda y un barbueño. Había también un grabado o litografía mantenido con cuatro chinches en sus puntas.

Alejandra prendió un calentador de alcohol y se puso a hacer café. Mientras se calentaba el agua puso un disco.

—Escuchá —dijo, abstrayéndose y mirando al techo, mientras chupaba su cigarrillo.

Se oyó una música patética y tumultuosa.

Luego, bruscamente, quitó el disco.

—Bah —dijo—, ahora no la puedo oír.

Siguió preparando el café.

—Cuando lo estrenaron, Brahms mismo tocaba el piano. ¿Sabés lo que pasó?

—No.

—Lo silbaron. ¿Te das cuenta lo que es la humanidad?

—Bueno, quizá...

—¡Cómo, quizá! —gritó Alejandra—, ¿acaso creés que la humanidad no es una pura chanchada?

—Pero este músico también es la humanidad...

—Mirá, Martín —comentó mientras echaba el café en la taza, ésos son los que sufren por el resto. Y el resto son nada más que hinchapelotas, hijos de puta o cretinos, ¿sabés?

Trajo el café.

Se sentó en el borde de la cama y se quedó pensativa. Luego volvió a poner el disco un minuto:

—Oí, oí lo que es esto.

Nuevamente se oyeron los compases del primer movimiento.

—¿Te das cuenta, Martín, la cantidad de sufrimiento que ha tenido que producirse en el mundo para que haya hecho música así?

Mientras quitaba el disco, comentó:

—Bárbaro.

Se quedó pensativa, terminando su café. Luego puso el pocillo en el suelo.

En el silencio, de pronto, a través de la ventana abierta, se oyó el clarinete, como si un chico trazase garabatos sobre un papel.

—¿Dijiste que está loco?

—¿No te das cuenta? Ésta es una familia de locos. ¿Vos sabés quién vivió en ese altillo, durante ochenta años? La niña Escolástica. Vos sabés que antes se estilaba tener algún loco encerrado en alguna pieza del fondo. El Bebe es más bien un loco manso, una especie de opa, y de todos modos nadie puede hacer mal con el clarinete. Escolástica también era una loca mansa. ¿Sabés lo que le pasó? Vení. —Se levantó y fue hasta la litografía que estaba en la pared con cuatro chinches—. Mirá: son los restos de la legión de Lavalle, en la quebrada de Humahuaca. En ese tordillo va el cuerpo del general. Ése es el coronel Pedernera. El de al lado es Pedro Echagüe. Y ese otro barbudo, a la derecha, es el coronel Acevedo. Bonifacio Acevedo, el tío abuelo del abuelo Pancho. A Pancho le decimos abuelo, pero en realidad es bisabuelo.

Siguió mirando.

—Ese otro es el alférez Celedonio Olmos, el padre del abuelo Pancho, es decir mi tatarabuelo. Bonifacio se tuvo que escapar a Montevideo. Allá se casó con una uruguaya, una oriental, como dice el abuelo, una muchacha que se llamaba Encarnación Flores, y allá nació Escolástica. Mirá qué nombre. Antes de nacer, Bonifacio se unió a la legión y nunca vio a la chica, porque la campaña duró dos años y de ahí, de Humahuaca, pasaron a Bolivia, donde estuvo varios años; también en Chile estuvo un tiempo. En el 52, a comienzos del 52, después de trece años de no ver a su mujer, que vivía aquí en esta quinta, el comandante Bonifacio Acevedo, que estaba en Chile, con otros exiliados, no dio más de tristeza y se vino a Buenos Aires, disfrazado de arriero: se decía que Rosas iba a caer de un momento a otro, que Urquiza entraría a sangre y fuego en Buenos Aires. Pero él no quiso esperar y se largó. Lo denunció alguien, seguro, si no no se explica. Llegó a Buenos Aires y lo pescó la Mazorca. Lo degollaron y pasaron frente a casa, golpearon en la ventana y cuando abrieron tiraron la cabeza a la sala. Encarnación se murió de la impresión y Escolástica se volvió loca. ¡A los pocos días Urquiza entraba en Buenos Aires! Tenés que tener en cuenta que Escolástica se había criado sintiendo hablar de su padre y mirando su retrato.

De un cajón de la cómoda sacó una miniatura, en colores.

—Cuando era teniente de coraceros, en la campaña del Brasil.

Su brillante uniforme, su juventud, su gracia, contrastaban con la figura barbuda y destrozada de la vieja litografía.

—La Mazorca estaba enardecida por el pronunciamiento de Urquiza. ¿Sabés lo que hizo Escolástica? La madre se desmayó, pero ella se apoderó de la cabeza de su padre y corrió hasta aquí. Aquí se encerró con la cabeza del padre desde aquel año hasta su muerte, en 1932.

—¡En 1932!

—Sí, en 1932. Vivió ochenta años, aquí, encerrada con su cabeza. Aquí había que traerle la comida y sacarle los desperdicios. Nunca salió ni quiso salir. Otra cosa: con esa astucia que tienen los locos, había escondido la cabeza de su padre, de modo que nadie nunca la pudo sacar. Claro, la habrían podido encontrar de haberse hecho una búsqueda, pero ella se ponía frenética y no había forma de engañarla. «Tengo que sacar algo de la cómoda», le decían. Pero no había nada que hacer. Y nadie nunca pudo sacar nada de la cómoda, ni del bargueño, ni de la petaca esa. Y hasta que murió, en 1932, todo quedó como había estado en 1852. ¿Lo creés?

—Parece imposible.

—Es rigurosamente histórico. Yo también pregunté muchas veces, ¿cómo comía? ¿Cómo limpiaban la pieza? Le llevaban la comida y lograban mantener un mínimo de limpieza. Escolástica era una loca mansa e incluso hablaba normalmente sobre casi todo, excepto sobre su padre y sobre la cabeza. Durante los ochenta años que estuvo encerrada nunca, por ejemplo, habló de su padre como si hubiese muerto. Hablaba en presente, quiero decir, como si estuviera en 1852 y como si tuviera doce años y como si su padre estuviese en Chile y fuese a venir de un momento a otro. Era una vieja tranquila. Pero su vida y hasta su lenguaje se habían detenido en 1852 y como si Rosas estuviera todavía en el poder. «Cuando ese hombre caiga», decía señalando con su cabeza hacia afuera, hacia donde había tranvías eléctricos y gobernaba Yrigoyen. Parece que su realidad tenía grandes regiones huecas o quizá como encerradas también con llave, y daba rodeos astutos como los de un chico para evitar hablar de esas cosas, como si no hablando de ellas no existiesen y por lo tanto tampoco existiese la muerte de su padre. Había abolido todo lo que estaba unido al degüello de Bonifacio Acevedo.

—¿Y qué pasó con la cabeza?

—En 1932 murió Escolástica y por fin pudieron revisar la cómoda y la petaca del comandante. Estaba envuelta en trapos... parece que la vieja la sacaba todas las noches y la colocaba sobre el bargueño y se pasaba las horas mirándola o quizá dormía con la cabeza allí, como un florero. Estaba momificada y achicada, claro. Y así ha permanecido.

—¿Cómo?

—Y por supuesto, ¿qué querés que se hiciera con la cabeza? ¿Qué se hace con una cabeza en semejante situación?

—Bueno, no sé. Toda esta historia es tan absurda, no sé.

—Y sobre todo tené presente lo que es mi familia, quiero decir los Olmos, no los Acevedo.

—¿Qué es tu familia?

—¿Todavía necesitás preguntarlo? ¿No lo oís al tío Bebe tocando el clarinete? ¿No ves dónde vivimos? Decíme, ¿sabés de alguien que tenga apellido en este país y que viva en Barracas, entre conventillos y fábricas? Comprenderás que con la cabeza no podía pasar nada normal, aparte de que nada de lo que pase con una cabeza sin el cuerpo correspondiente puede ser normal.

—¿Y entonces?

—Pues muy simple: la cabeza quedó en casa.

Martín se sobresaltó.

—¿Qué, te impresiona? ¿Qué otra cosa se podía hacer? ¿Hacer un cajoncito y un entierro chiquito para la cabeza?

Martín se rió nerviosamente, pero Alejandra permanecía seria.

—¿Y dónde la tienen?

—La tiene el abuelo Pancho, abajo, en una caja de sombreros. ¿Querés verla?

—¡Por amor de Dios! —exclamó Martín.

—¿Qué tiene? Es una hermosa cabeza y te diré que me hace bien verla de vez en cuando, en medio de tanta basura. Aquéllos al menos eran hombres de verdad y se jugaban la vida por lo que creían. Te doy el dato que casi toda mi familia ha sido unitaria o lomos negros, pero que ni Fernando ni yo lo somos.

—¿Fernando? ¿Quién es Fernando?

Alejandra se quedó repentinamente callada, como si hubiese dicho algo de más.

Martín quedó sorprendido. Tuvo la sensación de que Alejandra había dicho algo involuntario. Se había levantado, había ido hasta la mesita donde tenía el calentador y había puesto agua a calentar, mientras encendía un cigarrillo. Luego se asomó a la ventana.

—Vení —dijo, saliendo.

Martín la siguió. La noche era intensa y luminosa. Alejandra caminó por la terraza hacia la parte de adelante y luego se apoyó en la balaustrada.

—Antes —dijo— se veía desde aquí la llegada de los barcos al Riachuelo.

—Y ahora, ¿quién vive aquí?

—¿Aquí? Bueno, de la quinta no queda casi nada. Antes era una manzana. Después empezaron a vender. Ahí están esa fábrica y esos galpones, todo eso pertenecía a la quinta. De aquí, de este otro lado hay conventillos. Toda la parte de atrás de la casa también se vendió. Y esto que queda está todo hipotecado y en cualquier momento lo rematan.

—¿Y no te da pena?

Alejandra se encogió de hombros.

—No sé, tal vez lo siento por abuelo. Vive en el pasado y se va a morir sin entender lo que ha sucedido en este país. ¿Sabés lo que pasa con el viejo? Pasa que no sabe lo que es la porquería, ¿entendés? Y ahora no tiene ni tiempo ni talento para llegar a saberlo. No sé si es mejor o es peor. La otra vez nos iban a poner bandera de remate y tuve que ir a verlo a Molinari para que arreglase el asunto.

—¿Molinari?

Martín volvía a oír ese nombre por segunda vez.

—Sí, una especie de animal mitológico. Como si un chancho dirigiese una sociedad anónima.

Martín la miró y Alejandra añadió, sonriendo:

—Tenemos cierto género de vinculación. Te imaginás que si ponen la bandera de remate el viejo se muere.

—¿Tu padre?

—Pero no, hombre: el abuelo.

—¿Y tu padre no se preocupa del problema?

Alejandra lo miró con una expresión que podía ser la mueca de un explorador a quien se le pregunta si en el Amazonas está muy desarrollada la industria automovilística.

—Tu padre —insistió Martín, de puro tímido que era, porque precisamente sentía que había dicho un disparate (aunque no sabía por qué) y que era mejor no insistir.

—Mi padre nunca está aquí —se limitó a aclarar Alejandra, con una voz que era distinta.

Martín, como los que aprenden a andar en bicicleta y tienen que seguir adelante para no caerse y que, gran misterio, terminan siempre por irse contra un árbol o cualquier otro obstáculo, preguntó:

—¿Vive en otra parte?

—¡Te acabo de decir que no vive acá!

Martín enrojeció.

Alejandra fue hacia el otro extremo de la terraza y permaneció allá un buen tiempo. Luego volvió y se acodó sobre la balaustrada, cerca de Martín.

—Mi madre murió cuando yo tenía cinco años. Y cuando tuve once lo encontré a mi padre aquí con una mujer. Pero ahora pienso que vivía con ella mucho antes de que mi madre muriese.

Con una risa que se parecía a una risa normal como un criminal jorobado puede parecerse a un hombre sano agregó:

—En la misma cama donde yo duermo ahora.

Encendió un cigarrillo y a la luz del encendedor Martín pudo ver que en su cara quedaban restos de la risa anterior, el cadáver maloliente del jorobado.

Luego, en la oscuridad, veía cómo el cigarrillo de Alejandra se encendía con las profundas aspiraciones que ella hacía: fumaba, chupaba el cigarrillo con una avidez ansiosa y concentrada.

—Entonces me escapé de mi casa —dijo.

X

Esa chica pecosa es ella: tiene once años y su pelo es rojizo. Es una chica flaca y pensativa, pero violenta y duramente pensativa; como si sus pensamientos no fueran abstractos, sino serpientes enloquecidas y calientes. En alguna oscura región de su yo aquella chica ha permanecido intacta y ahora ella, la Alejandra de dieciocho años, silenciosa y atenta, tratando de no ahuyentar la aparición se retira a un lado y la observa con cautela y curiosidad. Es un juego al que se entrega muchas veces cuando reflexiona sobre su destino. Pero es un juego difícil, sembrado de dificultades, tan delicado y propenso a la frustración como dicen los espiritistas que son las materializaciones: hay que saber esperar, hay que tener paciencia y saber concentrarse con fuerza, ajeno a pensamientos laterales o frívolos. La sombra va emergiendo poco a poco y hay que favorecer su aparición manteniendo un silencio total y una gran delicadeza: cualquier cosita y ella se replegará, desapareciendo en la región de la que empezaba a salir. Ahora está allí: ya ha salido y puede verla con sus trenzas coloradas y sus pecas, observando todo a su alrededor con aquellos ojos recelosos y concentrados, lista para la pelea y el insulto. Alejandra la mira con esa mezcla de ternura y de resentimiento que se tiene para los hermanos menores, en quienes descargamos la rabia que guardamos para nuestros propios defectos, gritándole: «¡No te mordás las uñas, bestia!»

—En la calle Isabel la Católica hay una casa en ruinas. Mejor dicho, había, porque hace poco la demolieron para construir una fábrica de heladeras. Estaba desocupada desde muchísimos años atrás, por un pleito o una sucesión. Creo que era de los Miguens, una quinta que en un tiempo debe de haber sido muy linda, como ésta. Recuerdo que tenía unas paredes verde claro, verdemar, todas descascaradas, como si tuvieran lepra. Yo estaba muy excitada y la idea de fugarme y de esconderme en una casa abandonada me producía una sensación de poderío, quizá como la que deben de sentir los soldados al lanzarse al ataque, a pesar del miedo o por una especie de manifestación inversa del miedo. Leí algo sobre eso en alguna parte, ¿vos no? Te digo esto porque yo sufría grandes terrores de noche, de modo que ya te podés figurar lo que me podía esperar en una casa abandonada. Me enloquecía, veía bandidos que entraban a mi pieza con faroles, o gentes de la Mazorca con cabezas tan grandes en la mano (Justina nos contaba siempre cuentos de la Mazorca). Caía en pozos de sangre. Ni siquiera sé si todo aquello lo veía dormida o despierta; pienso que eran alucinaciones, que los veía despierta, porque los recuerdo como si ahora mismo los estuviera viviendo. Entonces daba alaridos, hasta que corría abuela Elena y me calmaba poco a poco, porque durante bastante tiempo seguía sacudiendo la cama con mis estremecimientos; eran ataques, verdaderos ataques.

»De modo que planear lo que planeaba, esconderme de noche en una casa solitaria y derruida era un acto de locura. Y ahora pienso que lo planeé para que mi venganza fuera más atroz. Sentía que era una hermosa venganza y que resultaba más hermosa y más violenta cuanto más terribles eran los peligros que debía enfrentar, ¿comprendes? Como si pensara, y quizá lo haya pensado, «¡vean lo que sufro por culpa de mi padre!». Es curioso, pero desde aquella noche mi pavor nocturno se transformó, de un solo golpe, en una valentía de loco. ¿No te parece curioso? ¿Cómo se explicará ese fenómeno? Era una especie de arrogancia loca, como te digo, frente a cualquier peligro, real o imaginario. Es cierto que siempre había sido audaz y en las vacaciones que pasaba en el campo de las Carrasco, unas solteronas amigas de abuela Elena, me había acostumbrado a experiencias muy duras: corría a campo traviesa y a galope sobre una yegüita que me habían dado y que yo misma la había bautizado con un nombre que me gustaba: *Desprecio*. Y no tenía miedo de las vizcacheras, aunque varias veces rodé por culpa de las cuevas. Tenía un rifle calibre 22, para cazar, y un matagatos. Sabía nadar muy bien y a pesar de todas las recomendaciones y juramentos salía a nadar mar afuera y tuve que luchar contra la marejada más de una vez (me olvidaba decirte que el campo de las viejuchas Carrasco daba a la costa, cerca de Miramar). Y sin embargo, a pesar de todo eso, de noche temblaba de miedo ante monstruos imaginarios. Bueno, te decía, decidí escaparme y esconderme en la casa de la calle Isabel la Católica. Esperé la noche para poder treparme por la verja sin ser advertida: la puerta estaba cerrada con candado. Pero probablemente alguien me vio, y aunque al comienzo no le haya dado importancia, pues, como te imaginarás, más de un muchacho por curiosear habría hecho antes lo que yo estaba haciendo en ese momento, luego, cuando se corrió la voz por el barrio y cuando la policía intervino, el hombre habrá recordado y habrá dado el dato. Pero si las cosas fueron así, debe haber sido muchas horas después de mi escapada, porque la policía recién apareció en el caserón a las once. Así que tuve todo el tiempo para enfrentar el terror. Apenas me descolgué de la verja entré hacia el fondo bordeando la casa, por la antigua entrada cochera, en medio de yuyos y tachos viejos, de basura y gatos o perros muertos y hediondos. Me olvidaba decirte que también había llevado mi linterna, mi cuchillito de campo, y el matagatos que el abuelo Pancho me regaló cuando cumplí diez años. Como te decía, bordeé la casa por la entrada cochera y así llegué a los fondos. Había una galería parecida a la que tenemos acá. Las ventanas que daban a esa galería o corredor estaban cubiertas por persianas, pero las persianas estaban podridas y algunas casi caídas o con boquetes. No era difícil que la casa hubiese sido utilizada por vagos o linyeras para pasar la noche y hasta alguna temporada. ¿Y quién me aseguraba que esa misma noche no viniesen algunos a dormir? Con mi linterna fui recorriendo las ventanas y puertas que daban a la parte trasera, hasta que vi una puerta a cuya persiana le faltaba una hoja. Empujé la puerta y se abrió, aunque con dificultad, chirriando, como si hiciese muchísimo tiempo que no fuese abierta. Con terror, pensé en el mismo instante que entonces ni los vagos se habían atrevido a refugiarse en aquella casa de mala fama. En algún momento vacilé y pensé que lo mejor sería no entrar en la casa y pasar la noche en el corredor. Pero hacía mucho frío. Tenía que entrar e incluso hacer fuego, como había observado en tantas vistas. Pensé que la cocina sería el lugar más adecuado, porque, de ese modo, sobre el suelo de baldosas podría prender una buena fogata. Tenía también la esperanza de que el fuego ahuyentase a las ratas, animales que siempre me asquearon. La cocina estaba, como todo el resto de la casa, en la última ruina. No me sentí capaz de acostarme en el suelo, aun amontonando paja, porque imaginé que allí era más fácil que se acercara alguna rata. Me pareció mejor acostarme sobre el fogón. Era una cocina de tipo antiguo, semejante a la que tenemos nosotros y a esas que todavía se ven en algunas chacras, con fogones para carbón y cocina económica. En cuanto al resto de la casa, la exploraría al día siguiente: no tenía en ese momento, de noche, valor para recorrerla y además, por otra parte, no tenía objeto. Mi primera tarea fue juntar leña en el jardín; es decir: pedazos de cajones, maderas sueltas, paja, papeles, ramas caídas y ramas de un árbol seco que encontré. Con todo eso preparé una fogata cerca de la puerta de la cocina, cosa que no se me llenara de humo el interior. Después de algunas tentativas todo anduvo bien, y apenas vi las llamas, en medio de la oscuridad, sentí una sensación de calor, físico y espiritual. En seguida saqué de mi bolsa cosas para comer. Me senté sobre un cajón, cerca de la hoguera, y comí con ganas salamín con pan y manteca, y después dulce de batata. Mi reloj marcaba ¡recién! las ocho. No quería pensar lo que me esperaba en las largas horas de la noche.

»La policía llegó a las once. No sé si, como te dije, alguien habría visto que un chico trepaba la verja. También es probable que algún vecino haya visto fuego o el humo de la hoguera que encendí, o mis movimientos por allí dentro con la linterna. Lo cierto es que la policía llegó y debo confesarte que la vi llegar con alegría. Quizá si hubiese tenido que pasar toda la noche, cuando todos los ruidos externos van desapareciendo y cuando tenés de verdad la sensación de que la ciudad duerme, creo que me hubiera enloquecido con la corrida de las ratas y los gatos, con el silbido del viento y con los ruidos que mi imaginación podía atribuir también a fantasmas. Así que cuando llegó la policía yo estaba despierta, arrinconada arriba del fogón y temblando de miedo.

»No te puedo decir la escena en mi casa, cuando me llevaron. Abuelo Pancho, el pobre, tenía los ojos llenos de lágrimas y no terminaba de preguntarme por qué había hecho semejante locura. Abuela Elena me retaba y al mismo tiempo me acariciaba, histéricamente. En cuanto a tía Teresa, tía abuela en realidad, que se la pasaba siempre en los velorios y en la sacristía, gritaba que debían meterme cuanto antes de pupila, en la escuela de la avenida Montes de Oca. Los conciliábulos deben de haber seguido durante buena parte de esa noche, porque yo los oía discutir allá en la sala. Al otro día supe que la abuela Elena había terminado por aceptar el punto de vista de tía Teresa, más que todo, lo creo ahora, porque pensaba que yo podía repetir aquella barbaridad en cualquier momento; y porque sabía, además, que yo quería mucho a la hermana Teodolina. A todo esto, por supuesto, yo me negué a decir nada y estuve todo el tiempo encerrada en mi pieza. Pero, en el fondo, no me disgustó la idea de irme de esta casa: suponía que de ese modo mi padre sentiría más mi venganza.

»No sé si fue mi entrada en el colegio, mi amistad con la hermana Teodolina o la crisis, o todo junto. Pero me precipité en la religión con la misma pasión con que nadaba o corría a caballo: como si jugara la vida. Desde ese momento hasta que tuve quince. Fue una especie de locura *con la misma furia con que nadaba de noche en el mar, en noches tormentosas, como si nadase furiosamente en una gran noche religiosa, en medio de tinieblas, fascinada por la gran tormenta interior.*

Ahí está el padre Antonio: habla de la Pasión y describe con fervor los sufrimientos, la humillación y el sangriento sacrificio de la Cruz. El padre Antonio es alto y, cosa extraña, se parece a su padre. Alejandra llora, primero en silencio, y luego su llanto se vuelve violento y finalmente convulsivo. Huye. Las monjas corren asustadas. Ve ante sí a la hermana Teodolina, consolándola, y luego se acerca el padre Antonio, que también intenta consolarla. El suelo empieza a moverse, como si ella estuviera en un bote. El suelo ondula como un mar, la pieza se agranda más y más, y luego todo empieza a dar vueltas: primero con lentitud y en seguida vertiginosamente. Suda. El padre Antonio se acerca, su mano es ahora gigantesca, su mano se acerca a su mejilla como un murciélago caliente y asqueroso. Entonces cae fulminada por una gran descarga eléctrica.

—¿Qué pasa, Alejandra? —gritó Martín, precipitándose sobre ella.

Se había derrumbado y permanecía rígida, en el suelo, sin respirar, su rostro fue poniéndose violáceo, y de pronto tuvo convulsiones.

—¡Alejandra! ¡Alejandra!

Pero ella no lo oía, ni sentía sus brazos: gemía y mordía sus labios.

Hasta que, como una tempestad en el mar que se calma poco a poco, sus gemidos fueron espaciándose y haciéndose más tiernos y lastimeros, su cuerpo fue aquietándose y por fin quedó blando y como muerto. Martín la levantó entonces en sus brazos y la llevó a su pieza, poniéndola sobre la cama. Después de una hora o más Alejandra abrió sus ojos, miró en torno, como borracha. Luego se sentó, pasó sus manos por la cara, como si quisiera despejarse, y quedó largo rato en silencio. Mostraba tener un cansancio enorme.

Después se levantó, buscó píldoras y las tomó.

Martín la observaba asustado.

—No pongás esa cara. Si vas a ser amigo mío tendrás que acostumbrarte a todo esto. No pasa nada importante.

Buscó un cigarrillo en la mesita y se puso a fumar. Durante largo tiempo descansó en silencio. Al cabo preguntó:

—¿De qué te estaba hablando?

Martín se lo recordó.

—Pierdo la memoria, sabés.

Se quedó pensativa, fumando, y luego agregó:

—Salgamos afuera, quiero tomar aire.

Se acodaron sobre la balaustrada de la terraza.

—Así que te estaba hablando de aquella fuga.

Fumó en silencio.

—Conmigo no ganaban ni para sustos, decía la hermana Teodolina. Me torturaba días enteros analizando mis sentimientos, mis reacciones. Desde aquello que me pasó con el padre Antonio inicié una serie de mortificaciones: me arrodillaba horas sobre vidrios rotos, me dejaba caer la cera ardiendo de los cirios sobre las manos, hasta me corté en el brazo con una hoja de afeitar. Y cuando la hermana Teodolina, llorando, me quiso obligar a que le dijera por qué me había cortado, no le quise decir nada, y en realidad yo misma no lo sabía, y creo que todavía no lo sé. Pero la hermana Teodolina me decía que no debía hacer esas cosas, que a Dios no le gustaban esos excesos y que también en esas actitudes había un enorme orgullo satánico. ¡Vaya la novedad! Pero aquello era más fuerte, más invencible que cualquier argumentación. Ya verás cómo terminaría toda aquella locura.

Se quedó pensativa.

—Qué curioso —dijo al cabo de un rato—, trato de recordar el paso de aquel año y no puedo recordar más que escenas sueltas, una al lado de otra. ¿A vos te pasa lo mismo? Yo ahora siento el paso del tiempo, como si corriera por mis venas, con la sangre y el pulso. Pero cuando trato de recordar el pasado no siento lo mismo: veo escenas sueltas paralizadas como en fotografías.

Su memoria está compuesta de fragmentos de existencia, estáticos y eternos: el tiempo no pasa, en efecto, entre ellos, y cosas que sucedieron en épocas muy remotas entre sí están unas junto a otras vinculadas o reunidas por extrañas antipatías y simpatías. O acaso salgan a la superficie de la conciencia unidas por vínculos absurdos pero poderosos, como una canción, una broma o un odio común. Como ahora, para ella, el hilo que las une y que las va haciendo salir una después de otra es cierta ferocidad en la búsqueda de algo absoluto, cierta perplejidad, la que une palabras como padre, Dios, playa, pecado, pureza, mar, muerte.

—Me veo un día de verano y oigo a la abuela Elena que dice: «Alejandra tiene que ir al campo, es necesario que salga de acá, que tome aire.» Curioso: recuerdo que en ese momento abuela tenía un dedal de plata en la mano.

Se rió.

—¿Por qué te reís? —preguntó Martín, intrigado.

—Nada, nada de importancia. Me mandaron, pues, al campo de las viejuchas Carrasco, parientes lejanas de abuela Elena. No sé si te dije que ella no era de la familia Olmos, sino que se llamaba Lafitte. Era una mujer buenísima y se casó con mi abuelo Patricio, hijo de don Pancho. Algún día te contaré algo de abuelo Patricio, que murió. Bueno, como te decía, las Carrasco eran primas segundas de abuela Elena. Eran solteronas, eternas, hasta los nombres que tenían eran absurdos: Ermelinda y Rosalinda. Eran unas santas y en realidad para mí eran tan indiferentes como una losa de mármol o un costurero; ni las oía cuando hablaban. Eran tan candorosas que si hubiesen podido leer un solo segundo en mi cabeza se hubieran muerto de susto. Así que me gustaba ir al campo de ellas: tenía toda la libertad que quería y podía correr con mi yegüita hasta la playa, porque el campo de las viejas daba al océano, un poco al sur de Miramar. Además, ardía en deseos de estar sola, de nadar, de correr con la tordilla, de sentirme sola frente a la inmensidad de la naturaleza, bien lejos de la playa donde se amontonaba toda la gente inmunda que yo odiaba. Hacía un año que no veía a Marcos Molina y también esa perspectiva me interesaba. ¡Había sido un año tan importante! Quería contarle mis nuevas ideas, comunicarle un proyecto grandioso, inyectarle mi ardiente fe. Todo mi cuerpo estallaba con fuerza, y si siempre fui medio salvaje, en aquel verano la fuerza parecía haberse multiplicado, aunque tomando otra dirección. Durante aquel verano Marcos sufrió bastante. Tenía quince años, uno más que yo. Era bueno, muy atlético. En realidad, ahora que pienso llegará a ser un excelente padre de familia y seguro que dirigirá alguna sección de la Acción Católica. No te creas que fuese tímido, pero era del género buen muchacho, del género católico pelotudo: de buena fe y bastante sencillo y tranquilo. Ahora pensá lo siguiente: apenas llegué al campo me lo agarré por mi cuenta y empecé a tratar de convencerlo para que nos fuésemos a la China o al Amazonas apenas tuviésemos dieciocho años. Como misioneros, ¿entendés? Nos íbamos a caballo, bien lejos, por la playa, hacia el sur. Otras veces íbamos en bicicleta o caminábamos durante horas. Y con largos discursos, llenos de entusiasmo, intentaba hacerle comprender la grandeza de una actitud como la que yo le proponía. Le hablaba del padre Damián y de sus trabajos con los leprosos de la Polinesia, le contaba historias de misioneros en China y en África, y la historia de las monjas que sacrificaron los indios en el Matto Grosso. Para mí, el goce más grande que podía sentir era el de morir en esa forma, martirizada. Me imaginaba cómo los salvajes nos agarraban, cómo me desnudaban y me ataban a un árbol con sogas y cómo luego, en medio de alaridos y danzas, se acercaban con un cuchillo de piedra afilada, me abrían el pecho y me arrancaban el corazón sangrante.

Alejandra se quedó callada, volvió a encender el cigarrillo que se le había apagado, y luego prosiguió:

—Marcos era católico, pero me escuchaba mudo. Hasta que un día me terminó por confesar que esos sacrificios de misioneros que morían y sufrían el martirio por la fe eran admirables, pero que él no se sentía capaz de hacerlo. Y que de todos modos pensaba que se podía servir a Dios en otra forma más modesta, siendo una buena persona y no haciendo el mal a nadie. Esas palabras me irritaron.

—¡Sos un cobarde! —le grité con rabia.

»Estas escenas, con ligeras variantes, se repitieron dos o tres veces.

»Él se quedaba mortificado, humillado. Yo me iba en ese momento de su lado y dando un rebencazo a mi tordilla me volvía a galope tendido, furiosa y llena de desdén por aquel pobre diablo. Pero al otro día volvía a la carga, más o menos sobre lo mismo. Hasta hoy no comprendo el porqué de mi empecinamiento, ya que Marcos no me despertaba ningún género de admiración. Pero lo cierto es que yo estaba obsesionada y no le daba descanso.

—Alejandra —me decía con bonhomía, poniéndome una de sus manazas sobre el hombro—, ahora dejate de predicar y vamos a bañarnos.

—¡No! ¡Momento! —exclamaba yo, como si él estuviera queriendo rehuir un compromiso previo. Y nuevamente a lo mismo.

»A veces le hablaba del matrimonio.

—Yo no me casaré nunca —le explicaba—. Es decir, no tendré nunca hijos, si me caso.

»Él me miró extrañado, la primera vez que se lo dije.

—¿Sabés cómo se tienen los hijos? —le pregunté.

—Más o menos —respondió, poniéndose colorado.

—Bueno, si lo sabés, comprenderás que es una porquería.

»Le dije esas palabras con firmeza, casi con rabia, y como si fuesen un argumento más en favor de mi teoría sobre las misiones y sacrificio.

—Me iré, pero tengo que irme con alguien. ¿comprendés? Tengo que casarme con alguien porque si no me harán buscar con la policía y no podré salir del país. Por eso he pensado que podría casarme contigo. Mirá: ahora tengo catorce años y vos tenés quince. Cuando yo tenga dieciocho termino el colegio y nos casamos, con autorización del juez de menores. Nadie puede prohibirnos ese casamiento. Y en último caso nos fugamos y entonces tendrán que aceptarlo. Entonces nos vamos a China o al Amazonas. ¿Qué te parece? Pero nos casamos nada más que para poder irnos tranquilos, ¿comprendés?, no para tener hijos, ya te expliqué. No tendremos hijos nunca. Viviremos siempre juntos, recorreremos países salvajes pero ni nos tocaremos siquiera. ¿No es hermosísimo?

»Me miró asombrado.

—No debemos rehuir el peligro —proseguí—. Debemos enfrentarlo y vencerlo. No te vayas a creer, tengo tentaciones, pero soy fuerte y capaz de dominarlas. ¿Te imaginás qué lindo vivir juntos durante años, acostarnos en la misma cama, a lo mejor vernos desnudos y vencer la tentación de tocarnos y de besarnos?

»Marcos me miraba asustado.

—Me parece una locura todo lo que estás diciendo —comentó—. Además, ¿no manda Dios tener hijos en el matrimonio?

—¡Te digo que yo nunca tendré hijos! —le grité—. ¡Y te advierto que jamás me tocarás y que nadie, nadie, me tocará!

»Tuve un estallido de odio y empecé a desnudarme.

—¡Ahora vas a ver! —grité, como desafiándolo.

»Había leído que los chinos impiden el crecimiento de los pies de sus mujeres metiéndolos en hormas de hierro y que los sirios, creo, deforman la cabeza de sus chicos, fajándoselas. En cuanto me empezaron a salir los pechos empecé a usar una larga tira que corté de una sábana y que tenía como tres metros de largo: me daba varias vueltas, ajustándome bárbaramente. Pero los pechos crecieron lo mismo, como esas plantas que nacen en las grietas de las piedras y terminan rajándolas. Así que una vez que me hube quitado la blusa, la pollera y la bombacha, me empecé a sacar la faja. Marcos, horrorizado, no podía dejar de mirar mi cuerpo. Parecía un pájaro fascinado por una serpiente.

»Cuando estuve desnuda, me acosté sobre la arena y lo desafié:

—¡Vamos, desnudate vos ahora! ¡Probá que sos un hombre!

—¡Alejandra! —balbuceó Marcos—. ¡Todo lo que estás haciendo es una locura y un pecado!

»Repitió como un tartamudo lo del pecado, varias veces, sin dejar de mirarme, y yo, por mi parte, le seguía gritando maricón, con desprecio cada vez mayor. Hasta que, apretando las mandíbulas y con rabia, empezó a desnudarse. Cuando estuvo desvestido, sin embargo, parecía habérsele terminado la energía, porque se quedó paralizado, mirándome con miedo.

—Acostate acá —le ordené.

—Alejandra, es una locura y un pecado.

—¡Vamos, acostate acá! —le volví a ordenar.

»Terminó por obedecerme.

»Quedamos los dos mirando al cielo, tendidos de espaldas sobre la arena caliente, uno al lado del otro. Se produjo un silencio abrumador, se podía oír el chasquido de las olas contra las toscas. Arriba, las gaviotas chillaban y evolucionaban sobre nosotros. Yo sentí la respiración de Marcos, que parecía haber corrido una larga carrera.

—¿Ves qué sencillo? —comenté—. Así podremos estar siempre.

—¡Nunca, nunca! —gritó Marcos, mientras se levantaba con violencia, como si huyera de un gran peligro.

»Se vistió con rapidez, repitiendo «¡nunca, nunca! ¡Estás loca, estás completamente loca!».

»Yo no dije nada pero me sonreía con satisfacción. Me sentía poderosísima.

»Y como quien no dice nada, me limité a decir:

—Si me tocabas, te mataba con mi cuchillo.

»Marcos quedó paralizado por el horror. Luego, de pronto, salió corriendo para el lado de Miramar.

»Recostada sobre un lado vi cómo se alejaba. Luego me levanté y corrí hacia el agua. Nadé durante mucho tiempo, sintiendo cómo el agua salada envolvía mi cuerpo desnudo. Cada partícula de mi carne parecía vibrar con el espíritu del mundo.

»Durante varios días Marcos desapareció de Piedras Negras. Pensé que estaba asustado o, acaso, que se había enfermado. Pero una semana después reapareció, tímidamente. Yo hice como si no hubiera pasado nada y salimos a caminar, como otras veces. Hasta que de pronto le dije:

—¿Y Marcos? ¿Pensaste en lo del casamiento?

»Marcos se detuvo, me miró seriamente y me dijo, con firmeza:

—Me casaré contigo, Alejandra. Pero no en la forma que decís.

—¿Cómo? —exclamé—. ¿Qué estás diciendo?

—Que me casaré para tener hijos, como hacen todos.

»Sentí que mis ojos se ponían rojos, o vi todo rojo. Sin darme del todo cuenta me encontré lanzándome contra Marcos. Caímos al suelo, luchando. Aun cuando Marcos era fuerte y tenía un año más que yo, al principio luchamos en forma pareja, creo que porque mi furor multiplicaba mi fuerza. Recuerdo que de pronto hasta logré ponerlo debajo y con mis rodillas le di golpes sobre el vientre. Mi nariz sangraba, gruñíamos como dos enemigos mortales. Marcos hizo por fin un gran esfuerzo y se dio vuelta. Pronto estuvo sobre mí. Sentí que sus manos me apretaban y que retorcía mis brazos como tenazas. Me fue dominando y sentí su cara cada vez más cerca de la mía. Hasta que me besó.

»Le mordí los labios y se separó gritando de dolor. Me soltó y salió corriendo.

»Yo me incorporé, pero, cosa extraña, no lo perseguí: me quedé petrificada, viendo cómo se alejaba. Me pasé la mano por la boca y me refregué los labios, como queriéndolos limpiar de suciedad. Y poco a poco sentí que la furia volvía a subir en mí como el agua hirviendo en una olla. Entonces me quité la ropa y corrí hacia el agua. Nadé durante mucho tiempo, quizá horas, alejándome de la playa, mar adentro.

»Experimentaba una extraña voluptuosidad cuando las olas me levantaban. Me sentía a la vez poderosa y solitaria, desgraciada y poseída por los demonios. Nadé. Nadé hasta que sentí que las fuerzas se me acababan. Entonces empecé a bracear hacia la playa.

»Me quedé mucho tiempo descansando en la arena, de espaldas sobre la arena caliente, observando las gaviotas que planeaban. Muy arriba, nubes tranquilas e inmóviles daban una sensación de absoluta calma al anochecer, mientras mi espíritu era un torbellino y vientos furiosos lo agitaban y desgarraban: mirándome hacia adentro, parecía ver a mi conciencia como un barquito sacudido por una tempestad.

»Volví a casa cuando ya era de noche, llena de rencor

indefinido, contra todo y contra mí misma. Me sentí llena de ideas criminales. Odiaba una cosa: haber sentido placer en aquella lucha y en aquel beso. Todavía en mi cama, de espaldas mirando el techo, seguía dominada por una sensación imprecisa que me estremecía la piel como si tuviera fiebre. Lo curioso es que casi no recordaba a Marcos como Marcos, en realidad, ya te dije que me parecía bastante zonzo y que nunca le tuve admiración: era más bien una confusa sensación en la piel y en la sangre, el recuerdo de brazos que me estrujaban, el recuerdo de un peso sobre mis pechos y mis muslos. No sé cómo explicarte, pero era como si lucharan dentro de mí dos fuerzas opuestas, y esa lucha, que no alcanzaba a entender, me angustiaba y me llenaba de odio. Y ese odio parecía alimentado por la misma fiebre que estremecía mi piel y que se concentraba en la punta de mis pechos.

»No podía dormir. Miré la hora: era cerca de las doce. Casi sin pensarlo, me vestí y me descolgué, como otras veces, por la ventana de mi cuarto hacia el jardincito. No sé si te dije ya que las Carrasco tenían, además, una casita en el mismo Miramar, donde pasaban a veces semanas o fines de semana. Estábamos entonces allí.

»Casi corriendo fui hasta la casa de Marcos, aunque había jurado no verlo nunca más.

»El cuarto de él daba a la calle, en el piso de arriba. Silbé, como otras veces, y esperé.

»No respondía. Busqué una piedrita en la calle y la arrojé contra su ventana, que estaba abierta, y volví a silbar. Por fin se asomó y me preguntó, asombrado, qué pasaba.

—Bajá —le dije—. Quiero hablarte.

»Creo que todavía hasta ese momento no había comprendido que quería matarlo, aunque tuve la precaución de llevar mi cuchillito de campo.

—No puedo, Alejandra —me respondió—. Mi padre está muy enojado y si me oye va a ser peor.

—Si no bajás —le respondí con rencorosa calma— va a ser mucho peor, porque voy a subir yo.

»Vaciló un instante, midió quizá las consecuencias que le podía atraer mi propósito de subir y entonces me dijo que esperara.

»Al poco rato apareció por la puerta trasera.

»Me puse a caminar delante de él.

—¿Adónde vas? —me preguntó alarmado—, ¿qué te proponés?

»No contesté y seguí hasta llegar a un baldío que había a media cuadra de su casa. Él venía siempre atrás, como arrastrado.

»Entonces me volví bruscamente hacia él y le dije:

—¿Por qué me besaste, hoy?

»Mi voz, mi actitud, qué sé yo, lo que sea, debe de haberlo impresionado, porque casi no podía hablar.

—Respondé —le dije con energía.

—Perdoname —balbuceó—, lo hice sin querer...

»Tal vez alcanzó a vislumbrar el brillo de la hoja, quizá fue solamente el instinto de conservación, pero se lanzó casi al mismo tiempo sobre mí y con sus dos manos me sujetó mi brazo derecho, forcejeando para hacerme caer el cuchillito. Logró por fin arrancármelo y lo arrojó lejos, entre los yuyos. Yo corrí y llorando de rabia empecé a buscarlo, pero era absurdo intentar encontrarlo entre aquella maraña, y de noche. Entonces salí corriendo hacia abajo, hacia el mar: me había acometido la idea de salir mar afuera y dejarme ahogar. Marcos corrió detrás, acaso sospechando mi propósito, y de pronto sentí que me daba un golpe detrás de la oreja. Me desmayé. Según supe después, me levantó y me llevó hasta la casa de las

Carrasco, dejándome en la puerta y tocando el timbre, hasta que vio que se encendían las luces y que venían a abrir, huyendo en ese momento. A primera vista puede pensarse que esto era una barbaridad, por el escándalo que se provocaría. Pero ¿qué otra cosa podía hacer Marcos? Si se hubiera quedado, conmigo desmayada a su lado, a las doce de la noche, cuando las viejas creían que yo estaba en mi cama durmiendo, ¿te imaginás la que se hubiera armado? Dentro de todo, hizo lo más apropiado. De cualquier modo, ya te podrás imaginar el escándalo. Cuando volví en mí, estaban las dos Carrasco, la mucama y la cocinera, todas encima, con colonia, con abanicos, qué sé yo. Lloraban y se lamentaban como si estuvieran delante de una tragedia abominable. Me interrogaban, daban chillidos, se persignaban, decían Dios mío, daban órdenes, etcétera.

»Fue una catástrofe.

»Te imaginarás que me negué a dar explicaciones.

»Se vino abuela Elena, consternada y que, en vano, trató de sacarme lo que había detrás de todo. Tuve una fiebre que me duró casi todo el verano.

»Hacia fines de febrero empecé a levantarme.

»Me había vuelto casi muda y no hablaba con nadie. Me negué a ir a la iglesia, pues me horrorizaba la sola idea de confesar mis pensamientos del último tiempo.

»Cuando volvimos a Buenos Aires, tía Teresa... no sé si te hablé ya de esa vieja histérica, que se pasaba la vida entre velorios y misas, siempre hablando de enfermedades y tratamientos, tía Teresa dijo, en cuanto me tuvo enfrente:

—Sos el retrato de tu padre. Vas a ser una perdida. Me alegro que no seas hija mía.

»Salí hecha una furia contra la vieja loca. Pero, cosa

extraña, mi furia mayor no era contra ella sino contra mi padre, como si la frase de mi tía abuela me hubiese golpeado a mí, como si un bumerang hubiese ido hasta mi padre y finalmente, de nuevo, a mí.

»Le dije a abuela Elena que quería irme al colegio, que no dormiría ni un día en esta casa. Me prometió hablar con la hermana Teodolina para que me recibieran de algún modo antes del período de las clases. No sé lo que habrán hablado las dos, pero la verdad es que buscaron la forma de recibirme. Esa misma noche me arrodillé delante de mi cama y pedí a Dios que hiciera morir a mi tía Teresa. Lo pedí con una unción feroz y lo repetí durante varios meses, cada noche, al acostarme y también en mis largas horas de oración en la capilla. Mientras tanto, y a pesar de todas las instancias de la hermana Teodolina, me negué a confesarme: mi idea, bastante astuta, era primero lograr la muerte de tía, y después confesarme; porque, pensaba, si me confesaba antes tendría que decir lo que planeaba y me vería obligada a desistir.

»Pero tía Teresa no murió. Por el contrario, cuando volví a casa en las vacaciones la vieja parecía estar más sana que nunca. Porque te advierto que aunque se pasaba quejando y tomando píldoras de todos los colores, tenía una salud de hierro. Se pasaba hablando de enfermos y muertos. Entraba en el comedor o en la sala diciendo con entusiasmo:

—Adivinen quién murió.

»O, comentando con una mezcla de arrogancia e ironía:

—Inflamación al hígado... ¡Cuando yo les decía que eso era cáncer! Un tumor de tres kilos, nada menos.

»Y corría al teléfono para dar la noticia con ese fervor que tenía para anunciar catástrofes. Marcaba el número y sin perder tiempo, telegráficamente, para dar la noticia a la mayor cantidad de gente en el menor tiempo posible, no fuera que otro se le adelantase, decía «¿Josefina? Pipo cáncer», y así a María Rosa, a Beba, a Naní, a María Magdalena, a María Santísima. Bueno, como te digo, al verla con tanta salud, todo el odio rebotó contra Dios. Sentía como si me hubiese estafado, y al sentirlo de alguna manera del lado de tía Teresa, de esa vieja histérica y de mala entraña, asumía ante mí cualidades semejantes a las de ella. Toda la pasión religiosa pareció de pronto invertirse, y con la misma fuerza. Tía Teresa había dicho que yo iba a ser una perdida y por lo tanto Dios también pensaba así, y no sólo lo pensaba sino que seguramente lo quería. Empecé a planear mi venganza, y como si Marcos Molina fuera el representante de Dios sobre la tierra, imaginé lo que haría con él apenas llegase a Miramar. Entretanto llevé a cabo algunas tareas menores: rompí la cruz que había sobre mi cama, eché al inodoro las estampas y me limpié con el traje de comunión como si fuera papel higiénico, tirándolo después a la basura.

»Supe que los Molina ya se habían ido a Miramar y entonces la convencí a abuela Elena para que telefoneara a las viejuchas Carrasco. Salí al otro día, llegué a Miramar cerca de la hora de comer y tuve que seguir hasta la estancia en el auto que me esperaba, sin poder ver ese día a Marcos.

»Esa noche no pude dormir.

El calor es insoportable y pesado. La luna, casi llena, está rodeada de un halo amarillento como de pus. El aire está cargado de electricidad y no se mueve ni una hoja: todo anuncia la tormenta. Alejandra da vueltas y vueltas en la cama, desnuda y sofocada, tensa por el calor, la electricidad y el odio. La luz de la luna es tan intensa que en el cuarto todo es visible. Alejandra se acerca a la ventana y mira la hora en su relojito: las dos y media. Entonces miro hacia afuera: el campo aparece iluminado como en una escenografía nocturna de teatro; el monte inmóvil y silencioso parece encerrar grandes secretos; el aire está impregnado de un perfume casi insoportable de jazmines y magnolias. Los perros están inquietos, ladran intermitentemente y sus respuestas se alejan y vuelven a acercarse, en flujos y reflujos. Hay algo malsano en aquella luz amarillenta y pesada, algo como radiactivo y perverso. Alejandra tiene dificultad en respirar y siente que el cuarto la agobia. Entonces, en un impulso irresistible, se echa descolgándose por la ventana. Camina por el césped del parque y el Milord *la siente y le mueve la cola. Siente en la planta de sus pies el contacto húmedo y áspero-suave del césped. Se aleja hacia el lado del monte, y cuando está lejos de la casa, se echa sobre la hierba, abriendo todo lo que puede sus brazos y sus piernas. La luna le da de pleno sobre su cuerpo desnudo y siente su piel estremecida por la hierba. Así permanece largo tiempo: está como borracha y no tiene ninguna idea precisa en la mente. Siente arder su cuerpo y pasa sus manos a lo largo de sus flancos, sus muslos, su vientre. Al rozarse apenas con las yemas sus pechos siente que toda su piel se eriza y se estremece como la piel de los gatos.*

»Al otro día, temprano, ensillé la petisa y corrí a Miramar. No sé si te dije ya que mis encuentros con Marcos eran siempre clandestinos, porque ni su familia me podía ver a mí, ni yo los tragaba a ellos. Sus hermanas, sobre todo, eran dos taraditas cuya máxima aspiración consistía en casarse con jugadores de polo y aparecer el mayor número de veces en Atlántida o El Hogar. Tanto Mónica como Patricia me detestaban y corrían con el chisme en cuanto me veían con el hermanito. Así que mi sistema de comunicación con él era silbar bajo su ventana, cuando imaginaba que podía estar allí, o dejarle un mensaje a Lomónaco, el bañero. Ese día, cuando llegué a la casa, se había ido; porque no respondió a mis silbidos. Así que fui hasta la playa y le pregunté a Lomónaco si lo había visto: me dijo que se había ido al Dormy House y que recién volvería a la tarde. Pensé por un momento en ir a buscarlo, pero desistí porque me comunicó que se había ido con las hermanas y otras amigas. No quedaba otro recurso que esperarlo. Entonces le dije que yo lo esperaría en Piedras Negras a las seis de la tarde.

»Bastante malhumorada, volví a la estancia.

»Después de la siesta me encaminé con la petisa hacia Piedras Negras. Y allá lo esperé.

La tormenta que se anunciaba desde el día anterior se ha ido cargando durante la jornada: el aire se ha ido convirtiendo en un fluido pesado y pegajoso, nubes enormes han ido surgiendo durante la mañana hacia la región del oeste y, durante la siesta, como de un gigantesto y silencioso hervidero han ido cubriendo todo el cielo. Tirada a la sombra de unos pinos, sudorosa e inquieta, Alejandra siente cómo la atmósfera se está cargando minuto a minuto con la electricidad que precede a las grandes tempestades.

»Mi descontento y mi irritación aumentaban a medida que transcurría la tarde, impaciente por la demora de Marcos. Hasta que por fin apareció cuando la noche se venía encima, precipitada por los nubarrones que avanzaban desde el oeste.

»Llegó casi corriendo y yo pensé: tiene miedo de la tormenta. Todavía hoy me pregunto por qué descargaba todo mi odio a Dios sobre aquel pobre infeliz, que más bien parecía adecuado para el menosprecio. No sé si porque era un tipo de católico que siempre me pareció muy representativo, o porque era tan bueno y por lo tanto la injusticia de tratarlo mal tenía más sabor. También puede que haya sido porque tenía algo puramente animal que me atraía, algo estrictamente físico, es cierto, pero que calentaba la sangre.

—Alejandra —dijo—, se viene la tormenta y me parece mejor que volvamos a Miramar.

»Me puse de costado y lo miré con desprecio.

—Apenas llegás —le dije—, recién me ves, ni siquiera tratás de saber por qué te he buscado y ya estás pensando en volver a casita.

»Me senté, para quitarme la ropa.

—Tengo mucho que hablar contigo, pero antes vamos a nadar.

—Estuve todo el día en el agua, Alejandra. Y además —añadió, señalando con un dedo hacia el cielo— mirá lo que se viene.

—No importa. Vamos a nadar lo mismo.

—No traje la malla.

—¿La malla? —pregunté con sorna—. Yo tampoco tengo malla.

»Empecé a quitarme el blue-jean.

»Marcos, con una firmeza que me llamó la atención, dijo:

—No, Alejandra, yo me iré. No tengo malla y no nadaré desnudo, contigo.

»Yo me había quitado el blue-jean. Me detuve y con aparente inocencia, como si no comprendiera sus razones, le dije:

—¿Por qué? ¿Tenés miedo? ¿Qué clase de católico sos que necesitás estar vestido para no pecar? ¿Así que desnudo sos otra persona?

»Empezaba a quitarme las bombachas, agregué:

—Siempre pensé que eras un cobarde, el típico católico cobarde.

»Sabía que eso iba a ser decisivo. Marcos, que había apartado la mirada de mí desde el momento en que yo me dispuse a quitarme las bombachas, me miró, rojo de vergüenza y de rabia, y apretando sus mandíbulas empezó a desnudarse.

»Había crecido mucho durante ese año, su cuerpo de deportista se había ensanchado, su voz era ahora de hombre y había perdido los ridículos restos de niño que tenía el año anterior: tenía dieciséis años, pero era muy fuerte y desarrollado para su edad. Yo, por mi parte, había abandonado la absurda faja y mis pechos habían crecido libremente; también se habían ensanchado mis caderas y sentía en todo mi cuerpo una fuerza poderosa que me impulsaba a realizar actos portentosos.

»Con el deseo de mortificarlo, lo miré minuciosamente cuando estuvo desnudo.

—Ya no sos el mocoso del año pasado, ¿eh?

»Marcos, avergonzado, había dado vuelta su cuerpo y estaba colocado casi de espaldas a mí.

—Hasta te afeitás.

—No veo nada de malo en afeitarme —comentó con rencor.

—Nadie te ha dicho que sea malo. Observo sencillamente que te afeitás.

»Sin responderme, y quizá para no verse obligado a mirarme desnuda y a mostrar él su desnudez, corrió hacia el agua, en momentos en que un relámpago iluminó todo el cielo, como una explosión. Entonces, como si ese estallido hubiese sido la señal, los relámpagos y truenos empezaron a sucederse. El gris plomizo del océano se había ido oscureciendo, al mismo tiempo que el agua se embravecía. El cielo, cubierto por los sombríos nubarrones, era iluminado a cada instante como por fogonazos de una inmensa máquina fotográfica.

»Sobre mi cuerpo tenso y vibrante empezaron a caer las primeras gotas de agua; corrí hacia el mar. Las olas golpeaban con furia contra la costa.

»Nadamos mar afuera. Las olas me levantaban como una pluma en un vendaval y yo experimentaba una prodigiosa sensación de fuerza y a la vez de fragilidad. Marcos no se alejaba de mí y dudé si sería por temor hacia él mismo o hacia mí.

»Entonces él me gritó:

—¡Volvamos, Alejandra! ¡Pronto no sabremos ni hacia dónde está la playa!

—¡Siempre cauteloso! —le grité.

—¡Entonces me vuelvo solo!

»No respondí nada y además era ya imposible entenderse. Empecé a nadar hacia la costa. Las nubes ahora eran negras y desgarradas por los relámpagos y los truenos continuos parecían venir rodando desde lejos para estallar sobre nuestras cabezas.

»Llegamos a la playa. Y corrimos al lugar donde teníamos la ropa cuando la tempestad se desencadenó finalmente en toda su furia: un pampero salvaje y helado barría la playa mientras la lluvia comenzaba a precipitarse en torrentes casi horizontales.

»Era imponente: solos, en medio de una playa solitaria, desnudos, sintiendo sobre nuestros cuerpos el agua aquella barrida por el vendaval enloquecido, en aquel paisaje rugiente iluminado por estallidos.

»Marcos, asustado, intentaba vestirse. Caí sobre él y le arrebaté el pantalón.

»Y apretándome contra él, de pie, sintiendo su cuerpo musculoso y palpitante contra mis pechos y mi vientre, empecé a besarlo, a morderle los labios, las orejas, a clavarle las uñas en las espaldas.

»Forcejeó y luchamos a muerte. Cada vez que lograba apartar su boca de la mía, barboteaba palabras ininteligibles, pero seguramente desesperadas. Hasta que pude oír que gritaba:

—¡Dejame, Alejandra, dejame por amor de Dios! ¡Iremos los dos al infierno!

—¡Imbécil! —le respondí—. ¡El infierno no existe! ¡Es un cuento de los curas para embaucar infelices como vos! ¡Dios no existe!

»Luchó con desesperada energía y logró por fin arrancarme de su cuerpo.

»A la luz de un relámpago vi en su cara la expresión de un horror sagrado. Con sus ojos muy abiertos, como si estuviera viviendo una pesadilla, gritó:

—¡Estás loca, Alejandra! ¡Estás completamente loca, estás endemoniada!

—¡Me río del infierno, imbécil! ¡Me río del castigo eterno!

»Me poseía una energía atroz y sentía a la vez una mezcla de fuerza cósmica, de odio y de indecible tristeza. Riéndome y llorando, abriendo los brazos, con esa teatralidad que tenemos cuando adolescentes, grité repetidas veces hacia arriba, desafiando a Dios que me aniquilase con sus rayos, si existía.

Alejandra mira su cuerpo desnudo, huyendo a toda carrera, iluminado fragmentariamente por los relámpagos; grotesco y conmovedor, piensa que nunca más lo volverá a ver.

El rugido del mar y de la tempestad parecen pronunciar sobre ella oscuras y temibles amenazas de la Divinidad.

XI

Volvieron al cuarto. Alejandra fue hasta su mesita de luz y sacó dos píldoras rojas de un tubo. Luego se sentó al borde de la cama y golpeando con la palma de su mano izquierda a su lado le dijo a Martín:

—Sentate.

Mientras él se sentaba, ella, sin agua, tragaba las dos píldoras. Luego se recostó en la cama, con las piernas encogidas cerca del muchacho.

—Tengo que descansar un momento —explicó, cerrando los ojos.

—Bueno, entonces me voy —dijo Martín.

—No, no te vayas todavía —murmuró ella, como si estuviera a punto de dormirse—; después seguiremos hablando..., es un momento...

Y empezó a respirar hondamente, ya dormida.

Había dejado caer sus zapatos al suelo y sus pies desnudos estaban cerca de Martín, que estaba perplejo y todavía emborrachado por el relato de Alejandra en la terraza: todo era absurdo, todo sucedía según una trama disparatada y cualquier cosa que él hiciera o dejara de hacer parecía inadecuada.

¿Qué hacía él allí? Se sentía estúpido y torpe. Pero, por alguna razón que no alcanzaba a comprender, ella parecía necesitarlo: ¿no lo había ido a buscar? ¿No le había contado sus experiencias con Marcos Molina? A nadie, pensó con orgullo y perplejidad, a nadie se las había contado antes, estaba seguro. Y no había querido que se fuese y se había dormido a su lado, se había dejado dormir a su lado, había hecho ese supremo gesto de confianza que es dormirse al lado de otro: como un guerrero que deja su armadura. Ahí estaba, indefensa pero misteriosa e inaccesible. Tan cerca, pero separada por la muralla ingrávida pero infranqueable y tenebrosa del sueño.

Martín la miró: estaba de espaldas, respirando ansiosamente por su boca entreabierta, su gran boca desdeñosa y sensual. Su pelo largo y lacio, renegrido (con aquellos reflejos rojizos que indicaban que esa Alejandra era la misma chiquilina pelirroja de la infancia y algo a la vez tan distinto, ¡tan distinto!), desparramado sobre la almohada, destacaba su rostro anguloso, esos rasgos que tenían la misma nitidez, la misma dureza que su espíritu. Temblaba y estaba lleno de ideas confusas, nunca antes sentidas. La luz de velador iluminaba su cuerpo abandonado, sus pechos que se marcaban debajo de su blusa blanca, y aquellas largas y hermosas piernas encogidas que lo tocaban. Acercó una de sus manos a su cuerpo, pero antes de llegar a colocarla sobre él, la retiró asustado. Luego, después de grandes vacilaciones, su mano volvió a acercarse a ella y finalmente se posó sobre uno de sus muslos. Así permaneció, con el corazón sobresaltado, durante un largo rato, como si estuviera cometiendo un robo vergonzoso, como si estuviera aprovechando el sueño de un guerrero para robarle un pequeño recuerdo. Pero entonces ella se dio vuelta y él retiró su mano. Ella encogió sus piernas, levantando las rodillas y curvó su cuerpo como si volviera a la posición fetal.

El silencio era profundo y se oía la agitada respiración de Alejandra y algún silbato lejano de los muelles.

Nunca la conoceré del todo, pensó, como en una repentina y dolorosa revelación.

Estaba ahí, al alcance de su mano y de su boca. En cierto modo estaba sin defensa ¡pero qué lejana, qué inaccesible que estaba! Intuía que grandes abismos la separaban (no solamente el abismo del sueño sino otros) y que para llegar hasta el centro de ella habría que marchar durante jornadas temibles, entre grietas tenebrosas, por desfiladeros peligrosísimos, al borde de volcanes en erupción, entre llamaradas y tinieblas. *Nunca*, pensó, *nunca*.

Pero me necesita, me ha elegido, pensó también. De alguna manera lo había buscado y elegido a él, para algo que no alcanzaba a comprender. Y le había contado cosas que estaba seguro jamás había contado a nadie, y presentía que le contaría muchas otras, todavía más terribles y hermosas que las que ya le había confesado. Pero también intuía que habría otras que nunca, pero nunca le sería dado conocer. Y esas sombras misteriosas e inquietantes ¿no serían las más verdaderas de su alma, las únicas de verdadera importancia? Había tenido un estremecimiento cuando él mencionó a los ciegos, ¿por qué? Se había arrepentido apenas pronunciado el nombre Fernando, ¿por qué?

Ciegos, pensó, casi con miedo. *Ciegos, ciegos*.

La noche, la infancia, las tinieblas, las tinieblas, el terror y la sangre, sangre, carne y sangre, los sueños, abismos, abismos insondables, soledad soledad soledad, tocamos pero estamos a distancias inconmensurables, tocamos pero estamos solos. Era un chico bajo una cúpula inmensa, en medio de la cúpula, en medio de un silencio aterrador, solo en aquel inmenso universo gigantesco.

Y de pronto oyó que Alejandra se agitaba, se volvía

hacia arriba y parecía rechazar algo con las manos. De sus labios salían murmullos ininteligibles, pero violentos y anhelantes, hasta que, como teniendo que hacer un esfuerzo sobrehumano para articular, gritó «¡no, no!» incorporándose abruptamente.

—¡Alejandra! —la llamó Martín sacudiéndola de los hombros, queriendo arrancarla de aquella pesadilla.

Pero ella, con los ojos bien abiertos, seguía gimiendo, rechazando con violencia al enemigo.

—¡Alejandra, Alejandra! —seguía llamando Martín, sacudiéndola por los hombros.

Hasta que ella pareció despertarse como si surgiese de un pozo profundísimo, un pozo oscuro y lleno de telarañas y murciélagos.

—Ah —dijo con voz gastada.

Permaneció largo tiempo sentada en la cama, con la cabeza apoyada sobre sus rodillas y las manos cruzadas sobre sus piernas encogidas.

Después se bajó de la cama, encendió la luz grande, un cigarrillo y empezó a preparar café.

—Te desperté porque me di cuenta de que estabas en una pesadilla —dijo Martín, mirándola con ansiedad.

—Siempre estoy en una pesadilla, cuando duermo —respondió ella, sin darse vuelta, mientras ponía la cafetera sobre el calentador.

Cuando el café estuvo listo le alcanzó una tacita y ella, sentándose en el borde de la cama, tomó el suyo, abstraída.

Martín pensó: *Fernando, ciegos.*

«Menos Fernando y yo», había dicho. Y aunque conocía ya lo bastante a Alejandra para saber que no se le debía preguntar nada sobre aquel nombre que ella había rehuido en seguida, una insensata presión lo llevaba una y otra vez a aquella región prohibida, a bordearla peligrosamente.

—Y tu abuelo —preguntó—, ¿también es unitario?

—¿Cómo? —dijo ella, abstraída.

—Digo si tu abuelo también es unitario.

Alejandra volvió su mirada hacia él, un poco extrañada.

—¿Mi abuelo? Mi abuelo murió.

—¿Cómo? Creí que me habías dicho que vivía.

—No, hombre: mi abuelo Patricio murió. El que vive es mi bisabuelo, Pancho, ¿no te lo expliqué ya?

—Bueno, sí, quería decir tu abuelo Pancho, ¿es también unitario? Me parece gracioso que todavía pueda haber en el país unitarios y federales.

—No te das cuenta que aquí se ha vivido eso. Más aún: pensá que abuelo Pancho lo sigue viviendo, que nació poco después de la caída de Rosas. ¿No te dije que tiene noventa y cinco años?

—¿Noventa y cinco años?

—Nació en 1858. Nosotros podemos hablar de unitarios y federales, pero él ha vivido todo eso, ¿comprendés? Cuando él era chico todavía vivía Rosas.

—¿Y recuerda cosas de aquel tiempo?

—Tiene una memoria de elefante. Y además no hace otra cosa que hablar de aquello, todo el día, en cuanto te ponés a tiro. Es natural: es su única realidad. Todo lo demás no existe.

—Me gustaría algún día oírlo.

—Ahora mismo te lo muestro.

—¡Cómo, qué estás diciendo! ¡Son las tres de la mañana!

—No seas ingenuo. No comprendés que para el abuelo no hay tres de la mañana. Casi no duerme nunca. O acaso dormite a cualquier hora, qué sé yo... Pero de noche sobre todo se desvela y se pasa todo el tiempo con la lámpara encendida, pensando.

—¿Pensando?

—Bueno, quién lo sabe... ¿Qué podés saber de lo que pasa en la cabeza de un viejo desvelado, que tiene casi cien años? Quizá sólo recuerde, qué sé yo... Dicen que a esa edad sólo se recuerda...

Y luego agregó, riéndose con su risa seca:

—Me cuidaré mucho de llegar hasta esa edad.

Y saliendo con naturalidad, como si se tratase de hacer una visita normal a personas normales y en horas sensatas, dijo:

—Vení, te lo muestro ahora. Quién te dice que mañana se ha muerto.

Se detuvo.

—Acostumbrate un poco a la oscuridad y podrás bajar mejor.

Se quedaron un rato apoyados en la balaustrada mirando hacia la ciudad dormida.

—Mirá esa luz en la ventana, en aquella casita —comentó Alejandra, señalando con su mano—. Siempre me subyugan esas luces en la noche: ¿será una mujer que está por tener un hijo? ¿Alguien que muere? O a lo mejor es un estudiante pobre que lee a Marx. Qué misterioso es el mundo. Solamente la gente superficial no lo ve. Conversás con el vigilante de la esquina, le hacés tomar confianza y al rato descubrís que él también es un misterio.

Después de un momento, dijo:

—Bueno, vamos.

XVII

Durante algunos días esperó en vano. Pero por fin Chichín lo recibió con una seña y le dio un sobre. Temblando, lo abrió y desdobló la carta. Con la letra enorme, desigual y nerviosa que tenía, le decía, simplemente, que lo esperaba a las seis.

A las seis menos algo estaba en el banco del parque, agitado pero feliz, pensando que ahora tenía a quién contarle sus desdichas. Y a alguien como Alejandra, tan desproporcionado como para un pordiosero encontrar el tesoro de Morgan.

Corrió hacia ella como un chico, le contó lo de la imprenta.

—Me hablaste de un tal Molinari —dijo Martín—. Creo que dijiste que tenía una gran empresa.

Alejandra levantó su mirada hacia el muchacho, con las cejas en alto, demostrando sorpresa.

—¿Molinari? ¿Yo te hablé de Molinari?

—Sí, aquí mismo, cuando me encontraste dormido, ¿recordás? Me dijiste: seguro que no trabajás para Molinari, ¿recordás?

—Puede ser.

—¿Es amigo tuyo?

Alejandra lo miró con una sonrisa irónica.

—¿Te dije que era amigo mío?

Pero Martín estaba muy esperanzado en aquel momento para darle un significado recóndito a su expresión.

—¿Qué te parece? —insistió—. ¿Crees que pueda darme trabajo?

Ella lo observó como los médicos miran a los reclutas que se presentan para el servicio militar.

—Sé escribir a máquina, puedo redactar cartas, corregir pruebas de imprenta...

—Uno de los triunfadores de mañana, ¿eh?

Martín enrojeció.

—Pero ¿tenés idea de lo que es trabajar en una empresa importante? ¿Con reloj marcador y todo eso?

Martín extrajo su cortaplumas blanco, abrió su hojita menor y luego la volvió a cerrar, cabizbajo.

—No tengo ninguna pretensión. Si no puedo trabajar en el escritorio puedo trabajar en talleres, o como peón.

Alejandra observaba su traje raído y sus zapatos rotos.

Cuando Martín levantó por fin su mirada hacia ella, vio que tenía una expresión muy seria, con el ceño fruncido.

—¿Qué, es muy difícil?

Ella movió negativamente la cabeza.

Después dijo:

—Bueno, no te preocupes, ya encontraremos una solución.

Se levantó.

—Vení. Vamos por ahí un rato, me duele horriblemente el estómago.

—¿El estómago?

—Sí, me duele muchas veces. Debe ser una úlcera.

Caminaron hasta el bar de Brasil y Balcarce. Alejandra pidió en el mostrador un vaso de agua, sacó de su cartera un frasquito y echó unas gotas.

—¿Qué es eso?

—Láudano.

Atravesaron nuevamente el parque.

—Vamos un rato a la Dársena —dijo Alejandra.

Bajaron por Almirante Brown, doblaron por Arzobispo Espinosa hacia abajo y por Pedro de Mendoza llegaron hasta un barco sueco que estaba cargando.

Alejandra se sentó sobre uno de los grandes cajones que venían de Suecia, mirando hacia el río, y Martín en uno más bajo, como si sintiese el vasallaje hacia aquella princesa. Y ambos miraban el gran río de color de león.

—¿Viste que tenemos muchas cosas en común? —decía ella.

Y Martín pensaba ¿será posible?, y aunque estaba convencido de que a ambos les gustaba mirar río afuera, también pensaba que aquello era una nimiedad frente a los otros hechos profundos que lo separaban de ella, nimiedad que nadie podía tomar en serio y menos que nadie la propia Alejandra, como —pensó— la forma risueña en que acababa de decir aquella frase: como esos grandes personajes que de pronto se fotografían en la calle, democráticamente, al lado de un obrero o una niñera, sonriendo y condescendientes. Aunque también podía ser que aquella frase fuera una clave de verdad, y que mirar ambos con ansiedad río afuera constituyese una fórmula secreta de alianza para cosas mucho más trascendentales. Porque ¿cómo podía saberse lo que ella realmente cavilaba? Y la miraba allá arriba, inquieto, como quien vigila a un equilibrista querido que se mueve en zonas peligrosísimas y sin que nadie pueda prestarle ayuda. La veía, ambigua e inquietante, mientras la brisa agitaba su pelo renegrido y lacio y marcaba sus pechos puntiagudos y un poco abiertos hacia los costados. La veía fumando, abstraída. Aquel territorio barrido por los vientos parecía apaciguado por la melancolía, como si esos vientos se hubiesen calmado y una bruma intensa lo cubriese.

—Qué lindo sería irse lejos —comentó de pronto . Irse de esta ciudad inmunda.

Martín oyó penosamente aquella forma impersonal: *Irse.*

—¿Te irías? —preguntó con voz quebrada.

Sin mirarlo, casi totalmente abstraída, respondió:

—Sí, me iría con mucho gusto. A un lugar lejano, a un lugar donde no conociera a nadie. Tal vez a una isla, a una de esas islas que todavía deben de quedar por ahí.

Martín bajó su cabeza y con el cortaplumas empezó a escarbar el cajón mientras leía *this side up*. Alejandra, volviendo su mirada hacia él, después de observarlo un momento preguntó si le pasaba algo, y Martín, siempre escarbando la madera y leyendo *this side up* contestó que no le pasaba nada, pero Alejandra se quedó mirando y cavilando. Y ninguno de los dos habló durante bastante tiempo, mientras anochecía y el muelle iba quedándose en silencio: las grúas habían cesado en su trabajo y los estibadores y cargadores empezaban a retirarse hacia sus casas o hacia los bares del Bajo.

—Vamos al Moscova —dijo entonces Alejandra.

—¿Al Moscova?

—Sí, en la calle Independencia.

—Pero ¿no es muy caro?

Alejandra se rió.

—Es un boliche, hombre. Además, Vania es amigo mío.

La puerta estaba cerrada.

—No hay nadie —comentó Martín.

—Sharáp —se limitó a decir Alejandra, golpeando.

Al cabo de un rato les abría la puerta un hombre en camisa: tenía el pelo lacio y blanco, el rostro bondadoso, refinado y tristemente sonriente. Un tic le sacudía una mejilla, cerca del ojo.

—Ivan Petróvich —dijo Alejandra, entregándole la mano.

El hombre la llevó a sus labios, inclinándose un poco.

Se sentaron junto a una ventana que daba al paseo

Colón. El local estaba apenas iluminado por una sórdida lamparilla cercana a la caja, donde una mujer gorda y baja, de cara eslava, tomaba mate.

—Tengo vodka polaco —dijo Vania—. Me trajeron ayer, llegó barco de Polonia.

Cuando se alejó, Alejandra comentó:

—Es un espléndido tipo, pero la gorda —y señaló hacia la caja—, la gorda es siniestra. Está tratando de que lo encierren a Vania para quedarse con esto.

—¿Vania? ¿No le dijiste Ivan Petróvich?

—Atrasado: Vania es el diminutivo de Ivan. Todo el mundo le dice Vania, pero yo le digo Ivan Petróvich, así se siente como en Rusia. Y además porque me encanta.

—¿Y por qué encerrarlo en un manicomio?

—Es morfinómano y tiene ataques. Entonces la gorda quiere aprovechar la volada.

Trajo el vodka y mientras servía les dijo:

—Ahora aparato anda muy bien. Tengo concierto para violín de Brahms, ¿quiere que pongamos? Nada menos que Heifetz.

Cuando se alejó, Alejandra comentó:

—¿Ves? Es todo generosidad. Sabrás que fue violinista del Colón y ahora da lástima verlo tocar. Pero justamente te ofrece un concierto de violín y con Heifetz.

Con un gesto le señaló las paredes: unos cosacos entrando al galope en una aldea, unas iglesias bizantinas con cúpulas doradas, unos gitanos. Todo era precario y pobre.

—A veces creo que le gustaría volver. Un día me dijo: ¿No le parece que Stalin es dentro de todo un gran hombre? Y agregó que en cierto modo era un nuevo Pedro el Grande y que, al fin de cuentas, quería la grandeza de Rusia. Pero dijo todo esto en voz baja, mirando a cada rato hacia la gorda. Creo que sabe lo que dice por el movimiento de los labios.

Desde lejos, como no queriendo molestar a los muchachos, Vania hacía significativos gestos, señalando el combinado, como elogiando. Y Alejandra, mientras asentía con una sonrisa, le decía a Martín:

—El mundo es una porquería.

Martín reaccionó.

—¡No, Alejandra! ¡En el mundo hay muchas cosas lindas!

Ella lo miró, quizá pensando en su pobreza, en su madre, en su soledad: ¡todavía era capaz de encontrar maravillas en el mundo! Una sonrisa irónica se superpuso a su primera expresión de ternura, haciéndola contraer, como un ácido sobre una piel muy delicada.

—¿Cuáles?

—¡Muchas, Alejandra! —exclamó Martín apretando una mano de ella sobre su pecho—. Esa música... un hombre como Vania... y sobre todo vos, Alejandra... vos...

—Verdaderamente, tendré que pensar que no has sobrepasado la infancia, pedazo de tarado.

Se quedó un momento abstraída, tomó un poco de vodka y luego agregó:

—Sí, claro, claro que tenés razón. En el mundo hay cosas hermosas... claro que hay...

Y entonces, dándose vuelta hacia él, con acento amargo agregó:

—Pero yo, Martín, yo soy una basura. ¿Me entendés? No te engañés sobre mí.

Martín apretó una de las manos de Alejandra con las dos suyas, la llevó a sus labios y la mantuvo así, besándosela con fervor.

—¡No, Alejandra! ¡Por qué decís algo tan cruel! ¡Yo sé

que no es así! ¡Todo lo que has dicho de Vania y muchas otras cosas que te he oído demuestran que no es así!

Sus ojos se habían llenado de lágrimas.

—Bueno, está bien, no es para tanto —dijo Alejandra.

Martín apoyó la cabeza sobre el pecho de Alejandra y ya nada le importó del mundo. Por la ventana veía cómo la noche bajaba sobre Buenos Aires y eso aumentaba su sensación de refugio en aquel escondido rincón de la ciudad implacable. Una pregunta que nunca había hecho a nadie (¿a quién habría podido hacérsela?) surgió de él, con los contornos nítidos y brillantes de una moneda que no ha sido manoseada, que millones de manos anónimas y sucias todavía no han atenuado, deteriorado y envilecido:

—¿Me querés?

Ella pareció vacilar un instante, pero luego contestó:

—Sí, te quiero. Te quiero mucho.

Martín se sentía aislado mágicamente de la dura realidad externa, como sucede en el teatro (pensaba años más tarde) mientras estamos viviendo el mundo del escenario, mientras fuera esperan las dolorosas aristas del universo diario, las cosas que inevitablemente golpearán apenas se apaguen las candilejas y quede abolido el hechizo. Y así como en el teatro, en algún momento el mundo externo logra llegar aunque atenuado en forma de lejanos ruidos (un bocinazo, el grito de un vendedor de diarios, el silbato de un agente de tránsito), así también llegaban hasta su conciencia, como inquietantes susurros, pequeños hechos, algunas frases que enturbiaban y agrietaban la magia: aquellas palabras que había dicho en el puerto y de las que él quedaba horrorosamente excluido («me iría con gusto de esta ciudad inmunda») y la frase que ahora acababa de decir («soy una basura, no te engañés

123

sobre mí»), palabras que latían como un leve y sordo dolor en su espíritu y que, mientras mantenía reclinada la cabeza sobre el pecho de Alejandra, entregado a la portentosa felicidad del instante, hormigueaban en una zona más profunda e insidiosa de su alma, cuchicheando con otras palabras enigmáticas: los ciegos, Fernando, Molinari. Pero no importa —se decía empecinadamente—, no importa, apretando su cabeza contra los calientes pechos y acariciando sus manos, como si de ese modo asegurase el mantenimiento del sortilegio.

—¿Pero cuánto me querés? —preguntó infantilmente.

—Mucho, ya te dije.

Y sin embargo la voz de ella le pareció ausente, y levantando la cabeza la observó y pudo ver que estaba como abstraída, que su atención estaba ahora concentrada en algo que no estaba allí, con él, sino en alguna otra parte, lejana y desconocida.

—¿En que estás pensando?

Ella no respondió, parecía no oír.

Entonces Martín reiteró la pregunta, apretándole el brazo, como para volverla a la realidad.

Y ella entonces dijo que no estaba pensando en nada: nada en particular.

Muchas veces Martín sentirá aquel alejamiento: con los ojos abiertos y hasta haciendo cosas, pero ajena, como manejada por alguna fuerza remota.

De pronto Alejandra, mirándolo a Vania, dijo:

—Me gusta la gente fracasada. ¿A vos no te pasa lo mismo?

Él se quedó meditando en aquella singular afirmación.

—El triunfo —prosiguió— tiene siempre algo de vulgar y de horrible.

Se quedó luego un momento en silencio y al cabo agregó:

—¡Lo que sería este país si todo el mundo triunfase! No quiero ni pensarlo. Nos salva un poco el fracaso de tanta gente. ¿No tenés hambre?

—Sí.

Se levantó y fue a hablar con Vania. Cuando volvió, sonrojándose, Martín le dijo que él no tenía plata. Alejandra se echó a reír. Abrió su cartera y sacó doscientos pesos.

—Tomá. Cuando necesités más, decímelo.

Martín intentó rechazarlos, avergonzado, y entonces Alejandra lo miró con asombro.

—¿Estás loco? ¿O sos uno de esos burguesitos que piensan que no se debe aceptar plata de una mujer?

Cuando terminaron de comer fueron caminando hacia Barracas. Después de atravesar en silencio el parque Lezama tomaron por Hernandarias.

—¿Conocés la historia de la Ciudad Encantada de la Patagonia? —preguntó Alejandra.

—Algo, no gran cosa.

—Algún día te mostraré papeles que todavía quedan en aquella petaca del comandante. Papeles sobre éste.

—¿Sobre éste? ¿Quién?

Alejandra señaló el letrero.

—Hernandarias.

—¿En tu casa? ¿Y cómo?

—Papeles, nombres de calles. Es lo único que nos va quedando. Hernandarias es antepasado de los Acevedo. En 1150 hizo la expedición en busca de la Ciudad Encantada.

Caminaron un rato en silencio y luego Alejandra recitó:

Ahí está Buenos Aires. El tiempo que a los hombres
trae el amor o el oro, a mí apenas me deja
esta rosa apagada, esta vana madeja
de calles que repiten los pretéritos nombres
de mi sangre: Laprida, Cabrera, Soler, Suárez...
Nombres en que retumban ya secretas las dianas,
las repúblicas, los caballos y las mañanas,
las felices victorias, las muertes militares...

Volvió a quedarse en silencio durante varias cuadras.
Y de pronto preguntó:

—¿Oís campanadas?

Martín aguzó su oído y contestó que no.

—¿Qué pasa con las campanadas? —preguntó intrigado.

—Nada, que a veces oigo campanas que existen y otras veces campanas que no existen.

Se rió y agregó:

—A propósito de las iglesias, anoche tuve un sueño curioso. Estaba en una catedral, casi a oscuras, y tenía que avanzar con cuidado para no llevarme por delante la gente. Tenía la impresión, por que no se veía nada, de que la nave estaba repleta. Con grandes dificultades pude por fin acercarme al cura que hablaba en el púlpito. No me era posible entender lo que decía, aunque estaba muy cerca, y lo peor era que tenía la certeza de que se dirigía a mí. Yo oía como un murmullo confuso, como si hablara por un mal teléfono, y eso me angustiaba cada vez más. Abrí mis ojos exageradamente para poder ver, al menos, su expresión. Con horror vi entonces que no tenía cara, que su cara era lisa, y su cabeza no tenía pelo. En ese momento las campanas empezaron a sonar, primero lentamente y luego poco a poco, con mayor intensidad y por fin con una especie de furia, hasta que me desperté. Lo curioso, además, es que en el mismo sueño, tapándome los oídos, yo decía como si eso fuera motivo de horror: ¡son las campanas de Santa Lucía, la iglesia adonde iba de chica!

Se quedó pensativa.

—Me pregunto qué podrá significar —dijo luego—. ¿Vos no creés en el significado de los sueños?

—¿Vos querés decir lo del psicoanálisis?

—No, no. Bueno, también eso, por qué no. Pero los sueños son misteriosos y hace miles de años que la humanidad viene dándole significados.

Se rió, con la misma risa extraña de un momento antes: no era una risa sana ni tranquila: era inquieta, angustiada.

—Sueño siempre. Con fuego, con pájaros, con pantanos en que me hundo o con panteras que me desgarran, con víboras. Pero sobre todo el fuego. Al final, siempre hay fuego. ¿No crees que el fuego tiene algo enigmático y sagrado?

Llegaban. Desde lejos Martín miró el caserón con su Mirador allá arriba, resto fantasmal de un mundo que ya no existía.

Entraron, atravesando el jardín y bordearon la casa: se oía el disparatado pero tranquilo fraseo del loco con el clarinete.

—¿Toca siempre? —preguntó Martín.

—Casi. Pero al final no lo notás.

—¿Sabés que la otra noche, cuando salía, lo vi? Estaba escuchando detrás de la puerta.

—Sí, tiene esa costumbre.

Subieron por la escalera de caracol y nuevamente volvió Martín a experimentar el hechizo de aquella terraza en la noche de verano. Todo podía suceder en aquella atmósfera que parecía colocada fuera del tiempo y del espacio.

Entraron al Mirador y Alejandra dijo:

—Sentate en la cama. Ya sabés que acá las sillas son peligrosas.

Mientras Martín se sentaba, ella arrojó su cartera y puso a calentar agua. Luego colocó un disco: los sones dramáticos del bandoneón empezaron a configurar una sombría melodía.

—Oí qué letra.

Yo quiero morir contigo,
sin confesión y sin Dios,
crucificado en mi pena,
como abrazado a un rencor.

Después que tomaron el café salieron a la terraza y se acodaron sobre la balaustrada. De abajo se oía el clarinete. La noche era profunda y cálida.

—Bruno siempre dice que, por desgracia, la vida la hacemos en borrador. Un escritor puede rehacer algo imperfecto o tirarlo a la basura. La vida, no: lo que se ha vivido no hay forma de arreglarlo, ni de limpiarlo, ni de tirarlo. ¿Te das cuenta qué tremendo?

—¿Quién es Bruno?

—Un amigo.

—¿Qué hace?

—Nada, es un contemplativo, aunque él dice que es simplemente un abúlico. En fin, creo que escribe. Pero nunca le ha mostrado a nadie lo que hace ni creo que nunca publicará nada.

—¿Y de qué vive?

—El padre tiene molino harinero, en Capitán Olmos. De ahí lo conocemos, era muy amigo de mi madre. Creo —agregó riéndose— que estaba enamorado de ella.

—¿Cómo era tu madre?

—Dicen que igual a mí, físicamente, quiero decir. Yo apenas la recuerdo: imaginate que tenía cinco años cuando ella murió. Se llamaba Georgina.

—¿Por qué dijiste que se parecía físicamente?

—Porque espiritualmente yo soy muy distinta. Ella, según me cuenta Bruno, era suave, femenina, delicada, silenciosa.

—Y vos ¿a quién te parecés? ¿A tu padre?

Alejandra se quedó callada. Luego, separándose de Martín, dijo con una voz que no era ya la misma de antes, con una voz quebrada y áspera:

—¿Yo? No sé... Quizá sea la encarnación de alguno de esos demonios menores que son sirvientes de Satanás.

Se desabrochó los dos botones superiores de la blusa y con las dos manos sacudió las pequeñas solapas como si quisiera tomar aire. Respirando con alguna ansiedad, se fue hasta la ventana y allí aspiró el aire varias veces, hasta que pareció calmarse.

—Es una broma —comentó mientras se sentaba como de costumbre al borde de la cama y le hacía un lugar a Martín, a su lado.

—Apagá la luz. A veces me molesta terriblemente, los ojos me arden.

—¿Querés que me vaya, querés dormir? —preguntó Martín.

—No, no podría dormir. Quedate, si no te aburrís de estar así, sin conversar. Yo me recuesto un rato y vos te podés quedar ahí.

—Me parece mejor que me vaya, que te deje descansar.

Con voz un poco irritada, Alejandra contestó:

—¿No te das cuenta que quiero que te quedés? Apagá también el velador.

Martín apagó el velador y se volvió a sentar al lado de Alejandra, con su espíritu revuelto, lleno de perplejidad y de timidez: ¿para qué lo necesitaba Alejandra? Él, por el contrario, pensaba que era un ser superfluo y torpe, que no hacía otra cosa que escucharla y admirarla. Ella era la fuerte, la poderosa, ¿qué clase de ayuda podía darle él?

—¿Qué estás ahí mascullando? —preguntó Alejandra desde abajo y sacudiéndolo de un brazo, como para llamarlo a la realidad.

—¿Mascullando? Nada.

—Bueno, pensando. Algo estás pensando, idiota.

Martín se resistía a decir lo que pensaba, pero supuso que, como siempre, ella lo adivinaba de todos modos.

—Pensaba... que... ¿para qué podrías necesitarme a mí?

—¿Por qué no?

—Yo soy un muchacho insignificante... Vos, en cambio, sos fuerte, tenés ideas definidas, sos valiente... Vos te podrías defender sola en medio de una tribu de caníbales.

Oyó su risa. Luego Alejandra dijo:

—Yo misma no lo sé. Pero te busqué porque te necesito, porque vos... En fin, ¿para qué rompernos la cabeza?

—Sin embargo —contestó Martín con un acento de amargura—, hoy mismo, en el puerto, dijiste que con gusto te irías a una isla lejana, ¿no lo dijiste?

—¿Y qué?

—Dijiste que te irías, no que nos iríamos.

Alejandra se volvió a reír.

Martín la tomó de una mano y con ansiedad le preguntó:

—¿Te irías conmigo?

Alejandra pareció reflexionar: Martín no podía distinguir sus rasgos.

—Sí... creo que sí... Pero no veo por qué esa perspectiva puede alegrarte.

—¿Por qué no? —preguntó Martín con dolor.

Con voz seria, ella repuso:

—Porque no soporto a nadie a mi lado y porque te haría mucho, pero muchísimo mal.

—¿Es que no me querés?

—Ay, Martín... no empecemos con esas preguntas...

—Entonces es porque no me querés.

—Pero sí, pavo. Justamente te haría mal porque te quiero, ¿no comprendés? Uno no hace mal a la gente que le es indiferente. Pero la palabra querer, Martín, es tan vasta... Se quiere a un amante, a un perro, a un amigo...

—¿Y yo? —preguntó temblando Martín—, ¿qué soy para vos? ¿Un amante, un perro, un amigo?...

—Te he dicho que te necesito, ¿no te basta?

Martín se quedó callado: los fantasmas que se habían mantenido rondando de lejos se acercaron sarcásticamente: la palabra *Fernando*, la frase *recordá siempre que soy una basura*, su ausencia aquella primera noche de su pieza. Y pensó, con melancólica amargura: «Nunca, nunca.» Sus ojos se llenaron de lágrimas y su cabeza se inclinó hacia adelante, como si aquellos pensamientos la doblegaran con su peso.

Alejandra levantó su mano hasta su cara y con la punta de sus dedos palpó sus ojos.

—Ya me lo imaginaba. Venga para acá.

Lo mantuvo apretado contra ella con uno de sus brazos.

—Vamos a ver si se porta bien —dijo, como quien

habla a un niño—. Ya le he dicho que lo necesito y que lo quiero mucho, ¿qué más quiere?

Acercó sus labios a su mejilla y la besó. Martín sintió que todo su cuerpo era sacudido.

Abrazando con fuerza a Alejandra, sintiendo su cuerpo cálido junto al suyo, como si un poder invencible lo dominara, empezó entonces a besar su cara, sus ojos, sus mejillas, su pelo, hasta buscar aquella boca grande y carnosa que sentía a su lado. Por un instante fugacísimo sintió que Alejandra rehuía su beso: todo su cuerpo pareció endurecerse y sus brazos tuvieron un movimiento de rechazo. Luego se ablandó y pareció apoderarse de ella un frenesí. Y entonces se produjo un hecho que aterró a Martín: las manos de ella, como si fueran garras, estrujaron sus brazos y desgarraron su carne al mismo tiempo que lo separaba de sí y se incorporaba.

—¡No! —gritó, mientras se ponía de pie y corría hacia la ventana.

Asustado, Martín, sin atreverse a acercarse, la veía con el pelo revuelto, aspirando a grandes bocanadas el aire de la noche, como si le faltara, su pecho agitado y sus manos aferradas al alféizar, con los brazos tensos. Con un movimiento violento abrió su blusa con las dos manos, arrancando los botones y cayó al suelo rígida. Su cara fue poniéndose morada, hasta que de pronto su cuerpo empezó a sacudirse.

Aterrado, no sabía qué actitud tomar ni qué hacer. Cuando vio que se caía, corrió hacia ella y la tomó en sus brazos y trató de calmarla. Pero Alejandra no oía ni veía nada: se retorcía y gemía, con los ojos abiertos y alucinados. Martín pensó que no podía hacer otra cosa que llevarla a la cama. Así lo hizo y poco a poco vio con alivio que Alejandra se calmaba y que sus gemidos eran paulatinamente más apagados.

Sentado al borde de la cama, lleno de confusión, de miedo, Martín veía sus pechos desnudos entre la blusa entreabierta. Por un instante pensó que de algún modo, él, Martín, estaba de verdad siendo necesario a aquel ser atormentado y sufriente. Entonces cerró la blusa de Alejandra y esperó. Poco a poco la respiración de ella empezó a ser más acompasada y regular, sus ojos se habían cerrado y parecía adormecida. Así pasó más de una hora. Hasta que, abriendo los ojos y mirándolo, pidió un poco de agua. Sostuvo con uno de sus brazos a Alejandra y le dio de beber.

—Apagá esa luz —dijo ella.

Martín la apagó y volvió a sentarse a su lado.

—Martín —dijo Alejandra con voz apagada—, estoy muy, muy cansada, quisiera dormir, pero no te vayás. Podés dormir aquí, a mi lado.

Él se quitó los zapatos y se acostó al lado de Alejandra.

—Sos un santo —dijo ella, acurrucándose a su lado.

Martín sintió cómo de pronto ella se dormía, mientras él trataba de ordenar el caos de su espíritu. Pero era un vértigo tan incoherente, los razonamientos resultaban siempre tan contradictorios que, poco a poco, fue invadido por un sopor invencible y por la sensación dulcísima (a pesar de todo) de estar al lado de la mujer que amaba.

Pero algo le impidió dormir, y poco a poco fue angustiándose.

Como si el príncipe —pensaba—, después de recorrer varias y solitarias regiones, se encontrase por fin frente a la gruta donde ella duerme vigilada por el dragón. Y como si, para colmo, advirtiese que el dragón no vigila a su lado amenazante como lo imaginamos en los mitos infantiles sino, lo que era más angustioso, dentro de ella misma: como si fuera una princesa-dragón, un indiscernible monstruo, casto y llameante a la vez, candoroso y repelente al mismo tiempo: como si una purísima niña vestida de comunión tuviese pesadillas de reptil o de murciélago.

Y los vientos misteriosos que parecían soplar desde la oscura gruta del dragón-princesa agitaban su alma y la desgarraban, todas sus ideas eran rotas y mezcladas, y su cuerpo era estremecido por complejas sensaciones. Su madre (pensaba), su madre carne y suciedad, baño caliente y húmedo, oscura masa de pelo y olores, repugnante estiércol de piel y labios calientes. Pero él (trataba de ordenar su caos), pero él había dividido el amor en carne sucia y en purísimo sentimiento; en purísimo sentimiento y en repugnante, sórdido sexo que debía rechazar, aunque (o porque) tantas veces sus instintos se rebelaban, horrorizándose por esa misma rebelión con el mismo horror con que descubría, de pronto, rasgos de su madrecama en su propia cara. Como si su madrecama, pérfida y reptante, lograra salvar los grandes fosos que él desesperadamente cavaba cada día para defender su torre, y ella, como víbora implacable, volviese cada noche a aparecer en la torre como fétido fantasma, donde él se defendía con su espada filosa y limpia. ¿Y qué pasaba, Dios mío, con Alejandra? ¿Qué ambiguo sentimiento confundía ahora todas sus defensas? La carne se le aparecía de pronto como espíritu, y su amor por ella se convertía en carne, en caliente deseo de su piel y de su húmeda y oscura gruta de dragón-princesa. Pero, Dios, Dios, ¿y por qué ella parecía defender esa gruta con llameantes vientos y gritos furiosos de dragón herido? «No debo pensar», se dijo, apretándose las sienes, y trató de permanecer como si retuviera la respiración de su cabeza. Trató de que el tumulto se detuviera. Quedó tenso y vacío por un fugitivo segundo. Y luego, ya limpio por un instante siquiera, pensó con dolorosa lucidez PERO CON MARCOS MOLINA, ALLÁ EN LA PLAYA, NO FUE ASÍ, PUES ELLA LO QUISO O LO DESEÓ Y LO BESÓ FURIOSAMENTE, de modo que era a él, a Martín, a quien rechazaba. Cedió en su tensión y nuevamente aquellos vientos volvieron a barrer su espíritu, como en una furiosa tormenta, mientras sentía que ella, a su lado, se agitaba, gemía, murmuraba palabras ininteligibles. «Siempre tengo pesadillas cuando me duermo», había dicho.

Martín se sentó en el borde de la cama y la contempló: a la luz de la luna podía escrutar su rostro agitado por la otra tempestad, la de ella, la que él nunca (pero nunca) conocería. Como si en medio de excrementos y barro, entre tinieblas, hubiese una rosa blanca y delicada. Y lo más extraño de todo era que él quería a ese monstruo equívoco: dragónprincesa, rosafango, niñamurciélago. A ese mismo casto, caliente y acaso corrupto ser que se estremecía cerca de él, cerca de su piel, agitado quién sabe por qué horrendas pesadillas. Y lo más angustioso de todo era que habiéndola aceptado así, era ella la que parecía no querer aceptarlo: como si la niña de blanco (en medio del barro, rodeada por bandas de nocturnos murciélagos, de viscosos e inmundos murciélagos) gimiera por su ayuda y al mismo tiempo rechazara con violentos gestos su presencia, apartándolo de aquel tenebroso sitio. Sí: la princesa se agitaba y gemía. Desde desoladas regiones en tinieblas lo llamaba a él, a Martín. Pero él, un pobre muchacho desconcertado, era incapaz de llegar hasta donde ella estaba, separado por insalvables abismos.

Así que no podía hacer otra cosa que mirarla angustiosamente desde acá y esperar.

—¡No, no! —exclamaba Alejandra poniendo las manos delante de sí, como para rechazar algo. Hasta que se despertó y nuevamente se repitió la escena que ya Martín había visto en aquella primera noche: él, calmándola, llamándola por su nombre; y ella, ausente y surgiendo poco a poco de un profundo abismo de murciélagos y telarañas.

Sentada en la cama, encorvada sobre sus piernas, su cabeza apoyada sobre sus rodillas, Alejandra poco a poco volvió a la conciencia. Al cabo de un tiempo miró, por fin, a Martín y le dijo:

—Espero que ya te hayás acostumbrado.

Martín, por respuesta, intentó acariciarla con su mano en la cara.

—¡No me toqués! —exclamó ella, retrocediendo.

Se levantó y dijo:

—Voy a bañarme y vuelvo.

—¿Por qué tardaste tanto? —preguntó cuando por fin la vio reaparecer.

—Tenía mucha suciedad.

Se acostó a su lado, después de encender un cigarrillo.

Martín la miró: nunca sabía cuándo ella bromeaba.

—No bromeo, tonto, lo digo en serio.

Martín permaneció callado: sus dudas, la confusión de sus ideas y sentimientos lo mantenían como paralizado. Su ceño fruncido, miraba al techo y trataba de ordenar su mente.

—¿Qué pensás?

Tardó un momento en responder.

—Mucho y nada, Alejandra... La verdad es que...

—¿No sabés qué?

—No sé nada... Desde que te conozco vivo en una confusión total de ideas, de sentimientos... ya no sé cómo proceder en ningún momento... Ahora mismo cuando te despertaste, cuando te quise acariciar... Y antes de dormirte... Cuando...

Se calló y Alejandra nada dijo. Permanecieron los dos en silencio durante largo rato.

Sólo se oían las profundas y ansiosas chupadas que Alejandra daba a su cigarrillo.

—No decís nada —comentó Martín, con amargura.

—Ya te respondí que te quiero, que te quiero mucho.

—¿Qué soñaste recién? —preguntó Martín, sombríamente.

—¿Para qué querés saberlo? No vale la pena.

—¿Ves? Tenés un mundo desconocido para mí, ¿cómo podés decir que me querés?

—Te quiero, Martín.

—Bah..., me querés como a un chico.

Ella no dijo nada.

—¿Ves? —comentó Martín, amargamente—, ¿ves?

—No, tonto, no... Estoy pensando..., yo misma no tengo las cosas claras... Pero te quiero, te necesito, de eso estoy segura...

—No dejaste que te besara. No me dejaste ni siquiera tocarte, hace un momento.

—¡Dios mío! ¿No ves que soy enferma, que sufro cosas atroces? No tienes idea de la pesadilla que acabo de tener...

—¿Por eso te bañaste? —preguntó Martín irónicamente.

—Sí, me bañé por la pesadilla.

—¿Se limpian con agua las pesadillas?

—Sí, Martín, con agua y un poco de detergente.

—No me parece que lo que yo estoy diciendo sea motivo de risa.

—No me río, chiquilín. Me río quizá de mí misma, de mi absurda idea de limpiarme el alma con agua y jabón. ¡Si vieras qué furiosa me refriego!

—Es una idea descabellada.

—Claro que sí.

Alejandra se incorporó, apagó la colilla del cigarrillo contra el cenicero que tenía en la mesita de luz y volvió a acostarse.

—Yo soy un muchacho sin experiencia, Alejandra. Hasta es probable que vos me tengás por un poco tarado. Pero así y todo me pregunto: ¿Por qué, si te disgusta que te toque y que te bese en la boca, me has pedido que me acueste aquí, contigo? Me parece una crueldad. ¿O es otro experimento como con Marcos Molina?

—No, Martín, no es ningún experimento. A Marcos Molina yo no lo quería, ahora lo veo daro. Con vos es distinto. Y, cosa curiosa, que yo misma no me lo explico: necesito tenerte de pronto cerca, junto a mí, sentir el calor de tu cuerpo a mi lado, el contacto de tu mano.

—Pero sin besarte de verdad.

Alejandra tardó un momento en proseguir.

—Mirá, Martín, hay muchas cosas en mí, en... Mirá, no sé... Tal vez porque te tengo mucho cariño. ¿Me entendés?

—No.

—Sí, claro..., yo misma no me lo explico muy bien.

—¿Nunca te podré besar, nunca podré tocar tu cuerpo? —preguntó Martín casi con cómica e infantil amargura.

Vio que ella se ponía las manos sobre la cara y se la apretaba como si le dolieran las sienes. Después encendió un cigarrillo y sin hablar fue hacia la ventana, donde permaneció hasta concluirlo. Finalmente, volvió hacia la cama, se sentó, lo miró larga y seriamente a Martín y empezó a desnudarse.

Martín, casi aterrorizado, como quien asiste a un acto largamente ansiado pero que en el momento de producirse comprende que también es oscuramente temible, vio cómo su cuerpo iba poco a poco emergiendo de la oscuridad; ya de pie, a la luz de la luna, contemplaba su cintura estrecha, que podía ser abarcada por un solo brazo; sus anchas caderas; sus pechos altos y triangulares, abiertos hacia afuera, trémulos por los movimientos de Alejandra; su largo pelo lacio cayendo ahora sobre sus hombros. Su rostro era serio, casi trágico, y parecía alimentado por una seca desesperación, por una tensa y casi eléctrica desesperación.

Cosa singular: los ojos de Martín se habían llenado de lágrimas y su piel se estremecía como con fiebre. La veía como un ánfora antigua, alta, bella y temblorosa ánfora de carne; una carne que sutilmente estaba entremezclada, para Martín, a un ansia de comunión, porque, como decía Bruno, una de las trágicas precariedades del espíritu, pero también una de sus sutilezas más profundas, era su imposibilidad de ser sino mediante la carne.

El mundo exterior había dejado de existir para Martín y ahora el círculo mágico lo aislaba vertiginosamente de aquella ciudad terrible, de sus miserias y fealdades, de los millones de hombres y mujeres y chicos que hablaban, sufrían, disputaban, odiaban, comían. Por los fantásticos poderes del amor, todo aquello quedaba abolido, menos aquel cuerpo de Alejandra que esperaba a su lado, un cuerpo que alguna vez moriría y se corrompería, pero que ahora era inmortal e incorruptible, como si el espíritu que lo habitaba transmitiese a su carne los atributos de su eternidad. Los latidos de su corazón le demostraban a él, a Martín, que estaba ascendiendo a una altura antes nunca alcanzada, una cima donde el aire era purísimo pero tenso, una alta montaña quizá rodeada de atmósfera electrizada, a alturas inconmensurables sobre los pantanos oscuros y pestilentes en que antes había oído chapotear a bestias deformes y sucias.

Y Bruno (no Martín, claro), Bruno pensó que en ese momento Alejandra pronunciaba un ruego silencioso pero dramático, acaso trágico.

Y también él, Bruno, pensaría luego que la oración no fue escuchada.

XVIII

Cuando Martín se despertó, entraba ya la naciente luminosidad del amanecer.

Alejandra no estaba a su lado. Se incorporó con inquietud y entonces advirtió que estaba apoyada en el alféizar de la ventana, mirando pensativamente hacia afuera.

—Alejandra —dijo con amor.

Ella se dio vuelta, con una expresión que parecía revelar una melancólica preocupación.

Se acercó a la cama y se sentó.

—¿Hace mucho que estás levantada?

—Un rato. Pero yo me levanto muchas veces.

—¿Te levantaste esta noche también? —preguntó Martín, con asombro.

—Por supuesto.

—¿Y cómo no te oí?

Alejandra inclinó la cabeza, apartó la mirada de él, y frunciendo el ceño, como si acentuara su preocupación, iba a decir algo, pero finalmente no dijo nada.

Martín la observó con tristeza, y aunque no comprendía con exactitud la causa de aquella melancolía creía percibir su remoto rumor, su impreciso y oscuro rumor.

—Alejandra... —dijo, mirándola con fervor—, vos...

Ella volvió hacia Martín una cara ambigua.

—¿Yo qué?

Y sin esperar la inútil respuesta, se acercó a la mesita de luz, buscó sus cigarrillos y volvió hacia la ventana.

Martín la seguía con ansiedad, temiendo que, como en los cuentos infantiles, el palacio que se había levantado mágicamente en la noche desapareciese como la luz del alba, en silencio. Algo impreciso le advertía que estaba a punto de resurgir aquel ser áspero que él tanto temía. Y cuando al cabo de un momento Alejandra se dio vuelta hacia él, supo que el palacio encantado había vuelto a la región de la nada.

—Te he dicho, Martín, que soy una basura. No te olvidés que te lo he advertido.

Luego volvió a mirar hacia afuera y prosiguió fumando en silencio.

Martín se sentía ridículo. Se había cubierto con la sábana al advertir su expresión endurecida y ahora pensó que debía vestirse antes que volviera a mirarlo. Tratando de no hacer ruido, se sentó al borde de la cama y empezó a ponerse la ropa, sin apartar sus ojos de la ventana y temiendo el momento en que Alejandra se volviese. Y cuando estuvo vestido, esperó.

—¿Terminaste? —preguntó ella, como si todo el tiempo hubiese sabido lo que Martín estaba haciendo.

—Sí.

—Bueno, entonces dejame sola.

XIX

Aquella noche Martín tuvo el siguiente sueño: En medio de una multitud se acercaba un mendigo cuyo rostro le era imposible ver, descargaba su hatillo, lo ponía en el suelo, desataba los nudos y, abriéndolo, exponía su contenido ante los ojos de Martín. Entonces levantaba su mirada y murmuraba palabras que resultaban ininteligibles.

El sueño, en sí mismo, no tenía nada de terrible: el mendigo era un simple mendigo y sus gestos eran comunes. Y sin embargo Martín despertó angustiado, como si fuera el trágico símbolo de algo que no alcanzaba a comprender; como si le entregasen una carta decisiva y, al abrirla, observase que sus palabras resultaban indescifrables, desfiguradas y borradas por el tiempo, la humedad y los dobleces.

INFORME SOBRE CIEGOS

I

¿Cuándo empezó esto que ahora va a terminar con mi asesinato? Esta feroz lucidez que ahora tengo es como un faro y puedo aprovechar un intensísimo haz hacia vastas regiones de mi memoria: veo caras, ratas en un granero, calles de Buenos Aires o Argel, prostitutas y marineros; muevo el haz y veo cosas más lejanas: una fuente en la estancia, una bochornosa siesta, pájaros y ojos que pincho con un clavo. Tal vez ahí, pero quién sabe: puede ser mucho más atrás, en épocas que ahora no recuerdo, en períodos remotísimos de mi primera infancia. No sé. ¿Qué importa, además?

Recuerdo perfectamente, en cambio, los comienzos de mi investigación sistemática (la otra, la inconsciente, acaso la más profunda, ¿cómo puedo saberlo?). Fue un día de verano del año 1947, al pasar frente a la plaza Mayo, por la calle San Martín, en la vereda de la Municipalidad. Yo venía abstraído, cuando de pronto oí una campanilla, una campanilla como de alguien que quisiera despertarme de un sueño milenario. Yo caminaba, mientras oía la campanilla que intentaba penetrar en los estratos más profundos de mi conciencia: la oía pero no la escuchaba. Hasta que de pronto aquel sonido tenue pero penetrante y obsesivo pareció tocar alguna zona sensible de mi yo, algunos de esos lugares en que la piel del yo es finísima y de sensibilidad anormal: y desperté sobresaltado, como ante un peligro repentino y perverso, como si en la oscuridad hubiese tocado con mis manos la piel helada de un reptil. Delante de mí, enigmática y dura, observándome con toda su cara, vi a la ciega que allí vende baratijas. Había cesado de tocar su campanilla; como si sólo la hubiese movido para mí, para despertarme de mi insensato sueño, para advertir que mi existencia anterior había terminado como una estúpida etapa preparatoria, y que ahora debía enfrentarme con la realidad. Inmóvil, con su rostro abstracto dirigido hacia mí, y yo paralizado como por una aparición infernal pero frígida, quedamos así durante esos instantes que no forman parte del tiempo sino que dan acceso a la eternidad. Y luego, cuando mi conciencia volvió a entrar en el torrente del tiempo, salí huyendo.

De ese modo empezó la etapa final de mi existencia.

Comprendí a partir de aquel día que no era posible dejar transcurrir un solo instante más y que debía iniciar ya mismo la exploración de aquel universo tenebroso.

Pasaron varios meses, hasta que en un día de aquel otoño se produjo el segundo encuentro decisivo. Yo estaba en plena investigación, pero mi trabajo estaba retrasado por una inexplicable abulia, que ahora pienso era seguramente una forma falaz del pavor a lo desconocido.

Vigilaba y estudiaba los ciegos, sin embargo.

Me había preocupado siempre y en varias ocasiones tuve discusiones sobre su origen, jerarquía, manera de vivir y condición zoológica. Apenas comenzaba por aquel entonces a esbozar mi hipótesis de la piel fría y ya había sido insultado por carta y de viva voz por miembros de las sociedades vinculadas con el mundo de los ciegos. Y con esa eficacia, rápida y misteriosa información que siempre tienen las logias y sectas secretas; esas logias y sectas que están invisiblemente difundidas entre los hombres y que, sin que uno lo sepa y ni siquiera llegue a sospecharlo, nos vigilan permanentemente, nos persiguen, deciden nuestro destino, nuestro fracaso y hasta nuestra muerte. Cosa que en grado sumo pasa con la secta de los ciegos, que, para mayor desgracia de los inadvertidos tienen a su servicio hombres y mujeres normales: en parte engañados por la Organización; en parte, como consecuencia de una propaganda sensiblera y demagógica; y, en fin, en buena medida, por temor a los castigos físicos y metafísicos que se murmura reciben los que se atreven a indagar en sus secretos. Castigos que, dicho sea de paso, tuve por aquel entonces la impresión de haber recibido ya parcialmente y la convicción de que los seguiría recibiendo, en forma cada vez más espantosa y sutil; lo que, sin duda a causa de mi orgullo, no tuvo otro resultado que acentuar mi indignación y mi propósito de llevar mis investigaciones hasta las últimas instancias.

Si fuera un poco más necio podría acaso jactarme de haber confirmado con esas investigaciones la hipótesis que desde muchacho imaginé sobre el mundo de los ciegos, ya que fueron las pesadillas y alucinaciones de mi infancia las que me trajeron la primera revelación. Luego, a medida que fui creciendo, fue acentuándose mi prevención contra esos usurpadores, especie de chantajistas morales que, cosa natural, abundan en los subterráneos, por esa condición que los emparenta con los animales de sangre fría y piel resbaladiza que habitan en cuevas, cavernas, sótanos, viejos pasadizos, caños de desagües, alcantarillas, pozos ciegos, grietas profundas, minas abandonadas con silenciosas filtraciones de agua; y algunos, los más poderosos, en enormes cuevas subterráneas, a veces a centenares de metros de profundidad, como se puede deducir de informes equívocos y reticentes de espeleólogos y buscadores de tesoros; lo suficiente claros, sin embargo, para quienes conocen las amenazas que pesan sobre los que intentan violar el gran secreto.

Antes, cuando era más joven y menos desconfiado, aunque estaba convencido de mi teoría, me resistía a verificarla y hasta a enunciarla, porque esos prejuicios sentimentales que son la demagogia de las emociones me impedían atravesar las defensas levantadas por la secta, tanto más impenetrables como más sutiles e invisibles hechas de consignas aprendidas en las escuelas y los periódicos, respetadas por el gobierno y la policía, propagadas por las instituciones de beneficencia, las señoras y los maestros. Defensas que impiden llegar hasta esos tenebrosos suburbios donde los lugares comunes empiezan a ralear más y más, y en los que empieza a sospecharse la verdad.

Muchos años tuvieron que transcurrir para que pudiera sobrepasar las defensas exteriores. Y así, paulatinamente, con una fuerza tan grande y paradojal como la que en las pesadillas nos hacen marchar hacia el horror, fui penetrando en las regiones prohibidas donde empieza a reinar la oscuridad metafísica, vislumbrando aquí y allá, al comienzo indistintamente, como fugitivos y equívocos fantasmas, luego con mayor y aterradora precisión, todo un mundo de seres abominables.

Ya contaré cómo alcancé ese pavoroso privilegio y cómo después de años de búsqueda y de amenazas pude entrar en el recinto donde se agita una multitud de seres, de los cuales los ciegos comunes son apenas su manifestación menos impresionante.

II

Recuerdo muy bien aquel 14 de junio, día frígido y lluvioso. Vigilaba el comportamiento de un ciego que trabaja en el subterráneo a Palermo: un hombre más bien bajo y sólido, morocho, sumamente vigoroso y muy mal educado; un hombre que recorre los coches con una violencia apenas contenida, ofreciendo ballenitas, entre una compacta masa de gente aplastada. En medio de esa multitud, el ciego avanza violenta y rencorosamente, con una mano extendida donde recibe los tributos que, con sagrado recelo, le ofrecen los infelices oficinistas, mientras en la otra mano guarda las ballenitas simbólicas: pues es imposible que nadie pueda vivir de la venta real de esas varillas, ya que alguien puede necesitar un par de ballenitas por año y hasta por mes: pero nadie, ni loco ni millonario, puede comprar una decena por día. De modo que, como es lógico, y todo el mundo así lo comprende, las ballenitas son meramente simbólicas, algo así como la enseña del ciego, una suerte de patente de corso que los distingue del resto de los mortales, además de su célebre bastón blanco.

Vigilaba, pues, la marcha de los acontecimientos dispuesto a seguir a ese individuo hasta el fin para confirmar de una vez por todas mi teoría. Hice innumerables viajes entre plaza Mayo y Palermo, tratando de disimular mi presencia en las terminales, porque temía despertar sospechas de la secta y ser denunciado como ladrón o cualquier otra idiotez semejante en momentos en que mis días eran de un valor incalculable. Con ciertas precauciones, pues, me mantuve en estrecho contacto con el ciego y cuando por fin realizamos el último viaje de la una y media, precisamente aquel 14 de junio, me dispuse a seguir al hombre hasta su guarida.

En la terminal de plaza Mayo, antes de que el tren hiciera su último viaje hasta Palermo, el ciego descendió y se encaminó hacia la salida que da a la calle San Martín.

Empezamos a caminar por esa calle hacia Cangallo. En esa esquina dobló hacia el Bajo.

Tuve que extremar mis precauciones, pues en la noche invernal y solitaria no había más transeúntes que el ciego y yo, o casi. De modo que lo seguí a prudente distancia, teniendo en cuenta el oído que tienen y el instinto que les advierte cualquier peligro que aceche sus secretos.

El silencio y la soledad tenían esa impresionante vigencia que tienen siempre de noche en el barrio de los Bancos. Barrio mucho más silencioso y solitario, de noche, que cualquier otro; probablemente por contraste, por el violento ajetreo de esas calles durante el día; por el ruido, la inalterable confusión, el apuro, la inmensa multitud que allí se agita durante las horas de Oficina. Pero también, casi con certeza, por la soledad sagrada que reina en esos lugares cuando el Dinero descansa. Una vez que los últimos empleados y gerentes se han retirado, cuando se ha terminado con esa tarea agotadora y descabellada en que un pobre diablo que gana cinco mil pesos por mes maneja cinco millones, y en que verdaderas multitudes depositan con infinitas precauciones pedazos de papel con propiedades mágicas que otras multitudes retiran de otras ventanillas con precauciones inversas. Proceso todo fantasmal y mágico pues, aunque ellos, los creyentes, se creen personas realistas y prácticas, aceptan ese papelucho sucio donde, con mucha atención, se puede descifrar una especie de promesa absurda, en virtud de la cual un señor que ni siquiera firma con su propia mano se compromete, en nombre del Estado, a dar no sé qué cosa al creyente a cambio del papelucho. Y lo curioso es que a este individuo le basta con la promesa, pues nadie, que yo sepa, jamás ha reclamado que se cumpla el compromiso; y todavía más sorprendente, en lugar de esos papeles sucios se entrega generalmente otro papel más limpio pero todavía más alocado, donde otro señor promete que a cambio de ese papel se le entregará al creyente una cantidad de los mencionados papeluchos sucios: algo así como una locura al cuadrado. Y todo en representación de Algo que nadie ha visto jamás y que dicen yace depositado en Alguna Parte, sobre todo en los Estados Unidos, en grutas de Acero. Y que toda esta historia es cosa de religión lo indican en primer término palabras como *créditos* y *fiduciario*.

Decía, pues, que esos barrios, al quedar despojados de la frenética muchedumbre de creyentes, en horas de la noche quedan más desiertos de gente que ningún otro, pues allí nadie vive de noche, ni podría vivir, en virtud del silencio que domina y de la tremenda soledad de los gigantescos halls de los templos y de los grandes sótanos donde se guardan los increíbles tesoros. Mientras duermen ansiosamente, con píldoras y drogas, perseguidos por pesadillas de desastres financieros, los poderosos hombres que controlan esa magia. Y también por la obvia razón de que en esos barrios no hay alimentos, no hay nada que permita la vida permanente de seres humanos, o siquiera de ratas o cucarachas; por la extremada limpieza que existe en esos reductos de la nada, donde todo es simbólico y a lo más papeloso; y aun esos papeles, aunque podrían representar cierto alimento para polillas y otros bichos pequeños, son guardados en formidables recintos de acero, invulnerables a cualquier raza de seres vivientes.

En medio, pues, del silencio total que impera en el barrio de los Bancos, seguí al ciego por Cangallo hacia el Bajo. Sus pasos resonaban apagadamente e iban tomando a cada instante una personalidad más secreta y perversa.

Así descendimos hasta Leandro Alem y, después de atravesar la avenida, nos encaminamos hacia la zona del puerto.

Extremé mi cautela: por momentos pensé que el ciego podía oír mis pasos y hasta mi agitada respiración.

Ahora el hombre caminaba con una seguridad que me pareció aterradora, pues descartaba la trivial idea de que no fuera verdaderamente ciego.

Pero lo que me asombró y acentuó mi temor es que de pronto tomase nuevamente hacia la izquierda, hacia el Luna Park. Y digo que me atemorizó porque no era lógico, ya que, si ése hubiese sido su plan desde el comienzo, no había ningún motivo para que, después de cruzar la avenida, hubiese tomado hacia la derecha. Y como la suposición de que el hombre se hubiera equivocado de camino era radicalmente inadmisible, dada la seguridad y rapidez con que se movía, restaba la hipótesis (temible) de que hubiese advertido mi persecución y que estuvira intentando despistarme. O, lo que era infinitamente peor, tratando de prepararme una celada.

No obstante, la misma tendencia que nos induce a asomarnos a un abismo me conducía en pos del ciego y cada vez con mayor determinación. Así, ya casi corriendo (lo que hubiera resultado grotesco de no ser tenebroso), se podía ver a un individuo de bastón blanco y con el bolsillo lleno de ballenitas, perseguido silenciosa pero frenéticamente por otro individuo: primero por Bouchard hacia el norte y luego, al terminar el edificio del Luna Park, hacia la derecha, como quien piensa bajar hacia la zona portuaria.

Lo perdí entonces de vista porque, como es natural, yo lo seguía a cosa de media cuadra.

Apresuré con desesperación mi marcha, temiendo perderlo cuando casi tenía (así lo pensé entonces) buena parte del secreto en mis manos.

Casi a la carrera llegué a la esquina y doblé bruscamente hacia la derecha, tal como lo había hecho el otro.

¡Qué espanto! El ciego estaba contra la pared, agitado, evidentemente a la espera. No pude evitar el llevármelo por delante. Entonces me agarró del brazo con una fuerza sobrehumana y sentí su respiración contra mi cara. La luz era muy escasa y apenas podía distinguir su expresión; pero toda su actitud, su jadeo, el brazo que me apretaba como una tenaza, su voz, todo manifestaba rencor y una despiadada indignación.

—¡Me ha estado siguiendo! —exclamó en voz baja, pero como si gritara.

Asqueado (sentía su aliento sobre mi rostro, olía su piel húmeda), asustado, murmuré monosílabos, negué loca y desesperadamente, le dije «señor, usted está equivocado», casi caí desmayado de asco y de prevención.

¿Cómo podía haberlo advertido? ¿En qué momento? ¿De qué manera? Era imposible admitir que mediante los recursos normales de un simple ser humano hubiese podido notar mi persecución. ¿Qué? ¿Acaso los cómplices? ¿Los invisibles colaboradores que la secta tiene distribuidos astutamente por todas partes y en las posiciones y oficios más insospechados: niñeras, profesoras de enseñanza secundaria, señoras respetables, bibliotecarios, guardas de tranvías? Vaya a saber. Pero de ese modo confirmé, aquella madrugada, una de mis intuiciones sobre la secta.

Todo eso lo pensé vertiginosamente mientras luchaba por desasirme de sus garras.

Salí huyendo en cuanto pude y por mucho tiempo no me animé a proseguir mi pesquisa. No sólo por temor, temor que sentía en grado intolerable, sino también por cálculo, pues imaginaba que aquel episodio nocturno podía haber desatado sobre mí la más estrecha y peligrosa vigilancia. Tendría que esperar meses y quizá años, tendría que despistar, debería hacer creer que aquello había sido una simple persecución con objetivo de robo.

Otro acontecimiento me condujo, más de tres años después, sobre la gran pista y pude, por fin, entrar en el reducto de los ciegos. De esos hombres que la sociedad denomina No Videntes: en parte por sensiblería popular; pero también, con casi seguridad, por ese temor que induce a muchas sectas religiosas a no nombrar nunca la Divinidad en forma directa.

III

Hay una fundamental diferencia entre los hombres que han perdido la vista por enfermedad o accidente y los ciegos de nacimiento. A esta diferencia debo el haber penetrado finalmente en sus reductos, bien que no haya entrado en los antros más secretos, donde gobiernan la Secta, y por lo tanto el Mundo, los grandes y desconocidos jerarcas. Apenas si desde esa especie de suburbio alcancé a tener noticias, siempre reticentes y equívocas, sobre aquellos monstruos y sobre los medios de que se valen para dominar el universo entero. Supe así que esa hegemonía se logra y se mantiene (aparte el trivial aprovechamiento de la sensiblería corriente) mediante los anónimos, las intrigas, el contagio de pestes, el control de los sueños y pesadillas, el sonambulismo y la difusión de drogas. Baste recordar la operación a base de marihuana y de cocaína que se descubrió con los colegios secundarios de los Estados Unidos, donde se corrompía a chicos y chicas desde los once a doce años de edad para tenerlos al servicio incondicional y absoluto. La investigación, claro, terminó donde debía empezar de verdad: en el umbral inviolable. En cuanto al dominio mediante los sueños, las pesadillas y la magia negra, no vale ni siquiera la pena demostrar que la Secta tiene para ello a su servicio a todo el ejército de videntes y de brujas de barrio, de curanderos, de manos santas, de tiradores de cartas y de espiritistas: muchos de ellos, la mayoría, son meros farsantes; pero otros tienen auténticos poderes y, lo que es curioso, suelen disimular esos poderes bajo la apariencia de cierto charlatanismo, para mejor dominar el mundo que los rodea.

Si, como dicen, Dios tiene el poder sobre el cielo, la Secta tiene el dominio sobre la tierra y sobre la carne. Ignoro si, en última instancia, esta organización tiene que rendir cuentas, tarde o temprano, a lo que podría denominarse Potencia Luminosa; pero, mientras tanto, lo obvio es que el universo está bajo su poder absoluto, poder de vida y muerte, que se ejerce mediante la peste o la revolución, la enfermedad o la tortura, el engaño o la falsa compasión, la mistificación o el anónimo, las maestritas o los inquisidores.

No soy teólogo y no estoy en condiciones de creer que estos poderes infernales puedan tener explicación en alguna retorcida teoría o esperanza. En todo caso, eso sería teoría o esperanza. Lo otro, lo que he visto y sufrido, eso son *hechos*.

Pero volvamos a las diferencias.

Aunque no: hay mucho todavía que decir sobre esto

de los poderes infernales, porque acaso algún ingenuo piensa que se trata de una simple metáfora, no de una cruda realidad. Siempre me preocupó el problema del mal, cuando desde chico me ponía al lado de un hormiguero armado de un martillo y empezaba a matar bichos sin ton ni son. El pánico se apoderaba de las sobrevivientes, que corrían en cualquier sentido. Luego echaba agua con la manguera; inundación. Ya me imaginaba las escenas dentro, las obras de emergencia, las corridas, las órdenes y contraórdenes para salvar depósitos de alimentos, huevos, seguridad de reinas, etcétera. Finalmente, con una pala removía todo, abría grandes boquetes, buscaba las cuevas y destruía frenéticamente: catástrofe general. Después me ponía a cavilar sobre el sentido general de la existencia, y a pensar sobre nuestras propias inundaciones y terremotos. Así fui elaborando una serie de teorías, pues la idea de que estuviéramos gobernados por un Dios omnipotente, omnisciente y bondadoso me parecía tan contradictoria que ni siquiera creía que se pudiese tomar en serio. Al llegar a la época de la banda de asaltantes había elaborado ya las siguientes posibilidades:

1.º   Dios no existe.

2.º   Dios existe y es un canalla.

3.º   Dios existe, pero a veces duerme: sus pesadillas son nuestra existencia.

4.º   Dios existe, pero tiene accesos de locura: esos accesos son nuestra existencia.

5.º   Dios no es omnipresente, no puede estar en todas partes. A veces está ausente ¿en otros mundos? ¿En otras cosas?

6.º   Dios es un pobre diablo, con un problema demasiado complicado para sus fuerzas. Lucha con la materia como un artista con su obra. Algunas veces, en algún momento logra ser Goya, pero generalmente es un desastre.

7.º   Dios fue derrotado antes de la Historia por el Príncipe de las Tinieblas. Y derrotado, convertido en presunto diablo, es doblemente desprestigiado, puesto que se le atribuye este universo calamitoso.

Yo no he inventado todas estas posibilidades, aunque por aquel entonces así lo creía; más tarde verifiqué que algunas habían constituido tenaces convicciones de los hombres, sobre todo la hipótesis del Demonio triunfante. Durante más de mil años hombres intrépidos y lúcidos tuvieron que enfrentar la muerte y la tortura por haber desvelado el secreto. Fueron aniquilados y dispersados, ya que, es de suponer, las fuerzas que dominan el mundo no van a detenerse en pequeñeces cuando son capaces de hacer lo que hacen en general. Y así, pobres diablos o genios, fueron por igual atormentados, quemados por la Inquisición, colgados, desollados vivos; pueblos enteros fueron diezmados y dispersados. Desde la China hasta España, las religiones de estado (cristianos o mazdeístas) limpiaron el mundo de cualquier intento de revelación. Y puede decirse que en cierto modo lograron su objetivo. Pues aun cuando algunas de las sectas no pudieron ser aniquiladas, se convirtieron a su turno en nueva fuente de mentira, tal como sucedió con los mahometanos. Veamos el mecanismo: según los gnósticos, el mundo sensible fue creado por un demonio llamado Jehová. Por largo tiempo la Suprema Deidad deja que obre libremente en el mundo, pero al fin envía a su hijo a que temporariamente habite en el cuerpo de Jesús, para de ese modo liberar al mundo de las falaces enseñanzas de Moisés. Ahora bien: Mahoma pensaba, como algunos de estos gnósticos, que Jesús era un simple ser humano, que el Hijo de Dios había descendido a él en el bautismo y lo abandonó en la Pasión, ya que si no, sería inexplicable el famoso grito: «Dios mío, Dios mío, ¿por qué me has abandonado?» Y cuando los romanos y los judíos escarnecen a Jesús, están escarneciendo una especie de fantasma. Pero lo grave es que de este modo (y en forma más o menos similar, pasa con las otras sectas rebeldes) no se ha revelado la mistificación sino que se ha fortalecido. Porque para las sectas cristianas que sostenían que Jehová era el Demonio y que con Jesús se inicia la nueva era, como para los mahometanos, si el Príncipe de las Tinieblas reinó hasta Jesús (o hasta Mahoma), ahora en cambio, derrotado, ha vuelto a sus infiernos. Como se comprende, ésta es una doble mistificación: cuando se debilita la gran mentira, estos pobres diablos la consolidaban.

Mi conclusión es obvia: sigue gobernando el Príncipe de las Tinieblas. Y ese gobierno se hace mediante la Secta Sagrada de los Ciegos. Es tan claro todo que casi me pondría a reír si no me poseyera el pavor.

EL ESCRITOR
Y SUS FANTASMAS

1963

PALABRAS PRELIMINARES
A LA PRIMERA EDICIÓN

Este libro está constituido por variaciones de un solo tema, tema que me ha obsesionado desde que escribo: ¿por qué, cómo y para qué se escriben ficciones? Innumerables veces me he formulado yo mismo estas preguntas, o me las han formulado lectores y periodistas. Y en cada una de esas ocasiones he ido haciendo conciencia de esas oscuras motivaciones que llevan a un hombre a escribir seria y hasta angustiosamente sobre seres y episodios que no pertenecen al mundo de la realidad; y que, por curioso mecanismo, sin embargo parecen dar el más auténtico testimonio de la realidad contemporánea.

No sé qué valor en la estética o en la ontología puedan alcanzar estas notas, pero sí sé que tienen el valor de los documentos fidedignos, pues han sido elaboradas al meditar, reiterada y encarnizadamente, sobre mi propio destino de escritor. Hablo, pues, de literatura como un paisano habla de sus caballos. Mis reflexiones no son apriorísticas ni teóricas, sino que se han ido desenvolviendo con contradicciones y dudas (muchas de ellas persistentes), a medida que escribía las ficciones: discutiendo conmigo mismo y con los demás, en este país o en estos países en que constantemente hay gentes que nos dicen lo que es y lo que debería ser una literatura nacional. Tienen, en suma, algo del «diario de un escritor» y se parecen más que nada a ese tipo de consideraciones que los escritores han hecho siempre en sus confidencias y en sus cartas. Por lo cual he preferido mantener esa forma reiterativa y machacante pero viva, un poco el mismo desorden obsesivo con que una y otra vez esas variaciones se han presentado en mi espíritu.

¿Para quién escribo este libro? En primer término, para mí mismo, con el fin de aclarar vagas intuiciones sobre lo que hago en mi vida; luego, porque pienso que pueden ser útiles para muchachos que, como yo en mi tiempo, luchan por encontrarse, por saber si de verdad son escritores o no, para ayudarlos a responderse qué es eso de la ficción y cómo se elabora; también para nuestros lectores, que muy a menudo nos escriben o nos detienen en la calle a propósito de nuestros libros, ansiosos por ahondar en nuestra concepción general de la literatura y de la existencia; y, en fin, para ese tipo de crítico que nos explica cómo y para qué debemos escribir.

En cualquier caso, el que leyere puede tener la certeza de que no está frente a gratuitas o ingeniosas ideas o doctrinas, sino frente a cavilaciones de un escritor que encontró su vocación duramente, a través de ásperas dificultades y peligrosas tentaciones, debiendo elegir su camino entre otros que se le ofrecían en una encrucijada, tal como en ciertos relatos infantiles, sabiendo que uno y sólo uno conducía a la princesa encantada. Leerá, en fin, las cavilaciones de un escritor latinoamericano, y por lo tanto las dudas y afirmaciones de un ser doblemente atormentado. Porque si en cualquier lugar del mundo es duro sufrir el destino del artista, aquí es doblemente duro, porque además sufrimos el angustioso destino de hombre latinoamericano.

ERNESTO SABATO

Santos Lugares, 1961/63.

Algunos interrogantes

¿Tienen razón los pensadores que anuncian el ocaso del género novelístico? ¿No es la obra de un Joyce y de un Beckett algo así como la reducción al absurdo de toda la literatura de ficción? ¿Es la gran crisis de nuestro tiempo también la crisis general del arte, su total y básica deshumanización? ¿Hemos llegado a una situación sin salida y no queda sino convertir nuestras novelas en caóticos instrumentos de desintegración?

Todas estas preguntas me han preocupado a lo largo de muchos años, pues para mí, como para otros escritores de hoy, la literatura no es un pasatiempo ni una evasión, sino una forma —quizá la más completa y profunda— de examinar la condición humana.

El tema de lo que es la novela y en particular lo que es la novela de nuestro tiempo sigue siendo en Europa y entre nosotros motivo de discusión, y principalmente por dos causas: la vitalidad de este género literario, más vivo que nunca a pesar de todos los vaticinios funerarios, y su versatilidad o impureza. Palabra ésta que debiera ponerse entre comillas, porque siempre es impertinente cuando no se refiere al mundo de las ideas platónicas sino al confuso e inevitablemente impuro mundo de los seres humanos. Y así, todas las reflexiones acerca de la pureza de la poesía, de la pintura, de la música y sobre todo de la novelística, no concluyen sino en el bizantinismo.

Todos sabemos, en efecto, qué es una sinusoide o una geodésica, entes que pueden y deben definirse con absoluto rigor. Como pertenecientes al universo matemático, no sólo son puros sino que no pueden no serlo. La grosera sinusoide que dibujamos con la tiza sobre un pizarrón es apenas un mapa para guiar nuestra condición carnal en aquel transparente universo platónico, ajeno a la tiza, a la madera y a la mano que torpemente realiza el dibujo.

Pero ¿qué es una novela pura? Nuestra manía de racionalizarlo todo, consecuencia de una civilización que no ha creído más que en la Razón pura (¡así le ha ido!), nos condujo a la candorosa suposición de que en alguna parte existía un Arquetipo del elusivo género novelístico, arquetipo que debía ser escrito de acuerdo con la buena conducta filosófica con mayúscula: «Novela», así. Y que escritores naturalmente precarios tratan de aproximar mediante intentos más o menos rudos que, para señalar su deshonrosa degradación, deben ser denominadas «novelas» con minúscula.

Lamentablemente o por suerte no hay Arquetipo. Con evidente asco, pero con precisión que él no suponía elogiosa, Valéry lo dijo: *Tous les écarts lui appartiennent.* Claro que sí. Simultánea o sucesivamente, la novela sufrió todas las violaciones, como los países que por eso mismo han sido tan fecundos en la historia de la cultura: Italia, Francia, Inglaterra, Alemania. Y de ese modo fue simple narración de hechos, análisis de sentimientos, registro de vicisitudes sociales o políticas. Ideológica o neutra, filosófica o candorosa, gratuita o comprometida, fue tantas cosas opuestas entre sí, tuvo y tiene una complejidad tan indescifrable que sabemos lo que es una novela si no nos lo preguntan, pero comenzamos a titubear cuando lo hacen. Pues, ¿qué puede haber de común entre obras tan dispares como el *Quijote*, *El proceso*, *Werther* o el *Ulises* de Joyce?

IDEAS EN LA NOVELA

Uno de los escritores partidarios de la literatura «objetiva» sostiene que el novelista debe limitarse a describir los actos externos, visibles y audibles de sus personajes, absteniéndose de cualquier otra manifestación, por falsa y perniciosa.

La literatura de nuestro tiempo ha renegado de la razón, pero no significa que reniegue del pensamiento, que sus ficciones sean una pura descripción de movimientos corporales, de sentimientos y emociones. Esta literatura no sostiene la descabellada teoría de que los personajes no piensan: sostiene que los hombres, en la ficción como en la realidad, no obedecen a las leyes de la lógica. Es el mismo pensamiento que nos ha vuelto cautos, al revelarnos sus propios límites en esta quiebra general de nuestra época. Pero, en otro sentido, nunca como hoy la novela ha estado tan cargada de ideas y nunca como hoy se ha mostrado tan interesada en el conocimiento del hombre. Es que no se debe confundir conocimiento con razón. Hay más ideas en *Crimen y castigo* que en cualquier novela del racionalismo. Los románticos y los existencialistas insurgieron contra el conocimiento racional y científico, no contra el conocimiento en su sentido más amplio. El existencialismo actual, la fenomenología y la literatura contemporánea constituyen, en bloque, la búsqueda de un nuevo conocimiento, más profundo y complejo, pues incluye el irracional misterio de la existencia.

La novela total

La filosofía, por sí misma, es incapaz de realizar la síntesis del hombre disgregado: a lo más puede entenderla y recomendarla. Pero por su misma esencia conceptual no puede sino recomendar conceptualmente la rebelión contra el concepto mismo, de modo que hasta el propio existencialismo resulta una suerte de paradójico racionalismo. La auténtica rebelión y la verdadera síntesis no podía provenir sino de aquella actividad del espíritu que nunca separó lo inseparable: la novela. Que por su misma hibridez, a medio camino entre las ideas y las pasiones, estaba destinada a dar la real integración del hombre escindido; a lo menos en sus más vastas y complejas realizaciones. En estas novelas cumbres se da la síntesis que el existencialismo fenomenológico recomienda. Ni la pura objetividad de la ciencia, ni la pura subjetividad de la primera rebelión: la realidad desde un yo; la síntesis entre el yo y el mundo, entre la inconsciencia y la conciencia, entre la sensibilidad y el intelecto. Es claro que esto se ha podido dar en nuestro tiempo, pues, al quedar libre la novela de los prejuicios cientificistas que pesaron en algunos escritores del siglo pasado, no sólo se mostró capaz de dar el testimonio del mundo externo y de las estructuras racionales, sino también de la descripción del mundo interior y de las regiones más irracionales del ser humano, incorporando a sus dominios lo que en otras épocas estuvo reservado a la magia y a la mitología. En general, su tendencia ha sido la de derivar de un simple documento a lo que debería llamarse un «poema metafísico». De la Ciencia a la Poesía.

Como se ve, se trata en buena medida de retomar la idea de los románticos alemanes, que veían en el arte la suprema síntesis del espíritu. Pero apoyada ahora en una concepción más compleja, que si no fuera por la grandilocuencia de la expresión habría que denominar «neorromanticismo fenomenológico». Pienso que esta doctrina puede resolver los dilemas en que se ha venido agotando la teoría: novela psicológica contra novela social, novela objetiva contra novela subjetiva, novela de hechos contra novela de ideas. Concepción integralista a la que corresponde un integralismo de las técnicas.

La novela y los tiempos modernos

Muchas de las bizantinas discusiones sobre la crisis de la novela se deben a que se plantea el problema de modo intrínsecamente literario. No creo que se logre ninguna claridad ni que se llegue a una conclusión neta y valedera si no se plantea el fenómeno de la novela como epifenómeno de un drama infinitamente más vasto, exterior a la literatura misma: el drama de la civilización que dio origen a esa curiosa actividad del espíritu occidental que es la ficción novelesca. El nacimiento, desarrollo y crisis de esa civilización es también el desarrollo y crisis de la novela. Examinar el problema de la ficción únicamente a través de las disputas de capillas literarias, de las aperturas o limitaciones lingüísticas o estilísticas es condenar el examen a la confusión y la intrascendencia. Ninguna actividad del espíritu y ni uno solo de sus productos puede entenderse y juzgarse aisladamente en el estrecho ámbito de su ciudadanía: ni el arte, ni la ciencia, ni las instituciones jurídicas; pero muchísimo menos esa actividad que tan entrañablemente aparece unida a la condición total y misteriosa del hombre, reflejo y muestrario de sus ideas, angustias y esperanzas, testimonio total del espíritu de su tiempo. Esto no significa recaer en el viejo defecto del determinismo positivista, que veía en una obra artística el resultado de factores externos, posición justamente criticada por el estructuralismo. Significa que si la obra de arte es una estructura, a su vez debe ser considerada como integrante de una estructura más vasta, que la incluye; del mismo modo que la estructura de una melodía perteneciente a una sonata no «vale» en sí misma sino en su interrelación con la obra entera.

Despertar al hombre

Decía Donne que nadie duerme en la carreta que lo conduce de la cárcel al patíbulo, y que sin embargo todos dormimos desde la matriz hasta la sepultura, o no estamos enteramente despiertos.

Una de las misiones de la gran literatura: despertar al hombre que viaja hacia el patíbulo.

El arte como conocimiento

Desde Sócrates, el conocimiento sólo podía alcanzarse mediante la razón pura. Al menos ése ha sido el ideal de todos los racionalismos hasta los románticos, cuando la pasión y las emociones son reivindicadas como fuente de conocimiento, momento en que llega a afirmar Kierkegaard que «las conclusiones de la pasión son las únicas dignas de fe».

Los dos extremos, por supuesto, son exagerados y el dislate proviene de aplicar a los hombres un criterio válido para las cosas y recíprocamente. Es de toda evidencia que la rabia o la mezquindad no agregan nada al teorema de Pitágoras.

Pero también es evidente que la razón es ciega para los valores; y no es mediante la razón ni por medio del análisis lógico o matemático que valoramos un paisaje o una estatua o un amor. La disputa entre los que señalan la primacía de la razón y los que defienden el conocimiento emocional es, simplemente, una disputa acerca del universo físico y del hombre. El racionalismo (no olvidemos que *abstraer* significa *separar*) pretendió escindir las diferentes «partes» del alma: la razón, la emoción y la voluntad; y una vez cometida la brutal división pretendió que el conocimiento sólo podía obtenerse por medio de la razón pura. Como la razón es universal, como para todo el mundo y en cualquier época el cuadrado de la hipotenusa es igual a la suma de los cuadrados de los catetos, como lo válido para todos parecía ser sinónimo de La Verdad, *entonces lo individual era lo falso por excelencia.* Y así se desacreditó lo subjetivo, así se desprestigió lo emocional y el hombre concreto fue guillotinado (muchas veces en la plaza pública y en efecto) en nombre de la Objetividad, la Universalidad, la Verdad y, lo que fue más tragicómico, en nombre de la Humanidad.

Ahora sabemos que estos partidarios de las ideas claras y definidas estaban esencialmente equivocados, y que si sus normas son válidas para un pedazo de silicato es tan absurdo querer conocer el hombre y sus valores con ellas como pretender el conocimiento de París leyendo su guía de teléfonos y mirando su cartografía. Ahora cualquiera sabe que las regiones más valiosas de la realidad (las más valiosas para el hombre y su destino) no pueden ser aprehendidas por los abstractos esquemas de la lógica y de la ciencia. Y que si con la sola inteligencia no podemos siquiera cerciorarnos que existe el mundo exterior, tal como ya lo demostró el obispo Berkeley, ¿qué podemos esperar para los problemas que se refieren al hombre y sus pasiones? Y a menos que neguemos realidad a un amor o a una locura, debemos concluir que el conocimiento de vastos territorios de la realidad está reservado al arte y solamente a él.

¿CRISIS DEL ARTE O ARTE DE LA CRISIS?

En este momento crucial de la historia se produce uno de los fenómenos más curiosos: se acusa al arte de estar en crisis, de haberse deshumanizado, de haber volado todos los puentes que lo unían al continente del hombre. Cuando es exactamente al revés, tomando por un arte en crisis lo que en rigor es el arte de la crisis, pero lo que sucede es que se partió de una falacia. Para Ortega, por ejemplo, la deshumanización del arte está probada por el divorcio existente entre el artista y su público. No advirtiendo que pudiera ser exactamente al revés, que no fuera el artista el deshumanizado, sino el público. Es obvio que una cosa es la humanidad y otra muy distinta el público-masa, ese conjunto de seres que han dejado de ser hombres para convertirse en objetos fabricados en serie, moldeados por una educación estandarizada, embutidos en fábricas y oficinas, sacudidos diariamente al unísono por las noticias lanzadas por centrales electrónicas, pervertidos y cosificados por una manufactura de historietas y novelones radiales, de cromos periodísticos y de estatuillas de bazar. Mientras que el artista es el único por excelencia, es el que gracias a su incapacidad de adaptación, a su rebeldía, a su locura, ha conservado paradojalmente los atributos más preciosos del ser humano. ¿Qué importa que a veces exagere y se corte una oreja? Aun así estará más cerca del hombre concreto que un razonable amanuense en el fondo de un ministerio. Es cierto que el artista, acorralado y desesperado, termina por huir al África, a los paraísos del alcohol o la morfina, a la propia muerte. ¿Indica todo eso que es él quien está deshumanizado?

«Si nuestra vida está enferma —escribe Gauguin a Strindberg— también ha de estarlo nuestro arte; y sólo podemos devolverle la salud empezando de nuevo, como niños o como salvajes... Vuestra civilización es vuestra enfermedad.»

Lo que hace crisis no es el arte sino el caduco concepto burgués de la «realidad», la ingenua creencia en la realidad externa. Y es absurdo juzgar un cuadro de Van Gogh desde ese punto de vista. Cuando a pesar de todo se lo hace —¡y con qué frecuencia!— no puede concluirse sino lo que se concluye: que describen una especie de irrealidad, figuras y objetos de un territorio fantasmal, productos de un hombre enloquecido por la angustia y la soledad.

El arte de cada época trasunta una visión del mundo y el concepto que esa época tiene de la *verdadera realidad* y esa concepción, esa visión, está asentada en una metafísica y en un *ethos* que le son propios. Para los egipcios, por ejemplo, preocupados por la vida eterna, este universo transitorio no podría constituir lo *verdaderamente* real: de ahí el hieratismo de sus grandes estatuas, el geometrismo que es como un indicio de la eternidad, despojados al máximo de los elementos naturalistas y terrenos; geometrismo que obedece a un concepto profundo y no es, como algunos apresuradamente creyeron, incapacidad plástica, ya que podían ser minuciosamente naturalistas cuando esculpían o pintaban desdeñables esclavos. Cuando se pasa a una civilización mundana como la de Pericles, las artes hacen naturalismo y hasta los mismos dioses se representan en forma «realista», pues para ese tipo de cultura profana, interesada fundamentalmente en esta vida, la realidad por excelencia, la «verdadera» realidad es la del mundo terrenal. Con el cristianismo reaparece, y por los mismos motivos, un arte hierático, ajeno al espacio que nos rodea y al tiempo que vivimos. Al irrumpir la civilización burguesa con una clase utilitaria que sólo cree en este mundo y sus valores materiales, nuevamente el arte vuelve al naturalismo. Ahora en su crepúsculo, asistimos a la reacción violenta de los artistas contra la civilización burguesa y su *Weltanschauung*. Convulsivamente, incoherentemente muchas veces, revela que aquel concepto de la realidad ha llegado a su término y no representa ya las más profundas ansiedades de la criatura humana.

El objetivismo y el naturalismo de la novela fueron una manifestación más (y en el caso de la novela, paradojal) de ese espíritu burgués. Con Flaubert y con Balzac, pero sobre todo con Zola, culmina esa estética y esa filosofía de la narración, hasta el punto de que por su intermedio estamos en condiciones no sólo de conocer las ideas y vicios de la época sino hasta el tipo de tapizados que se acostumbraba. Zola, que hizo la reducción al absurdo de esta modalidad, llegó hasta levantar prontuarios de sus personajes, y en ellos anotaba desde el color de sus ojos hasta la forma de vestir de acuerdo con las estaciones. Gorki malogró en parte sus excelentes dotes de narrador por el acatamiento de esa estética burguesa (que él creía proletaria), y afirmaba que para describir un almacenero era necesario estudiar a cien para entresacar los rasgos comunes, método de la ciencia, que permite obtener lo universal eliminando los particulares: camino de la esencia, no de la existencia. Y si Gorki se salva casi siempre de la calamidad de poner en escena prototipos abstractos en lugar de tipos vivos es a pesar de su estética, no por ella; es por su instinto narrativo, no por su desatinada filosofía.

Muchas décadas antes de que Gorki se entregara a esta concepción, Dostoievsky terminaba de destruirla y abría las compuertas de toda la literatura de hoy en las *Memorias del subterráneo*. No sólo se rebela contra la trivial realidad objetiva del burgués sino que, al ahondar en los tenebrosos abismos del yo encuentra que la intimidad del hombre nada tiene que ver con la razón, ni con la lógica, ni con la ciencia, ni con la prestigiosa técnica.

Ese desplazamiento hacia el yo profundo se hace luego general en toda la gran literatura que sobreviene: tanto en ese vasto mural de Marcel Proust como en la obra aparentemente objetiva de Franz Kafka.

No obstante, Wladimir Weidlé, en su conocido ensayo, afirma que asistimos al ocaso de la novela porque el artista de hoy «es impotente para entregarse por completo a la imaginación creadora», obsesionado como está por su propio ego; y frente a los grandes novelistas del siglo XIX, dice, «a esos escritores que, como Balzac, creaban un mundo y mostraban criaturas vivientes desde fuera, a esos novelistas que, como Tolstoi, daban la impresión de ser el propio Dios, los escritores del siglo XX son incapaces de trascender su propio yo, hipnotizados por sus desventuras y ansiedades, eternamente monologando en un mundo de fantasmas».

UNIVERSALIDAD CIENTÍFICA E INDIVIDUALIDAD ARTÍSTICA

Dijo Poincaré con gran elegancia: La matemática es el arte de razonar correctamente sobre figuras incorrectas. Ya que nadie pretende, ni es necesario, que el triángulo rectángulo dibujado en el pizarrón sea el auténtico triángulo platónico para el que rige el teorema: es apenas una burda alusión, un grosero mapa para guiar el razonamiento.

Totalmente inversa es la situación del arte, en que precisamente lo que importa es ese diagrama personal y único, esa concreta expresión de lo individual. Y si alcanza universalidad es esa universalidad concreta que se logra no rehuyendo lo individual sino exasperándolo. ¿Qué más exasperadamente personal que un cuadro de Van Gogh?

Si la ciencia puede y debe prescindir del yo, el arte no puede hacerlo; y es inútil que se lo proponga como un deber. Palabras más o menos, decía Fichte: En el arte los objetos son creaciones del espíritu, el yo es el sujeto y al mismo tiempo el objeto. Y Baudelaire, en el *Art Romantique*, afirma que el arte puro es crear una sugestiva magia que involucra al artista y al mundo que lo rodea. Agregando: «Prestamos al árbol nuestras pasiones, nuestros deseos o nuestra melancolía; sus gemidos y sus cabeceos son los nuestros y bien pronto somos el árbol. Asimismo, el pájaro que planea en el cielo representa de inmediato nuestro inmortal anhelo de planear por encima de las cosas humanas; ya somos el mismo pájaro.»

También lo decía Byron:

Are not mountains, waves and skies a part
of me and my soul, as I of them?

Esas misteriosas grutas que suelen verse detrás de las figuras de Leonardo, esas azulinas y enigmáticas dolomitas detrás de sus ambiguos rostros ¿qué son sino la expresión indirecta del espíritu del propio Leonardo? Como los movimientos y gestos de un actor ajeno a la vida de Shakespeare que sin embargo se convierte en Hamlet y por lo tanto en Shakespeare cuando lo animan las ficciones del príncipe de Dinamarca. Y es en este sentido que debe interpretarse el notorio aforismo de Leonardo, cuando dice que la pintura es cosa mental, pues para él mental quería decir no algo meramente intelectual sino algo subjetivo, algo propio del artista y no del paisaje que pinta; el arte era para él «un idealismo de la materia». ¿Cómo pedirle así objetividad al arte?

Sería como pedirle que el cuarteto 135 *no parezca* de Beethoven. Y ya que para el gran arte no se trata de parecer sino de ser, sería tan descabellado como pedir que *no sea* de Beethoven.

No puede explicarse esta doctrina de los objetivistas sino como consecuencia del prestigio e imperialismo de la ciencia, de la creencia dogmática en un universo externo que el artista, como el científico, deba describir con la misma fría imparcialidad. De modo que el escritor de novelas describiría la vida o las vicisitudes de un hombre como un zoólogo las termitas: indagando las leyes de esas sociedades, describiendo sus costumbres y viviendas, sus lenguajes y danzas nupciales. Y como bien se ha dicho, la tercera persona en que esas historias eran narradas se asemejaba a la tercera persona en que se describían, en los libros de ciencias naturales, las costumbres y caracteres de los mamíferos o reptiles; y aun cuando deformara o transfigurara esa realidad objetiva, esas deformaciones o alteraciones eran consecuencia de simples diferencias del estilo o de técnica verbal (en general reprobables) y no de realidad. En ningún momento se le cruzaba por la imaginación que la realidad de uno era de ningún modo la realidad de otro, como sin embargo es obvio, ya que la realidad Balzac-mundo no es la misma que la realidad Flaubert-mundo. En tanto que para el novelista actual no sólo ya existe la conciencia de ese hecho decisivo sino de que *para cada personaje* la realidad es distinta: al variar su visión de ella, su punto de vista, lo que él le entrega al mundo externo y lo que de él recibe.

En suma: si por realidad entendemos, como debemos entender, no sólo esa externa realidad de que nos habla la ciencia y la razón sino *también* ese mundo oscuro de nuestro propio espíritu (por lo demás, infinitamente más importante para la literatura que el otro), llegamos a la conclusión de que los escritores más realistas son los que en lugar de atender a la trivial descripción de trajes y costumbres describen los sentimientos, pasiones e ideas, los rincones del mundo inconsciente y subconsciente de sus personajes; actividad que no sólo no implica el abandono de ese mundo externo sino que es la única que permite darle su verdadera dimensión y alcance para el ser humano; ya que para el hombre sólo importa lo que entrañablemente se relaciona con su espíritu: aquel paisaje, aquellos seres, aquellas revoluciones que de una manera u otra ve, siente y sufre desde su alma. Y así resulta que los grandes artistas «subjetivos», que no se propusieron la tonta tarea de describir el mundo externo, fueron los que más intensa y verdaderamente nos dejaron un cuadro y un testimonio de él. En tanto que los mediocres costumbristas, que quizá los acusaban de limitarse a su propio yo, ni siquiera lograron lo que se proponían.

Novela y fenomenología

Las doctrinas no aparecen al azar: por un lado prolongan y ahondan el diálogo que mantienen a través de las edades; por otro son la expresión de la época en que se enuncian. Así como una filosofía estoica nace siempre en el despotismo, así como el marxismo expresa el espíritu de una sociedad que violentamente nace a la industrialización, el existencialismo tradujo las angustias del hombre que vive el derrumbe de una civilización tecnolátrica.

Lo que no quiere decir que lo traduzca unívoca y literalmente, pues una doctrina se elabora de manera compleja y siempre polémica. Mientras que el racionalismo fue el tema dominante a partir del Renacimiento, el irracionalismo irrumpió una y otra vez, con creciente poderío, hasta alcanzar la hegemonía. Y aunque el existencialismo actual no es (como muchos suponen) un simple irracionalismo, es cierto que se formó en la lucha que los hombres del siglo pasado iniciaron contra la razón.

El *Zeitgeist* que filosóficamente se manifestó en el existencialismo, literariamente lo hizo en ese tipo de creación que en lo esencial se inicia con Dostoievsky, correlato fiel de aquella tendencia filosófica en el terreno de las letras, hasta el punto de que muchos afirman, con ligereza, que «la literatura se ha vuelto existencialista», cuando en verdad surgió espontáneamente un siglo antes que se pusiera de moda, y siendo que no es tanto que la literatura se haya acercado a la filosofía como ésta se ha acercado a la literatura: la novela fue siempre antropocéntrica, en tanto que los filósofos volvieron al hombre concreto precisamente con el existencialismo.

Pero la verdad más profunda es que ambas actividades del espíritu concurrieron simultáneamente al mismo punto y por los mismos motivos. Con la diferencia de que mientras para los novelistas ese tránsito fue fácil, pues les bastó acentuar el carácter problemático de su eterno protagonista, para los filósofos fue muy arduo, ya que debieron bajar de sus abstractas especulaciones hasta los dilemas del ser concreto. Sea como sea, en el mismo momento en que la literatura comenzó a hacerse metafísica con Dostoievsky, la metafísica comenzó a hacerse literaria con Kierkegaard.

Ahora bien: si la vuelta al yo y el levantamiento contra la razón es la piedra de toque y el comienzo de la nueva modalidad, no es cierto, como muchos críticos superficiales suponen, que el proceso termine ahí. Frente a los extremos de la razón, el vitalismo reivindicó, sanamente, la vida y sus instintos. Pero la explosión de los más primitivos y violentos de los instintos de la Primera Guerra Mundial tenía que provocar, al llegar a sus extremos, un ansia de espiritualización que se agudizó al cabo de la Segunda Guerra y sus campos de concentración. Ésta es una de las causas que, sin que por eso dejara de defender al hombre concreto, alejó al existencialismo del simple vitalismo. El hombre no era, al fin de cuentas, ni simple razón pura ni mero instinto: ambos atributos debían integrarse en los supremos valores espirituales que distinguen a un hombre de un animal. A partir de Husserl, ya no se centrará la filosofía en el individuo, que es enteramente subjetivo, sino en la persona, que es síntesis de un individuo y comunidad.

La filosofía y la novelística actual representan esa síntesis de opuestos: algo así como la síntesis de la poesía lírica con la filosofía racionalista.

A partir del descubrimiento de Husserl, la filosofía dejó de tomar como modelo a las ciencias exactas y naturales, esas ciencias que proceden sobre conceptos obtenidos por abstracción de hechos particulares. De este modo la filosofía se acercó a la literatura, pues la novela no había abandonado nunca (ni en las peores épocas del cientificismo) la realidad concreta tal como es, en su rica, variable y contradictoria condición. El poeta que contempla un árbol y que describe el estremecimiento que la brisa produce en sus hojas, no hace un análisis físico del fenómeno, no recurre a los principios de la dinámica, no razona mediante las leyes matemáticas de la programación luminosa: se atiene al fenómeno puro, a esa impresión candorosa y vivida, al puro y hermoso brillo y temblor de las hojas mecidas por el viento.

Así ¿qué sino fenomenología pura es la descripción literaria? Y esa filosofía del hombre concreto que ha producido nuestro siglo, en que el cuerpo no puede separarse del alma, ni la conciencia del mundo externo, ni mi propio yo de los otros yos que conviven conmigo ¿no ha sido acaso la filosofía tácita, aunque imperfecta y perniciosamente falseada por la mentalidad científica, del poeta y el novelista?

Lanzado ciegamente a la conquista del mundo externo, preocupado por el solo manejo de las cosas, el hombre terminó por cosificarse él mismo, cayendo al mundo bruto en que rige el ciego determinismo. Empujado por los objetos, títere de la misma circunstancia que había contribuido a crear, el hombre dejó de ser libre, y se volvió tan anónimo e impersonal como sus instrumentos. Ya no vive en el tiempo originario del ser sino en el tiempo de sus propios relojes. Es la caída del ser en el mundo, es la exteriorización y la banalización de su existencia. Ha ganado el mundo pero se ha perdido a sí mismo.

Hasta que la angustia lo despierta, aunque lo despierte a un universo de pesadilla. Tambaleante y ansioso busca nuevamente el camino de sí mismo, en medio de las tinieblas. Algo le susurra que a pesar de todo es libre o puede serlo, que de cualquier modo él no es equiparable a un engranaje. Y hasta el hecho de descubrirse mortal, la angustiosa convicción de comprender su finitud también de algún modo es reconfortante, porque al fin de cuentas le prueba que es algo distinto a aquel engranaje indiferente y neutro: le demuestra que es un ser humano. Nada más pero nada menos que un hombre.

La novela de la crisis

Hace unos treinta años, T. S. Eliot afirmó que el género había terminado con Flaubert y Henry James. En una forma o en otra, diferentes ensayistas reiteraron ese juicio funerario.

Ocurre que con frecuencia se confunde transformación con decadencia, porque se enjuicia lo nuevo con los criterios que sirvieron para lo viejo. Así, cuando algunos sostienen que «el siglo XIX es el gran siglo de la novela», habría que agregar «de la novela novecentista»; con lo que su aforismo se haría rigurosamente exacto, pero también completamente tautológico.

Es bastante singular que se pretenda valorar la ficción del siglo XX con los cánones del siglo XIX, un siglo en que el tipo de realidad que el novelista describía era tan diferente a la nuestra como un tratado de frenología a un ensayo de Jung (y por motivos muy análogos). Y si siempre constituyó una tarea más bien destinada al fracaso la clasificación de la obra literaria en géneros estrictos, en lo que a la novela se refiere ese intento es radicalmente inútil, pues es un género cuya única característica es la de haber tenido todas las características y haber sufrido todas las violaciones.

La novela del siglo XX no sólo da cuenta de una realidad más compleja y verdadera que la del siglo pasado, sino que ha adquirido una dimensión metafísica que no tenía. La soledad, el absurdo y la muerte, la esperanza y la desesperación, son temas perennes de toda la gran literatura. Pero es evidente que se ha necesitado esta crisis general de la civilización para que adquieran su terrible vigencia, del mismo modo que cuando un barco se hunde los pasajeros dejan sus juegos y frivolidades para enfrentar los grandes problemas finales de la existencia, que sin embargo estaban latentes en su vida normal.

La novela de hoy, por ser la novela del hombre en crisis, es la novela de esos grandes temas pascalianos. Y en consecuencia, no sólo se ha lanzado a la exploración de territorios que aquellos novelistas ni sospechaban, sino que ha adquirido dignidad filosófica y cognoscitiva.

Cómo puede suponerse en decadencia un género con semejantes descubrimientos, con dominios tan vastos y misteriosos por recorrer, con el consiguiente enriquecimiento técnico, con su transcendencia filosófica y con lo que representa para el angustiado hombre de hoy, que ve en la novela no sólo su drama sino que busca su orientación. Por el contrario, pienso que es la actividad más compleja del espíritu de hoy, la más integral y la más promisoria en este intento de indagar y expresar el drama que nos ha tocado vivir.

El artista y el mundo externo

Uno dice «silla» o «ventana» o «reloj», palabras que designan meros objetos de ese rígido e indiferente mundo que nos rodea, y sin embargo de pronto transmitimos con esas palabras algo misterioso e indefinible, algo que es como una clave, como un patético mensaje de una profunda región de nuestro ser. Decimos «silla» pero no queremos decir «silla», y nos entienden. O por lo menos nos entienden aquellos a quienes está secretamente destinado el mensaje críptico, pasando indemne a través de las multitudes indiferentes u hostiles. Así que ese par de zuecos, esa vela, esa silla, no quieren decir ni esos zuecos, ni esa vela macilenta ni aquella silla de paja, sino yo, Van Gogh, Vincent (sobre todo Vincent): mi ansiedad, mi angustia, mi soledad; de modo que son más bien mi autorretrato, la descripción de mis ansiedades más profundas y dolorosas. Sirviéndose de aquellos objetos externos e indiferentes, esos objetos de ese mundo rígido y frío que está fuera de nosotros, que acaso estaba antes de nosotros y que muy probablemente seguirá permaneciendo cuando hayamos muerto, como si esos objetos no fueran más que transitorios y temblorosos puentes (como las palabras para el poeta) para salvar el abismo que se abre entre uno y el universo; como si fueran símbolos de aquello profundo y recóndito que reflejan; indiferentes y objetivos y grises para los que no son capaces de entender la clave, pero cálidos y tensos y llenos de intención secreta para los que la conocen. Porque en realidad esos objetos pintados no son los universos de aquel universo indiferente sino objetos creados por ese ser solitario y desesperado, ansioso de comunicarse, que hace con los objetos lo mismo que el alma realiza con el cuerpo: impregnándolo de sus anhelos y sentimientos, manifestándose a través de las arrugas, del brillo de sus ojos, de las sonrisas y comisuras de los labios; como un espíritu que trata de manifestarse (desesperadamente) con el cuerpo ajeno, y a veces groseramente ajeno, de una histérica médium.

Más sobre literatura y fenomenología

En una sociedad dominada por el espíritu religioso, como era la Europa medieval, todo es influido, de una manera o de otra, por la religión. En el siglo XIX, todo lo que el hombre hacía o pensaba sufrió el influjo del espíritu científico; y hasta un analfabeto que no podía entender las ecuaciones de Maxwell, de algún modo vivía «científicamente».

La propagación de maneras o formas prestigiosas hasta regiones que nada tienen que ver con el ámbito en que legítima y necesariamente esas maneras o formas nacieron es un fenómeno inevitable. Piénsese, por ejemplo, en las líneas aerodinámicas, que surgieron del progreso técnico en barcos y aviones, por la necesidad de aumentar la velocidad con el mínimo de resistencia; pero de esos móviles las líneas aerodinámicas se propagaron a objetos perfectamente estáticos como teléfonos y sillones.

Algo semejante aconteció con la literatura: su objetivo fue siempre el hombre y sus pasiones (no hay novelas de mesas ni de animales, pues cuando se hace la novela de un perro es para hablar indirectamente de la condición humana). Pero, extraña idea, quiso ser hecha mediante las normas de la ciencia, que precisamente ordenan prescindir de lo humano. Sócrates recomendaba desconfiar del cuerpo y sus pasiones, pero en todo caso él se proponía la búsqueda de la Verdad con mayúscula, esa verdad abstracta que culminaría en la catedral hegeliana; pero habría sido descabellado que le hiciera la misma recomendación a Eurípides. No obstante, esto es un poco lo que sucedió con el novelista del siglo pasado, rindiendo así tributo al señor feudal que todo lo dominaba. Pretendiendo ser tan objetivo como un hombre de ciencia, el escritor se colocaba o trataba de colocarse (porque felizmente todo ese imponente aparato no pasaba de ser un poco apariencial) fuera de sus personajes, describiéndolos a ellos y a la circunstancia en que actuaban como un observador omnisciente colocado en una eminencia panóptica. Y así, en una novela de Balzac, se describe un paisaje casi como podrían hacerlo un geógrafo y un geólogo: «Aquel monasterio fue construido en la extremidad de la isla y sobre el punto más alto de la roca que, por efecto de una gran revolución del planeta, está cortada a pique sobre el mar y presenta las duras aristas de sus planos ligeramente roídas al nivel del agua, pero de cualquier modo infranqueables. Por lo demás, la roca está protegida de todo ataque por escollos peligrosos que se prolongan a lo lejos y sobre los cuales juegan las olas del Mediterráneo.»

Contrastemos esta manera de ver la realidad con la de Virginia Woolf, observada desde el puro sujeto: «Había una mancha oscura en el centro de la bahía. Era un barco. Sí, lo comprendió al cabo de un segundo. Pero ¿a quién pertenecería?... La mañana estaba tan hermosa que, excepto cuando se levantaba en algún sitio un soplo de aire, el mar y el cielo parecían estar hechos de una misma trama, como si las velas estuvieran clavadas en lo alto del cielo o las nubes se hubiesen caído en el agua.»

El procedimiento llega a su última instancia en la manera fenomenológica de Sartre: «Está en mangas de camisa, con tiradores malva. Se ha arremangado hasta más arriba del codo. Los tiradores apenas se ven sobre la camisa azul; están borrados, hundidos en el azul, pero es una falsa humildad; en realidad no permiten el olvido, me irritan por su terquedad de carneros, como si dirigiéndose al violeta se hubieran detenido en mitad del camino sin abandonar sus pretensiones. Dan ganas de decirles: vamos, vuélvanse violetas y terminemos de una vez. Pero no, permanecen en suspenso, obstinados en su esfuerzo inconcluso. A veces, el azul que los rodea se desliza sobre ellos y los cubre totalmente; me estoy un instante sin verlos. Pero es una ola, pronto el azul palidece por partes y veo reaparecer islotes de un malva vacilante que se agrandan, se juntan y reconstruyen los tiradores. El primo Adolphe no tiene ojos; sus párpados hinchados y recogidos se abren apenas un poco sobre el blanco, etc.»

Es obvio que este extremo subjetivismo, lejos de ser falso, es en el arte lo único verdadero; ya que todo lo otro es conjetura y problema. La ciencia aspira a la objetividad, pues la verdad que busca es la del objeto. Para la novela, en cambio, la realidad es a la vez objetiva y subjetiva, está fuera y dentro del sujeto, y de ese modo es una realidad más integral que la científica. Aun en las ficciones más subjetivas, el escritor no puede prescindir del mundo; y hasta en la más pretendidamente objetiva el sujeto se manifiesta a cada instante.

PRESCINDENCIA DEL AUTOR

Stephen Dedalus, en el *Retrato*, nos dice que «la personalidad del artista, a primera vista grito y cadencia, y después narración fluida y ondulante, desaparece de puro refinamiento, se impersonaliza, por decirlo así... El artista, como el Dios de la creación, queda dentro, o más allá, o por encima de su obra, invisible, sutilizando fuera de la vida, indiferente, arreglándose las uñas».

La novela debía ser una *épica moderna*, y como toda épica exigiría la desaparición total del narrador.

¡Qué ilusión! Por lo que sabemos de la vida de Joyce, tanto el *Retrato* como el *Ulises* no son sino la proyección sentimental, ideológica y filosófica del propio Joyce, de sus propias pasiones, de su drama o tragicomedia personal.

EL ARTISTA ES EL MUNDO

Por la época en que escribía *Madame Bovary*, escribe Flaubert en su *Correspondencia*: «Es algo delicioso cuando se escribe no ser uno mismo, sino circular por toda la creación a la que se alude. Hoy, por ejemplo, hombre y mujer juntos, amante y querida a la vez, me he paseado a caballo por un bosque, en un mediodía de otoño bajo las hojas amarillentas; yo era los caballos, las hojas, el viento, las palabras que se decían y el sol rojo que hacía entrecerrar sus párpados, ahogados de amor.»

EL ARTE COMO REBELIÓN ROMÁNTICA

Es artificioso poner fechas exactas a la rebeldía romántica, si por tal debemos entender su sentido más profundo: la reivindicación de los valores vitales frente a los puros valores del intelecto. Es un vasto, complejo y sutil movimiento que nunca cesó de existir desde el momento mismo en que los griegos decretan la excomunión del cuerpo y sus pasiones. A veces abiertamente, otras veces en secreto y con aviesa perversidad (irónicamente en el terreno mismo del adversario, como en la novela de Diderot), esa invencible fuerza del hombre concreto no desapareció jamás, hasta que estalló con toda su potencia a fines del siglo XVIII en un movimiento que arrasaría en el mundo entero con las ideas tan trabajosamente levantadas por el racionalismo. Desde el Renacimiento hasta la Revolución Francesa, esas fuerzas insurgieron no sólo en el arte (en que son condición previa e indispensable, cualesquiera sean las prestigiosas doctrinas que dominen oficialmente), sino en el mismo pensamiento; pensadores como Pascal en pleno siglo XVII, escritores como Swift, en Inglaterra, y filósofos como Vico en la propia Italia abren el camino al hombre que en el siglo siguiente haría la proclamación de los Derechos del Corazón. A través de sociedades ocultistas que mantuvieron de modo secreto el Saber Tradicional, en esotéricos como Claude de Saint-Martin y Fabre d'Olivet, en taumaturgos charlatanes como Cagliostro, en místicos como Swedenborg, que abandonan la ciencia para entregarse a la magia, y, en fin, en el territorio mismo del enemigo, en teorías como las del «magnetismo animal». Pero, naturalmente, el poder irresistible de la inconsciencia se revela de modo ejemplar en la literatura de ficción; y así, en el *Candide* uno de los campeones de los Tiempos Modernos deja escapar los espectros de la negra desesperación a través de la corteza del pensador ilustrado.

Así como resulta artificial poner una fecha precisa, es ilusorio demarcar los límites geográficos de este movimiento. Y si es explicable que adquiriese su máxima espectacularidad en el país que era el centro de la doctrina adversa, no debemos olvidar que fueron dos naciones laterales las que lo alimentaron y luego le dieron más trascendencia. En Inglaterra, donde el realismo y el sentimentalismo nunca fueron demasiado propicios a los excesos de la razón, y en Alemania, donde había un pueblo predispuesto más que ningún otro al romanticismo, hasta el punto de que más tarde daría el fundamento filosófico al movimiento entero, fundamento que ayudaría a vencer al racionalismo en su propia metrópolis. Por el momento, en virtud de esa paradoja que es tan frecuente en el desenvolvimiento del espíritu, Alemania descubriría su doctrina importándola desde el país intelectualmente más prestigioso. (Fenómeno que también se daría, en escala gigantesca, en nuestro continente latinoamericano.) Desde la época de Federico el Grande los pueblos germanos vivían subyugados por las ideas francesas, de modo que su *Aufklärung* no es más que un remedo del Iluminismo. Y pertenece a la ironía de la dialéctica que el reencuentro de los pueblos germánicos con su propio espíritu se haya hecho a través de su apócrifo afrancesamiento: son las ideas de Rousseau acerca de la oposición de naturaleza y cultura las que provocan en buena medida un movimiento tan germánico como el *Sturm und Drang*, movimiento que con su Kraftmensch, demiurgo y fuerza de la naturaleza, lleva no sólo al romanticismo alemán, sino a la misma filosofía de Nietzsche. No hay que imaginar, pues, que esto salió de las páginas de Rousseau: surgió de los más profundos estratos del espíritu germánico de aquel tiempo, sirviendo las ideas de Rousseau como simples detonadores, además, claro, de conferirles la honorabilidad intelectual que por aquella época sólo podía conferir un escritor de lengua francesa.

El desencantamiento de la cultura por obra del racionalismo provocó así el resurgimiento de lo mágico, que es el atributo central del movimiento romántico. Y ya se advierte esta peculiaridad en aquel Hamann, «mago del Norte», para quien la poesía era una forma de la profecía. De él a su discípulo Herder y de éste al joven Goethe, los misterios de Eleusis fueron la clave de la nueva poesía. ¿Cómo asombrarse de que reivindicaran el sueño, la infancia y la mentalidad primitiva? Herder veía en la poesía una manifestación de las fuerzas elementales del alma, y al lenguaje poético como al lenguaje primigenio de la criatura humana: el lenguaje de la metáfora y la inspiración, no el rígido y abstracto idioma de la ciencia, tal como si hubiera leído a Vico. El descubrimiento de Shakespeare por estos alemanes es como el símbolo de la insurrección, y el Goethe juvenil, que en su ancianidad morirá renegando de aquel romanticismo, soñaba por entonces con convertirse en el Shakespeare alemán. Y que el romanticismo era acaso lo más valioso que aún en su vejez guardaba recónditamente lo revela aquella defensa de Byron y su afirmación de que «para ser poeta tiene uno que entregarse al demonio».

A través del sueño y la demencia, de la embriaguez y el éxtasis, el romanticismo germánico vio en la poesía y en la música el camino del auténtico conocimiento, reviviendo en cierto modo las doctrinas iniciáticas de la antigüedad y enfrentando las raíces mismas del espíritu socrático y del pensamiento burgués.

El romanticismo no fue un mero movimiento en el arte, sino una vasta y profundísima rebelión del espíritu todo y que no podía no atacar las bases mismas de la filosofía racionalista. Las cosas habían llegado demasiado lejos para que no tuvieran que empezar a retroceder. Al adolescente entusiasmo de los técnicos empezó a oponerse la sospecha de que ese tipo de mentalidad podía ser funesto para el hombre. Frente al frígido museo de símbolos algebraicos sobrevivía el hombre carnal que preguntaba para qué servía todo el gigantesco aparato de dominio universal si no era capaz de mitigar su angustia, ante los dilemas de la vida y de la muerte.

Frente al problema de la esencia de las cosas se planteó el problema de la existencia del hombre. Y frente al conocimiento objetivo se reivindicó el conocimiento del hombre mismo, conocimiento trágico por su misma naturaleza, un conocimiento que no podía adquirirse con el auxilio de la sola razón, sino además —y sobre todo— con la ayuda de la vida misma y de las propias pasiones que la razón descarta.

Nietzsche se preguntó si la vida debía dominar sobre la ciencia o la ciencia sobre la vida, y ante este interrogante característico de su tiempo, afirmó la preeminencia de la vida. Respuesta típica de todo el vasto insurgimiento que comenzaba. Para él, como para Kierkegaard, como para Dostoievsky, la vida del hombre no puede ser regida por las abstractas razones de la cabeza, sino por *les raisons du cœur.* La vida desborda los esquemas rígidos, es contradictoria y paradojal, no se rige por lo razonable, sino por lo insensato. ¿Y no significa esto proclamar la superioridad del arte sobre la ciencia para el conocimiento del hombre?

Kierkegaard colocó sus bombas en los cimientos de la catedral hegeliana, culminación y gloria de la racionalidad occidental. Pero al atacar a Hegel, en rigor ataca al racionalismo entero, con la sagrada injusticia de los revolucionarios, pasando por alto sus matices y variedades, hasta alcanzar finalmente a la conducta simplemente razonable. Ya habría tiempo, como lo hubo, para indemnizar los daños laterales. Contra el Sistema, defiende la radical incomprensibilidad de la criatura humana: el existente es irreductible a las leyes de la razón, es el loco dostoievskiano que escandaliza con sus tenebrosas verdades, ese endemoniado (¿pero qué hombre no lo es?) que nos convence de que para el ser humano el desorden es muchas veces preferido al orden, la guerra a la paz, el pecado a la virtud, la destrucción a la construcción. Ese extraño animal es contradictorio, no puede ser estudiado como un triángulo o una cadena de silogismos; es subjetivo, y sus sentimientos son únicos y personales; lo contingente, un hecho absurdo que no puede ser explicado. Ya Pascal había expresado patéticamente: «Cuando considero la corta duración de mi vida, absorbida en la eternidad precedente y en la que me sucederá, el pequeño espacio que ocupo y hasta que veo, sumergido en la infinita inmensidad de los espacios que ignoro y que me ignoran, me asombro de verme aquí y no allá, porque no hay razón para encontrarme aquí más bien que allá, ahora y no antes. ¿Quién me ha puesto aquí? ¿Por orden y meditación de quién me han sido destinados este lugar y este tiempo?»

No hay respuesta genuina para estos interrogantes en el Sistema que al querer comprender al hombre con minúscula lo aniquila. Pues el Sistema se funda en esencias universales, y aquí se trata de existencias concretas.

Así, el Universo Abstracto desembocó de nuevo y brutalmente, en el Uno Concreto.

Pero, en realidad, en el propio Hegel existían ya los elementos de su negación, pues el hombre no era para él aquella entelequia de los iluministas, ajeno a la tierra y a la sangre, ajeno a la sociedad misma y a la historia de sus vicisitudes; sino un ser histórico, que va haciéndose a sí mismo, realizando lo universal a través de lo individual. Este sentido histórico del hombre, sin embargo, se hará una genuina reacción contra el racionalismo extremo en su discípulo Karl Marx, al convertir la criatura humana no sólo en proceso histórico sino en fenómeno social: «El hombre no es un ser abstracto, agazapado fuera del mundo. El hombre es el mundo de los hombres, el estado, la sociedad.» Y la conciencia del hombre es una conciencia social: el hombre de la *ratio* era una abstracción, pero también es una abstracción el hombre solitario. Convertido en una entelequia por los racionalistas del género de Voltaire, alienado por una estructura social que lo ha convertido en simple productor de bienes materiales, Marx enuncia los principios de un nuevo humanismo: el hombre puede conquistar su condición de «hombre total» levantándose contra la sociedad mercantil que lo utiliza.

Resulta superfluo llamar la atención sobre las semejanzas que esta doctrina manifiesta con relación al nuevo existencialismo, que, después de Husserl, logrará superar el subjetivismo de Kierkegaard; su interés por el hombre concreto, su rebelión contra la razón abstracta, su idea de la alienación, su reivindicación de la *praxis* sobre la *ratio*.

Así nos encontramos que de la doble vertiente que proviene de Hegel, la del extremo subjetivismo de Kierkegaard y la del socialismo de Marx, se llegará a una síntesis que darán en nuestro siglo los filósofos de uno y otro origen, cualesquiera sean las consideraciones respectivas que sobre estos pensadores hagan los que en nombre de Marx establecieron una nueva Escolástica en la Rusia de Stalin.

Hay que decir, no obstante, que algo estaba implícito en la misma doctrina de Marx. Este filósofo fue una naturaleza dual, pues por una parte su romanticismo lo llevaba a adorar a Shakespeare y a los grandes poetas alemanes, así como a sentir una fuerte nostalgia por ciertos valores caballerescos arrasados por la grosera sociedad de mercaderes; y por otra tenía una poderosa mentalidad racionalista. Por lo demás, la ciencia dominaba todo y su prestigio era todavía creciente: ¿cómo asombrarnos que al socialismo «utópico» de sus predecesores, Marx opusiera el socialismo «científico» basado en una dialéctica materialista?

Su *praxis* significaba la superioridad de la experiencia y de la acción sobre la razón pura, y en esto se apartaba y se oponía al criterio del Iluminismo. Pero, por otra parte, compartía con esos filósofos el mito de la Ciencia y de la Luz contra las potencias oscuras. Pero siendo estas potencias de gran importancia en el hombre concreto, al repudiar ese mundo resistente a la lógica y hasta a la dialéctica, repudiaba en buena medida a ese mismo hombre concreto que por el otro lado trataba de salvar.

Y eso no era todo. Si bien es cierto que la razón pura conducía a una especie de entelequia en lugar del hombre, también es cierto que la ciencia experimental, hecha de razón más experiencia, también conducía a un esquema abstracto del universo y a la inevitable enajenación del hombre en favor del mundo objetivo.

De este modo, si es verdad que la desocupación, la miseria, la explotación de clases o de países enteros por clases o países privilegiados, son males inherentes al régimen capitalista, también es verdad que otros males de la sociedad contemporánea subsistirían aun en el caso de un simple cambio social, porque son propios del espíritu científico y del maquinismo: la mecanización de la vida entera, la taylorización general y profunda de la raza humana, dominada cada día más por un engendro que parece manejar la conciencia de los hombres desde algún tenebroso olimpo. Esa misma mentalidad cientificista, ese mismo espíritu tecnolátrico, ese mismo endiosamiento de la máquina y de la ciencia, ¿no lo vemos acaso, por igual, en los Estados Unidos de los Rockefeller y en la Rusia de los Soviets?

¡Flaubert, patrono de los objetivistas!

El público francés esperaba ya esa especie de Cervantes que hiciera con el romanticismo empalagoso de las novelas de amor lo que aquél había hecho con las novelas de caballería. Y Flaubert se dispuso al sacrificio, no a pesar de ser él mismo un romántico sino justamente por eso, como un místico puede poner una bomba en una iglesia pervertida.

Así surge uno de los más pertinaces malentendidos de la novelística: el de la objetividad. Tan pertinaz que el *Nouveau Roman* proclama a Flaubert como su patrono. Que esa ilusión poseyera a los hombres de aquel período no es sorprendente: eran los tiempos de la ciencia. Que esa ilusión se propagara a los sofisticados narradores del París actual, eso sí que es divertido. Pero es cierto que los errores suelen ser más pertinaces que las verdades.

Pobre Flaubert. El hombre que decía «mes personnages imaginaires m'affectent, me poursuivent, ou plutôt, c'est moi qui suis en eux».

Por lo demás, el creador está en todo, no sólo en sus personajes: él ha *elegido* ese drama, esa situación, ese pueblo, ese paisaje. Y cuando escribe: «Quant au souvenir de Rodolphe, elle l'avait descendu tout au fond de son cœur, et il restait là, plus solennel et plus immobile qu'une momie de roi dans un souterrain», ¿es acaso la pobre Emma que así es capaz de describir el cadáver de su pasión?

Sobre la palabra metafísica

Es quizá uno de los vocablos que más resistencia produce en el marxismo, sobre todo en ese marxismo que permaneció esclerosado en un estadio primitivo, y que se negó a aceptar ese diálogo que Ernst Fischer sostiene debe mantenerse con los que provienen de otras corrientes del pensamiento contemporáneo.

Como sostiene Merleau-Ponty, la metafísica, reducida por el kantismo al sistema de principios que la razón emplea en la construcción de la ciencia o del universo moral, aunque radicalmente negada en esa función por el positivismo, no ha dejado de sobrellevar en la literatura una suerte de vida ilegal, y en esa situación vuelven hoy los críticos a tropezarse con ella, inevitablemente. En el *Rimbaud* de Etiemble y Gauclère, por ejemplo, leemos lo siguiente: «La metafísica no es necesariamente la asociación falaz de noúmenos; Rimbaud, más vivamente que nadie, lo ha sentido así, reconstruyó una metafísica de lo concreto, ha *visto* las cosas en sí, las flores en sí.»

Puede argüirse que ésta es una manera excesivamente libre de usar palabras como fenómeno y cosa en sí, y cabría discutir sobre la posibilidad que tiene el arte de alcanzar el absoluto. Aquí sólo diré que la palabra metafísica está utilizada en el mismo sentido que le da Sartre en *El ser y la nada*, vinculada a la totalidad concreta del hombre. Totalidad concreta —categoría fundamental no sólo para el existencialismo sino para el marxismo— que no parece ser alcanzable por el pensamiento puro, y que, en cambio, puede lograrse mediante la actividad total del espíritu humano, y muy especialmente por la obra de arte. Por eso no debemos asombrarnos que los filósofos, cuando realmente han querido tocar el absoluto, hayan tenido que recurrir al arte. En el caso de los existencialistas, se vieron forzados a escribir novelas y obras de teatro. Pero aun en aquellos filósofos que precedieron al existencialismo podemos advertir el mismo impulso: Platón recurre a la poesía y al mito para completar la descripción del movimiento dialéctico que nos lleva hacia las Ideas; y Hegel se sirve de mitos como el de Don Juan y el de Fausto para hacer intuible el drama de la conciencia desdichada, drama que sólo puede encontrar su sentido en el mundo concreto e histórico en que el hombre vive.

En fin, como se viene sosteniendo desde el existencialismo, el punto de vista metafísico es quizá el único que permite conciliar la totalidad concreta del hombre, y en particular la sola forma de conciliar lo psicológico con lo social. Totalidad en que el hombre queda definido por su dimensión metafísica, por ese conjunto de atributos que caracterizan a la condición humana: su ansia de absoluto, la voluntad de poder, el impulso a la rebelión, la angustia ante la soledad y la muerte. Atributos que, aunque manifestados en el hombre concreto de un tiempo y lugar, tienen la permanencia del hombre en todos los tiempos y sociedades. Motivo por el cual, aunque desaparecieran las sociedades en que surgieron y de las que en alguna forma eran sus manifestaciones, siguen conmoviéndonos y sacudiéndonos los dramas de Sófocles: única explicación valedera de aquel problema planteado por Marx pero infructuosamente resuelto, tal vez por su resistencia a admitir valores metahistóricos en el hombre.

Reivindicación del cuerpo

Los tiempos modernos se edificaron sobre la ciencia, y no hay ciencia sino de lo general. Pero como la prescindencia de lo particular es la aniquilación de lo concreto, los tiempos modernos se edificaron aniquilando filosóficamente el cuerpo. Y si los platónicos lo excluyeron por motivos religiosos y metafísicos, la ciencia lo hizo por motivos heladamente gnoseológicos.

Entre otras catástrofes para el hombre, esta proscripción acentuó su soledad. Porque la proscripción gnoseológica de las emociones y pasiones, la sola aceptación de la razón universal y objetiva convirtió al hombre en cosa, y las cosas no se comunican: el país donde mayor es la comunicación electrónica es también el país donde más grande es la soledad de los seres humanos.

El lenguaje (el de la vida, no el de los matemáticos), ese otro lenguaje viviente que es el arte, el amor y la amistad, son todos intentos de reunión que el yo realiza desde su isla para trascender su soledad. Y esos intentos son posibles en tanto que sujeto a sujeto, no mediante los abstractos símbolos de la ciencia, sino mediante los concretos símbolos del arte, mediante el mito y la fantasía: universales concretos. Y la dialéctica de la existencia funciona de tal modo que tanto más alcanzamos al otro cuanto más ahondamos en nuestra propia subjetividad.

No hemos querido decir que los tiempos modernos hubiesen ignorado el cuerpo, sino que le habían quitado aptitud cognoscitiva: lo habían expulsado al reino de la pura objetividad, sin advertir que al hacerlo cosificaban al hombre mismo ya que el cuerpo es el sustento concreto de su personalidad. Esta civilización, que es escisora, ha separado todo de todo: también el alma del cuerpo. Con consecuencias terribles. Considérese el amor: el cuerpo del otro es un objeto, y mientras el contacto se realice con el solo cuerpo no hay más que una forma de onanismo; únicamente mediante la relación con una integridad de cuerpo y alma el yo puede salir de sí mismo, trascender su soledad y lograr la comunión. Por eso el sexo puro es triste, ya que nos deja en la soledad inicial con el agravante del intento frustrado. Se explica así que, aunque el amor ha sido uno de los temas centrales de todas las literaturas, en la de nuestra época adquiere una perspectiva trágica y una dimensión metafísica que no tuvo antes: no se trata del amor cortés de la época caballeresca, ni del amor mundano del siglo XVIII.

La reivindicación del cuerpo por obra de las filosofías existenciales significó una revaloración de lo psicológico y de lo literario sobre lo meramente conceptual. Pues únicamente la novela puede dar cabida integral al pensamiento puro, a los sentimientos y pasiones, al sueño y al mito. En otras palabras: una auténtica antropología (metafísica y metalógica) sólo puede lograrse en la novela, siempre, claro está, que ensanchemos el género sin los sentimientos de culpa que provienen de bizantinismos literarios o de equivocadas servidumbres al espíritu de la ciencia.

Cuerpo, alma y literatura

Ya mencioné la preeminencia que Nietzsche había conferido a la vida. En esa elección se sintetiza la revolución antropocéntrica de nuestro tiempo. El centro no será ya más el objeto ni el sujeto trascendental, sino la persona concreta, con una nueva conciencia del cuerpo que la sustenta.

El vitalismo de Nietzsche culmina en la fenomenología existencial, porque supera el mero biologismo sin renunciar a la integridad concreta del ser humano. Para Heidegger, en efecto, ser hombre es ser en el mundo, y eso es posible por el cuerpo; el cuerpo es quien nos individualiza, quien nos da una perspectiva del mundo, desde el «yo y aquí». No ya el observador imparcial y ubicuo de la ciencia o de la literatura objetivista, sino este yo concreto, encarnado en un cuerpo. En ese cuerpo que me convierte en «un ser para la muerte». De donde la importancia metafísica del cuerpo.

Esta concretez de la nueva filosofía caracterizó siempre a la literatura, que nunca dejó de ser antropocéntrica, aunque muchos de sus teóricos paradójicamente lo quisieran. Esta concretez restituye al hombre su auténtica condición trágica. La existencia es trágica por su radical dualidad, por pertenecer a la vez al reino de la naturaleza y al reino del espíritu: en tanto que cuerpo somos naturaleza y, en consecuencia, perecederos y relativos; en tanto que espíritu participamos de lo absoluto y la eternidad. El

alma tironeada hacia arriba por nuestra ansia de eternidad y condenada a la muerte por su encarnación, parece
ser la verdadera representante de la condición humana y
la auténtica sede de nuestra infelicidad. Podríamos ser felices como animal o como espíritu puro, pero no como
seres humanos.

LA NOVELA COMO EXPRESIÓN DEL ALMA

Siguiendo parcialmente a Nietzsche, Klages afirma
con razón que el espíritu (*Geist*), expresión de lo racional
y trascendente en el hombre, perturba y hasta destruye la
vida creadora del alma (*Seele*), que es irreductible a lo
racional, a lo impersonal y objetivo que es propio del espíritu. El alma es una fuerza que se halla en entrañable
vinculación con la naturaleza viviente, creadora de símbolos y mitos, capaz de interpretar los enigmas que se
presentan ante el hombre y que el espíritu a lo más no
hace sino conjurar.

El espíritu destruye el mundo de los mitos por la
acción mecánica de los conceptos, es la despersonaliza-
ción y la muerte. El espíritu juzga mientras el alma vive.
Y es el alma la única potencia del hombre capaz de solu-
cionar los conflictos y antinomias que el espíritu tiende
como una red sobre la realidad fluyente. Sólo los símbolos que inventa el alma permiten llegar a la verdad última
del hombre, no los secos conceptos de la ciencia. Sólo el
alma puede expresar el flujo de lo viviente, lo real-no-ra-
cional.

De ahí la trascendencia gnoseológica de la novela.
Porque la novela es producto del alma, no del espíritu.

FILOSOFÍA EXISTENCIAL Y POESÍA

No sólo nace el existencialismo en el período romántico sino que nace por los mismos motivos, y hasta su lenguaje proviene de la poesía. Y aun hoy, después de Husserl y de su superación de aquel radical subjetivismo de Kierkegaard, se advierte la estirpe romántica en un pensador como Jaspers, cuando defiende «la pasión nocturna» ante la «ley diurna», cuando sostiene que la filosofía debe renunciar a la extensión por la profundidad estrecha, o cuando se refiere a ese lenguaje cifrado con que el existente intenta invocar a sus semejantes desde su escarpada isla. Tampoco es casualidad que el tema por excelencia del filósofo existencial sea la muerte, el tema romántico por antonomasia.

IDEAS PURAS E IDEAS ENCARNADAS

El más auténtico Tolstoi no es el que moraliza en su opúsculo sobre el arte sino el tortuoso y endemoniado individuo que adivinamos en las «Memorias de un loco». El pensamiento puro de un escritor es su lado estrictamente diurno, mientras que sus ficciones participan también del monstruoso mundo de sus tinieblas. El alma, entre la carne y el espíritu, ambigua y angustiada, arrastrada a menudo por las conmociones del cuerpo y aspirando a la eternidad del espíritu puro, vacilando siempre entre lo relativo y lo absoluto, es el dominio por antonomasia de la ficción. Entre el alma y el espíritu puro hay las mismas diferencias que entre la vida y el sacrificio de la vida, que entre el pecado y la virtud; que entre lo diabólico y lo divino. Y es el abismo que separa al novelista del filósofo.

Lo que no significa que en las ficciones las ideas no puedan ni deban aparecer, ya que los seres humanos que las animan, como los de carne y hueso, no pueden no pensar, y al mismo tiempo que lloran, ríen o se conmueven, reflexionan y discuten. Pero esas ideas que así surgen no son las ideas puras del pensamiento hecho sino las impuras manifestaciones mentales del existente. Esos personajes no hablan de filosofía sino que la viven. Y entre un genuino personaje de novela y un títere que simplemente repite pensamientos puros hay la misma diferencia que entre el hombre Emanuel Kant (con sus enfermedades y vicios, con su precariedad física y sus sentimientos) y las ideas de la *Crítica de la razón pura*.

No hay que suponer, por otra parte, que por ser personajes de ficción, por el mero hecho de tener una existencia en el papel y ser creados por un artista, los personajes carecen de libertad y que, en consecuencia, sus ideas no pueden ser sino las ideas, pensadas antes, del propio autor. No necesariamente, en todo caso. Saliendo, como salen, de la persona integral de su creador, es natural que algunos de ellos manifiesten ideas que de una manera o de otra, perfecta o imperfectamente, han surgido alguna vez de la mente del propio artista; pero aun en esos casos esas ideas, al estar encarnadas en personajes que no son exactamente el autor, al aparecer mezcladas a otras circunstancias, otra carnadura, otras pasiones, otros excesos, ya no son aquellas que alguna vez el autor pudo haber expresado desde su propia situación; y deformadas por las nuevas presiones (presiones que en la ficción suelen ser tremendas y demoníacas) cobran un resplandor que antes no tenían, adquieren aristas o matices nuevos, logran un poder de penetración insólito. Son, en suma, ideas diferentes. Por lo demás, los seres reales son libres, y si los personajes de la ficción no son libres no son verdaderos, y la novela se convierte en un simulacro sin valor. El artista se siente frente a un personaje suyo como un espectador ineficaz frente a un ser de carne y hueso: puede ver, puede hasta *prever* el acto, pero no lo puede evitar (lo que, de paso, revela hasta qué punto un hombre puede ser libre y esa libertad no es contradictoria con la omnisciencia de Dios). Hay algo irresistible que emana de las profundidades del ser ajeno, de su propia libertad, que ni el espectador ni el autor pueden impedir. Lo curioso, lo ontológicamente digno de asombro, es que esa criatura es una prolongación del artista; y todo sucede como si una parte de su ser fuese esquizofrénicamente testigo de la otra parte, de lo que la otra parte hace o se dispone a hacer: y testigo impotente.

Así, si la vida es libertad dentro de una situación, la vida de un personaje novelístico es doblemente libre, pues permite al autor ensayar, misteriosamente, otros destinos. Es a la vez una tentativa de escapar a nuestra inevitable limitación de posibilidades, y una evasión de lo cotidiano. La diferencia que existe, por ejemplo, entre el paranoico que crea un artista y un paranoico de carne y hueso es que el escritor que lo crea puede volver de la locura, mientras que el loco queda en el manicomio. Es ingenuo creer, como creen algunos lectores, que Dostoievsky es un personaje de Dostoievsky. Claro que buena parte de él alienta en Iván, en Dimitri, en Aliosha, en Smerdiakov; pero es muy difícil que Aliosha pudiera escribir *Los Karamázov*. No hay que suponer, tampoco, que las ideas de Dimitri Karamázov son estrictamente las ideas integrales de Dostoievsky: son, en todo caso, algunas de las ideas que en el delirio del sueño, en la semivigilia o en el éxtasis o en la epilepsia se han ido organizando en la mente de su creador, mezcladas a otras ideas contrarias, teñidas de sentimientos de culpa o de rencor, unidas a deseos de suicidio o asesinato.

En virtud de esa dialéctica existencial que se despliega desde el alma del escritor encarnándose en personajes que violentamente luchan entre sí y a veces hasta dentro de sí, resulta otra profunda diferencia entre la novela y la filosofía; pues mientras un sistema de pensamiento debe construirse en forma coherente y sin ninguna contradicción, el pensamiento del novelista se da en forma tortuosa, contradictoria y ambigua: ¿Cuál es rigurosamente la concepción del mundo de Cervantes? ¿La que se da en Don Quijote o la que farfulla Sancho? ¿Cuáles son las ideas de gobierno, sobre el amor, sobre la amistad, sobre el poder y sobre la gula que verdaderamente profesa Cervantes? Podemos estar seguros de que unas y otras, y que a veces pensaba como el materialista y descreído escudero y otras veces se dejaba llevar por el idealismo descabellado de su loco, cuando no le sucedían ambos sistemas de pensamiento simultáneamente, en una lucha desgarradora y melancólica en su propio corazón; ese corazón de los grandes creadores que parecen resumir los males y las virtudes de la humanidad entera, la grandeza y la miseria del hombre en general.

Con todo, a pesar de esta polivalencia de sus personajes, al concluir de leer una gran novela tenemos la *sensación* de haber asistido a una particular visión del mundo y la existencia, que no resulta tanto de las ideas sueltas, que alternativamente hayan emitido sus personajes sino de cierta atmósfera general, de cierta tonalidad que parece teñir los objetos y figuras del universo novelístico como Kafka (por la obvia razón de que allí casi no hay personajes sino esa sola atmósfera) se da asimismo en novelas tan pobladas y diversas como *Los Karamázov* o *Luz de agosto*. Acaso habría que admitir, con Moravia, que esa «ideología» del novelista se da siempre en alusión y presentimiento, con un procedimiento que parecería consistir en crear una metafísica exacta y luego en sustraerle su parte ideológica, dejando únicamente la parte de hecho. Esto, al menos, es la impresión que se tiene con un Kafka.

El rescate del mundo mágico

El arte, como el sueño, incursiona en los territorios arcaicos de la raza humana y, por lo tanto, puede ser y está siendo el instrumento para rescatar aquella integridad perdida; aquella de que inseparablemente forman parte la realidad y la fantasía, la ciencia y la magia, la poesía y el pensamiento puro. Y no es casualidad ninguna que haya sido en los países más dominados por la razón abstracta donde los artistas hayan ido en busca del paraíso perdido: el arte de los niños o de los negros o de los polinesios, aún no triturado por la civilización tecnolátrica.

Prosa y poesía

La prosa es lo diurno, la poesía es la noche: se alimenta de monstruos y símbolos, es el lenguaje de las tinieblas y los abismos. No hay gran novela, pues, que en última instancia no sea poesía.

La historia no se desarrolla como un proceso lineal sino como el resultado de fuerzas contrapuestas, de antinomias que se fecundan mutuamente: dentro del seno mismo de la modernidad estaban en germen las potencias que se levantarían finalmente contra el racionalismo y la máquina.

El Renacimiento italiano podría ser caracterizado provisoriamente con la siguiente serie de palabras: clasicismo, racionalidad, limitación, finitud, estática, claridad, día y esencia. Enfrente, y también con cautela y espíritu provisorio, podríamos caracterizar a los pueblos germánicos con la siguiente serie: romanticismo, irracionalidad, ilimitación, infinitud, dinámica, oscuridad, noche, existencia.

Pero estas antinomias no permanecen como tales sino que se generan y fecundan alternativamente. Ni la Italia del Renacimiento estaba desprovista de elementos góticos, ni los pueblos germánicos permanecieron ajenos al prestigio de la antigüedad helénica. La modernidad resultó, más bien, como la síntesis dialéctica de esos términos, tal como lo muestra un simple examen de la burguesía, esencia de los tiempos modernos; precozmente formada en Italia, pasa a ser decisiva en los pueblos germánicos y anglosajones; imbuida de racionalismo, tiene que desembocar, en virtud de su ilimitación y su dinamismo, en el concepto contrario. Y así, la modernidad recorre alternativamente las dos series de antinomias. Y del mismo modo como antes el naturalismo concluyó en la máquina, que es su antagónico, el vitalismo en la abstracción y el espíritu individualista en la masificación.

Italia tenía un fundamento antiguo y, como tal, su Renacimiento está caracterizado más bien por la primera serie de conceptos. Pero nunca habría nacido el capitalismo italiano con la simple resurrección de la antigüedad greco-latina. Los griegos profesaban una concepción estática y finita de la realidad, y buena parte del Renacimiento italiano sufrió su influencia pero el problema se complica con la aparición del cristianismo y de los pueblos góticos. La religión cristiana es el sincretismo de la filosofía griega con elementos dinámicos de los judíos y maniqueos; y así, desde sus mismos orígenes contendrá en su seno dos fuerzas contrapuestas; según las épocas, los pueblos y los hombres que lo adoptaron, el cristianismo desplazó su acento entre la contemplación propia de los griegos y la acción propia de los judíos, entre la esencia y la existencia. Y a veces el conflicto puede observarse hasta en un solo hombre: Pascal comienza como geómetra y muere como místico. En esta latitud espiritual acaso resida la más grande fuerza de esta religión, pues cada vez que aparece a punto de derrumbarse un nuevo impulso existencial renueva su estructura.

El espíritu dinámico y existencial del cristianismo prendió con máxima fuerza en los pueblos góticos, engendrando de esa manera la contraparte del mundo moderno, sin la cual serían incomprensibles las manifestaciones de nuestra crisis. Sin la tradición cultural de Italia, aquellos pueblos irrumpieron a la civilización con caracteres más bárbaros y modernos, y al crear un cristianismo más dinámico y judaico con el calvinismo, estuvieron en mejores condiciones de lanzarse en un impulso mercantil más arrollador.

Pero ese elemento dinámico e irracionalista que adviene con los pueblos góticos será el que a la larga provocará la rebelión franca de los románticos contra la misma sociedad que los albergó.

Cuando todavía el hombre era una integridad y no un patético montón de miembros arrancados, la poesía y el pensamiento constituían una sola manifestación de su espíritu. Como dice Jaspers, desde la magia de las palabras rituales hasta la representación de los destinos humanos, desde las invocaciones a los dioses hasta sus plegarias, la filosofía impregnaba la expresión entera del ser humano. Y la primera filosofía, la primigenia indagación del cosmos, aquella aurora del conocimiento que se revela en los presocráticos, no era sino una bella y honda manifestación de la actividad poética.

La rebelión romántica constituyó una reaproximación al mito. El genio protorromántico de Vico ya vio claro lo que todavía mucho tiempo después otros pensadores no alcanzaron a comprender. Y es en buena medida por obra de su pensamiento que se inicia esa revaloración que Freud-Jung harán culminar en nuestros días con la paradójica cooperación de Lévy-Bruhl; porque en la obra de este etnólogo, a medida que se desarrolla, se verifica la vanidad de cualquier intento de racionalización total del hombre. Comenzada para demostrar el paso de la mentalidad «primitiva» a la conciencia «positiva», concluirá varias décadas más tarde con la dramática confesión de su derrota, cuando el sabio debe por fin reconocer que no hay tal mentalidad «primitiva» o «prelógica», como estado inferior del hombre, sino una coexistencia de los dos planos, en cualquier época y cultura. Observamos que esa misma mentalidad «positiva» (el adjetivo me produce mucha gracia, no lo puedo evitar) no es sólo la que inyectó en Occidente la idea de que nuestra cultura técnica es superior a las otras sino, y por las mismas razones y motivaciones, la idea de que el espíritu del hombre, por su mayor propensión a la lógica, es superior al espíritu de la mujer.

Para el pensamiento ilustrado, el hombre progresaba en la medida en que se alejaba del estadio mito-poético. Thomas Lowe Peacock lo dijo en 1820 de modo grotescamente ilustre: un poeta en nuestro tiempo es un semibárbaro en una comunidad civilizada. La excavación de Lévy-Bruhl reveló hasta qué punto esta pretensión es equivocada, además de estrafalaria y arrogante. Expulsado del pensamiento puro, el mito se refugia en la literatura, que así resulta una profanación pero también una reivindicación del mito. En un plano dialécticamente superior, ya que permite el ingreso del pensamiento racional al lado del pensamiento mágico.

DES-MITIFICAR Y DES-MISTIFICAR

Freud fue un genio poderoso pero bifronte, pues por un lado hay en él esa intuición de la inconsciencia que lo emparentaba con los románticos, y del otro lado aquella formación positivista de la medicina de su tiempo. Se observa así en él una tendencia a reducir cualquier fenómeno cultural al conocimiento científico, un poco como también sucede con los marxistas. Un magnífico pensador como Kosik, en su *Dialéctica de lo concreto* dice: «Esta capacidad de trascender la situación, en la que se funda la posibilidad de pasar de la opinión a la ciencia, de la *doxa* a la *episteme*, del mito a la verdad, etc.» en que se advierte cómo hasta en un marxista de alto vuelo hay un resto de aquel pensamiento ilustrado que valoriza «la luz» sobre «las tinieblas», y que pone al mito en la región de la equivocación o el atraso. Y resulta doblemente curioso que el mismo filósofo que da valor absoluto al arte no piense que el mito, como el sueño, pertenece al mismo universo del arte, y ofrece las mismas características de la «totalidad concreta» que para el marxismo, como para el existencialismo, es la forma del absoluto. Ya Vico vio el parentesco del mito con la poesía, y es evidente que el espíritu del artista sigue siendo mitopoyético. El mito no es teórico, y hay que concordar con Cassirer en que desafía todas las categorías del pensamiento racional. Su «lógica» es inconmensurable con nuestras concepciones de verdad científica. Pero la filosofía racionalista nunca ha querido admitir semejante bifurcación, y siempre ha estado convencida de que las creaciones de la función mitopoyética *deben tener un sentido inteligible.* Y el mito lo oculta tras todo género de imágenes fantásticas y de símbolos, la tarea del filósofo ha de ser la de desenmascararlo. Momento en que el vocablo desmitificar se identifica con desmistificar.

Pienso que con el mito, el arte y el sueño, por el contrario, toca el fondo de ciertos elementos permanentes de su condición, elementos que si no son metahistóricos son al menos parahistóricos, están al costado del proceso socioeconómico, se refieren a problemas de la especie que perviven a través de las épocas y culturas, y constituyen su única expresión, sembrando la inquietud o el pavor. Expresión irreductible a cualquier otra y, sobre todo, a las razones claras y netas de Descartes.

EL MAL Y LA LITERATURA

Siendo el demonio el señor de la tierra, el dilema del bien y del mal es el del cuerpo y el espíritu. Dilema que el racionalismo no fue capaz de superar: simplemente lo aniquiló, suprimiendo uno de sus términos. Con resultados perversamente dramáticos, pues las fuerzas oscuras son invencibles, y si son reprimidas por un lado, reaparecen por otro, con el resentimiento de los perseguidos. *Le Neveu de Rameau* parecería ser el ejemplo más significativo, pues ese personaje no es otro que el Mr. Hyde del progresista Diderot. El individuo demoníaco y pintoresco que habitaba los sótanos del correcto cientificista insurge en esas páginas con la violenta autenticidad con que siempre insurgen los sujetos que alborotan los subsuelos del ser. Con el mismo derecho que Flaubert (pero también con la misma innecesaria ingenuidad), Diderot podría haber confesado: «*Le neveu de Rameau c'est moi*». Esta novela resulta así una de las más curiosas manifestaciones de la dialéctica existencial entre la luz y las tinieblas. Y el contraste casi didáctico entre el pensador progresista y el hombre endemoniado sólo volverá a dar de modo tan extremo en otro filósofo francés, en el narrador y pensador Jean-Paul Sartre. No hay casualidades en el dominio del alma, y si en la Francia tradicionalmente cartesiana se ha dado la más grande acumulación de endemoniados, desde el mariscal Gilles de Rais hasta Rimbaud, desde el marqués de Sade hasta Jean Genet, no es a pesar de esa propensión racionalista sino por ella misma. Las fuerzas de las tinieblas son invencibles, y si se las proscribe, como lo intentó el Iluminismo, se revuelven y estallan perversamente, en lugar de contribuir a la salud del hombre, como siempre sucedió en las culturas de los pueblos llamados primitivos.

Goethe primero y Marx después, entre muchos, admiraron esta singular novela, aunque seguramente la admiración que hoy profesamos no tenga idénticos fundamentos. No tiene importancia. Por el contrario, una de las características de las grandes obras de ficción es que son ambiguas y polivalentes, admitiendo diversas y hasta contradictorias interpretaciones. Es legítimo ponderar en ellas la sátira de una sociedad burguesa; pero, como invariablemente sucede con los creadores geniales, a través de la problemática social se advierten los espectros y los enigmas de un drama más profundo: los de la condición humana, los interrogantes —por lo general pesimistas— sobre el sentido de la existencia. Es en esta instancia que la obra de Diderot anuncia la literatura de nuestro tiempo.

La tarea central de la novelística de hoy es la indagación del hombre, lo que equivale a decir que es la indagación del Mal. El hombre real existe desde la caída. No existe sin el Demonio: Dios no basta.

La literatura no puede pretender la verdad total sobre esta criatura, pues, sin ese censo del Infierno. Blake decía que Milton, como todos los poetas, estaba en el bando de los demonios sin saberlo. Comentando este pensamiento, Georges Bataille sostiene que la religión de la poesía no puede tener más poder que el Diablo, que es la pura esencia de la poesía; aunque lo quisiera, no puede edificar, y sólo es verdadera cuando es rebelde. El pecado y la condenación inspiraron a Milton, al que el paraíso le negó impulso creador. La poesía de Blake empalidecía lejos de lo imposible. Y de Dante nos aburre lo que no sea el Infierno.

Tal vez en esta trágica condición resida el drama del poeta en las revoluciones sociales, en la construcción de una nueva sociedad.

William Barret describe el drama de las Euménides cuando Orestes, obedeciendo la orden de Apolo, la deidad que el Iluminismo lanzara al mundo, mata a su madre. El conflicto estalla entre este dios luminoso y las Furias, las antiguas diosas matriarcales de la tierra. La tragedia registra el momento de la historia griega en que estas deidades femeninas deben ceder su lugar a los nuevos dioses del Olimpo. Pero el hombre de la calle todavía recordaba, e inconscientemente temía, a esas diosas nocturnas, y se angustiaba ante esa elección que se le imponía. Esta angustia está vinculada al desenvolvimiento de la conciencia griega, que en cierto modo es la conciencia moderna, en la medida en que avanza por el camino de la civilización. Pero ya el verbo «avanzar» es un oscuro sofisma de esta prepotente cultura, que considera bueno y positivo lo que sirve a sus fines, y malo o falso lo que se le opone. Hoy podemos medir el tremendo tributo que la conciencia moderna ha debido pagar por esta proscripción de las potencias arcaicas del inconsciente. En la obra de Esquilo hay una especie de compromiso por la intervención de esa ambigua deidad que es Atenea, esa feminista. Las Furias, desconsoladas, amenazaron a la tierra con toda clase de calamidades. Atenea reconoce o debe reconocer —sabiduría del poeta— que son más antiguas y más sabias que ella misma. Casi no debemos dudar: en Esquilo se da por primera vez esa prevención del artista contra la ciencia. En lo más profundo de su alma siente que deben ser reverenciadas, y que, aunque constituyen el lado sombrío de la existencia, sin ellas el ser humano no puede ser lo que debe ser.

El resultado de esa desatinada proscripción lo tenemos a la vista. En el mejor de los casos, como violenta pero sana y justificada rebelión de las fuerzas y sectores oprimidos: los hombres de color y los muchachos en los Estados Unidos, las mujeres en el mundo entero, los adolescentes, los artistas. En el peor de los casos, la neurosis y la angustia, las enfermedades psicosomáticas, la histeria colectiva, la violencia y las drogas. En el país más tecnificado del planeta sucede (y quizá únicamente ahí podía pasar) la serie de crímenes sádico-sexuales del clan Manson.

En cuanto a Oriente, el ser humano estaba hasta hace poco protegido por las grandes tradiciones místicas y religiosas que aseguraban su armonía con el Cosmos. La invasión brutal y desenfrenada de la técnica occidental ha producido estragos que ya empiezan a advertirse en el Japón: el suicidio de artistas y escritores es revelador. Creyeron ser muy astutos reemplazando milenarias tradiciones por la producción masiva de aparatos electrónicos.

La novela, rescate de la unidad primigenia

El creciente proceso de racionalización que he examinado a lo largo de este libro fue al propio tiempo el proceso de la abstracción y disgregación del hombre. Hasta llegar a esta sociedad tecnolátrica en que catastróficamente no resta nada de la unidad originaria.

Contra esta deshumanización es natural que el artista, cuya creación tiene que ver radicalmente con el hombre concreto, se haya rebelado; también es explicable que su rebeldía se haya ejercido contra el pensamiento abstracto que es el responsable de la deshumanización. Pero en su furia ha sido muchas veces incapaz de comprender que si era bueno rechazar ese pensamiento abstracto, como una amenaza al mundo emotivo y a la propia vida, en cambio no podía rechazarse el pensamiento concreto. Más aún: no comprendía que al repudiar las ideas *in toto* y al relegarlas al universo de la filosofía, estaba el artista contribuyendo precisamente a consolidar la calamidad contra la que se levantaba: la escisión del mundo. Y que si la salvación del hombre integral la tiene que hacer el arte ha de ser reivindicando el derecho (que siempre tuvo) a las vastas riquezas del pensamiento poético.

Por lo demás, ningún gran escritor ha intentado nunca semejante suicidio, y ni siquiera podría intentarlo; pues vive en un mundo no sólo de sensaciones sino de valores éticos, gnoseológicos y metafísicos que, de una manera o de otra, impregnan al creador y a su obra.

El hombre no es una cosa ni un animal, ni siquiera un hombre solitario. Y sus problemas no son los de una piedra o los de un pájaro (hambre, refugio material, alimento); sus problemas y tribulaciones nacen, en primer término, de su condición societaria, de ese sistema en que vive, en medio de situaciones familiares, clase social, deseos de riqueza o de poder, resentimientos por su situación de interdependencia. ¿Cómo una novela, aun sin llegar a los dilemas últimos de la condición humana, puede ser verdaderamente seria sin plantear y discutir esos problemas? Y esos planteos, esas discusiones ¿qué otra cosa son sino un conjunto de ideas, sueltas o sistemáticas, incoherentes o integrantes de una filosofía? El drama de Romeo y Julieta, como alguien ha dicho, no es una simple cuestión de sexo, ni siquiera una cuestión de meros sentimientos, pues se produce por una configuración de índole social y política. Tampoco tendría sentido *Rojo y negro* sin el contexto social de rencor y ambición en que se mueve Julien Sorel, y sin las ideas de Rousseau que hay debajo de la narrativa de Stendhal: ideas preexistentes a su propia ficción, que de una manera o de otra inspiran o marcan sus novelas, que en todo caso le dan su consistencia filosófica y su significación humana. Tampoco podría concebirse el vasto poema dantesco sin la filosofía tomista que rige sus ideas y hasta su mundo de pasiones, puesto que las pasiones también son desatadas o al menos deformadas por las ideas. Ni sería posible imaginar un Proust que ignorase a Bergson y que no estuviese empapado de todas las ideas de su tiempo sobre la música y la pintura, sobre el amor y la muerte, sobre la paz y la guerra. (Cf., sobre todo este conjunto de reflexiones, *The Liberal Imagination*, de Lionel Trilling.)

Por otra parte, a medida que nuestra civilización se fue haciendo de más en más problemática, no existe casi un ser humano que no viva preocupado por ideas políticas o sociales, por ideologías dominantes que, para colmo, han desatado violentísimas pasiones, como el nazismo. ¿Y quién sino el novelista o el dramaturgo podrá y deberá dar cuenta de esas pasiones que inextricablemente vienen mezcladas a ideas? ¿Y en virtud de qué demencial manía habría de extraer (mortalmente) de esa mezcla las ideas para dejar las solas pasiones? Habiendo oído que las ideas son propias de la filosofía o de la ciencia, muchos escritores han intentado sin embargo proscribirlas de sus ficciones, practicando así una especie de curioso irrealismo; ya que bien o mal los hombres no dejan nunca de pensar, y no se ve por qué razón deberían dejar de hacerlo desde el momento en que se convierten en personajes de novela. Y bastaría imaginarse por un instante lo que quedaría de la obra de Proust, de Joyce, de Malraux o de Tolstoi si quitásemos las ideas para advertir la magnitud del disparate.

El escritor consciente (de los inconscientes no me ocupo en este libro) es un *ser integral* que actúa con la plenitud de sus facultades emotivas e intelectuales para dar testimonio de la realidad humana, que también es inseparablemente emotiva e intelectual; pues si la ciencia debe prescindir del sujeto para dar la simple descripción del objeto, el arte no puede prescindir de ninguno de los dos términos. Y aunque lo específico del arte es lo emocional, no debemos olvidar que el hombre también siente emociones intelectuales. Ninguno de esos grandes creadores que venimos citando se limitan a transmitirnos emociones sensoriales: nos transmiten un complejísimo universo dramático en que los sentimientos y las pasiones aparecen unidos a elevados valores espirituales, a ideas o principios morales o religiosos, a una formación filosófica o estética. Esta visión total del universo ha sido posible merced a la compleja humanidad de esos creadores, así como una larga vida no sólo contemplativa sino activa, no sólo de lecturas y de meditación sino también de vivencias, de nociones adquiridas en vidas y muertes; motivos todos por los cuales una novela exige para ser escrita no únicamente talento sino larga y profunda experiencia.

Estos creadores, por lo general, unen a una aguda hiperestesia una inteligencia superior, con la característica, además, de que son incapaces de aislar sus pensamientos de sus sensaciones, tal como sucede con los filósofos puros: ya sea por la enorme y paralela intensidad de sus sensaciones y emociones, ya sea porque sienten como nadie la *esencial unidad del mundo*. Y sus personajes no son nunca meros efectos de sus ideas sino más bien la manifestación o los portavoces carnales de esas ideas. Tanto más profundos y trascendentales cuanto mayor es su carga mental, pues la existencia es tanto más existencia cuanto mayor es el ahondamiento que en ella hacemos mediante la conciencia.

Una novela profunda no puede no ser metafísica, pues debajo de los problemas familiares, económicos, sociales y políticos en que los hombres se debaten están, siempre, los problemas últimos de la existencia: la angustia, el deseo de poder, la perplejidad y el temor ante la muerte, el anhelo de absoluto y de eternidad, la rebeldía ante el absurdo de la existencia.

Por otra parte, esos dilemas últimos no necesariamente aparecen en la ficción en la forma abstracta que asumen en los tratados filosóficos, sino a través de las pasiones: el problema del Bien y del Mal es mostrado mediante el asesinato de una usurera por un estudiante pobre. Pero un ser humano no se limita —como parecen pensar los objetivistas— a matar mediante el movimiento de un hierro en el extremo de un brazo, y ni siquiera esos hechos físicos van acompañados con puras sensaciones. El hombre es además un ser pensante y bien puede ser que sus pensamientos no sean los primarios y balbuceantes de un criminal cuasi imbécil, sino el sistema de ideas de un criminal que con su acto parecería querer ilustrar alguna retorcida y asombrosa doctrina filosófica, tal como por ejemplo sucede en la novela de Dostoievsky. Y así ocurre que en muchas novelas no sólo estamos en presencia de una filosofía implícita en el carácter y atmósfera general, tal como la obra de Kafka, sino que hasta pueden desarrollarse discusiones estrictamente filosóficas, como en el diálogo del Gran Inquisidor.

Pero no hay siquiera necesidad que el artista profese conscientemente un sistema de ideas, pues su inmersión en una cultura hace de su obra una viviente representación de las ideas dominantes o rebeldes, de los restos contradictorios de viejas ideologías en bancarrota o de profundas religiones: ni Hawthorne, ni Melville ni Faulkner son explicables sin la impronta de la religión protestante y del pensamiento bíblico, aunque ellos no hayan sido creyentes o militantes en el sentido estricto, y es precisamente esa impronta en sus espíritus lo que da magnitud y trascendencia a sus novelas, que por eso sobrepasan la jerarquía de la simple narración con sus hondos y desgarradores dilemas acerca del bien y del mal, de la fatalidad y el libre albedrío que esas viejas religiones plantean y que recobran su fulgurante grandeza a través de las criaturas novelescas de esos artistas; dilemas que alcanzan esa trágica grandeza porque, endemoniados como son, como lo son todos los creadores gigantescos, lanzan al mundo personajes inficionados por el Mal, adquiriendo el Demonio en esas creaciones toda la fuerza viviente y carnal que en los tratados de teología sólo es descrita en teoría y en abstracción.

En toda gran novela, en toda gran tragedia, hay una cosmovisión inmanente. Así, Camus, con razón, puede afirmar que los novelistas como Balzac, Sade, Melville, Stendhal, Dostoievsky, Proust, Malraux y Kafka son novelistas filósofos. En cualquiera de esos creadores capitales hay una *Weltanschauung*, aunque más justo sería decir una «visión del mundo», una intuición del mundo y de la existencia del hombre; pues a la inversa del pensador puro, que nos ofrece en sus tratados un esqueleto meramente conceptual de la realidad, el poeta nos da una imagen total, una imagen que difiere tanto de ese cuerpo conceptual como un ser viviente de su solo cerebro. En esas poderosas novelas no se demuestra nada, como en cambio hacen los filósofos o cientistas: se muestra una realidad. Pero no una realidad cualquiera sino una elegida y estilizada por el artista, y elegida y estilizada según su visión del mundo, de modo que su obra es de alguna manera un mensaje, *significa algo*, es una forma que el artista tiene de comunicarnos una verdad sobre el cielo y el infierno, la verdad que él advierte y sufre. No nos da una prueba, ni demuestra una tesis, ni hace propaganda por un partido o una iglesia: nos ofrece *una significación*. Significación que es casi todo lo contrario de la tesis, pues en esas novelas el artista efectúa algo que es casi diametralmente opuesto a lo que esos propagandistas ejecutan en sus detestables productos. Pues esas grandes novelas no están destinadas a moralizar ni a edificar, no tienen como fin adormecer a la criatura humana y tranquilizarla en el seno de una iglesia o de un partido; por el contrario, son poemas destinados a despertar al hombre, a sacudirlo de entre la algodonosa maraña de los lugares comunes y las conveniencias están más bien inspiradas por el Demonio que por la sacristía o el buró político.

Ésta es época de crisis pero también de enjuiciamiento y síntesis. Frente a la honda escisión del hombre, el arte aparece como el instrumento que rescatará la unidad perdida. Fue ésta la actitud general del romanticismo, que reivindicó lo fáustico contra lo apolíneo. No andaban equivocados los hombres de aquel círculo de Jena que buscaban la identificación de los contrarios, esos Schlegel, Novalis, Hölderlin y Schelling que pretendían unificar la filosofía con el arte y con la religión; esos hombres que en medio del fetichismo científico intuyeron que era menester rescatar la unidad primigenia.

Y para esa síntesis nada hay más adecuado en las actividades del espíritu humano que el arte, pues en él se conjugan todas sus facultades, reino intermedio como es entre el sueño y la realidad, entre lo inconsciente y lo consciente, entre la sensibilidad y la inteligencia. El artista, en ese primer movimiento que se sume en las profundidades tenebrosas de su ser, se entrega a las potencias de la magia y del sueño, recorriendo para atrás y para adentro los territorios que retrotraen al hombre hacia la infancia y hacia las regiones inmemoriales de la raza, allí donde dominan los instintos básicos de la vida y de la muerte, donde el sexo y el incesto, la paternidad y el parricidio, mueven sus fantasmas. Es allí donde el artista encuentra los grandes temas de sus dramas. Luego, a diferencia del sueño, que angustiosamente se ve obligado a permanecer en ese territorio ambiguo y monstruoso, el arte retorna hacia el mundo luminoso del que se alejó, movido por una fuerza ahora de ex-presión; momento en que aquellos materiales de las tinieblas son elaborados con todas las facultades del creador, ya plenamente despierto y lúcido, no ya hombre arcaico o mágico sino hombre de hoy, habitante de un universo comunal, lector de libros, receptor de ideas hechas, individuo con prejuicios ideológicos y con posición social y política. Es el momento en que el parricida Dostoievsky cederá, parcial y ambiguamente, lugar al cristiano Dostoievsky, al pensador que mezclará a esos monstruos nocturnos que salen de su interior las ideas teológicas o políticas que atormentan su cabeza; diálogos y pensamientos que sin embargo no tendrán nunca esa pureza cristalina que ofrecen en los tratados de teólogos o filósofos, ya que vienen promovidos y deformados por aquellas potencias oscuras, porque están en boca de esos personajes que surgen de aquellas regiones irracionales, cuyas pasiones tienen la fuerza feroz e irreductible de las pesadillas. Fuerzas que no sólo empujan sino que deforman y tienden esas ideas que enuncian sus personajes y que nunca, así, pueden identificarse con las ideas abstractas que leemos en un tratado de ética o de teología. Porque nunca será lo mismo decir en uno de esos tratados que «el hombre tiene derecho a matar» que oírlo en boca de un estudiante fanático que está con un hierro en la mano, dominado por el odio y el resentimiento; porque ese hierro, esa actitud, ese rostro enloquecido, esa pasión malsana, ese fulgor demoníaco en los ojos, será lo que diferenciará para siempre aquella mera proposición teórica de esta tremenda manifestación concreta.

El tenebroso universo de las ficciones

El drama filosófico de un hombre como Sartre es que al repudiar su propia novelística se inclina a esa inautenticidad que toda su vida ha denunciado y que muy notoriamente denuncia el protagonista de su novela más reveladora.

Desde los órficos se mantuvo una corriente que veía en la vida terrenal nada más que pena y tristeza: únicamente por purificación y renunciamiento era posible evadirse de la prisión corporal para ascender hacia los astros. El desdén de los órficos es heredado por Sócrates (aunque fuera por turbias motivaciones), y de él, a través de Platón, migrará hacia el cristianismo. De entre los pensadores cristianos es Pascal el que más sugestivamente prepara el camino de Sartre: «bastará» que se le quite a Dios. La educación de Sartre fue hecha bajo la influencia de la rama protestante de su familia. Su concepto del Bien y del Mal lo conduce, una vez eliminado Dios, a una suerte de protestantismo ateo, a un áspero moralismo. Sin que desaparezca debajo su otro yo, el oscuro inconsciente que tiene fatalmente que estallar en sus ficciones: si arriba habla en favor de la cultura y la alfabetización, como corresponde a un intelectual progresista, abajo se ríe despiadadamente del autodidacto; si en el piso honorable defiende el espíritu comunitario, en el tenebroso subsuelo es un feroz individualista que descree de la comunicación; si arriba se manifiesta, en fin, por el paraíso terrestre del colectivismo, abajo murmura que la tierra es (será siempre, porque no es cosa de régimen social sino de condición metafísica) un infierno. En muchos sentidos, es un poseso, cuya visión demoníaca se asemeja a la de aquel Verjovensky de *Los endemoniados* que, por dialéctica ironía, es hijo de un profesor progresista.

Es inevitable el recuerdo de otra dualidad dramática, la que Tolstoi manifestó en sus últimos años, cuando casi al mismo tiempo que su obra moralizadora *¿Qué es el arte?* escribía uno de sus más diabólicos relatos «Memorias de un loco». Es precisamente examinando esta contradicción vital como Chestov da a luz uno de sus ensayos clarividentes, fundamentando la tesis de que la verdad de los novelistas no debe ser buscada en sus autobiografías ni en sus ensayos, sino en sus ficciones. Tesis que si en buena medida es correcta y de (pavorosa) fertilidad, comete la injusticia de considerar como mistificador a un hombre que lucha contra sus demonios. También esa lucha es parte de la verdad. Porque la conciencia de los valores morales, el deseo de superar las fuerzas destructivas del inconsciente, la aspiración a participar de la vida comunitaria, también forman parte de la dialéctica condición del hombre. Se comprende que Chestov denuncie la furia hipócrita con que Tolstoi lanzó aquella bazofia moralizadora contra los artistas que (como él mismo) expresaban la verdad deshonrosa de sus subterráneos. No se comprendería que se aplicase el mismo reproche a un hombre que, como Sartre, no procede por hipocresía sino por sentimientos complejos pero nunca deshonrosos; pero sí es legítimo reprocharle su intento de repudiar la literatura en nombre de la política.

PEDRO HENRÍQUEZ UREÑA

1964

Aquel profesor de mi adolescencia

A medida que pasan los años, ahora que la vida nos ha golpeado como es su norma, a medida que más advertimos nuestras propias debilidades e ignorancias, más se levanta el recuerdo de Henríquez Ureña, más admiramos y añoramos aquel espíritu supremo.

Daré una idea de esa añoranza. Hace algunos años, en la sierra cordobesa, alguien propuso organizar una mesa de espiritismo, aprovechando la presencia de una mujer con fama de poseer atributos de videncia.

Se organizó la mesa, nos colocamos en su derredor y se propuso qué yo invocara el espíritu de un muerto que yo extrañara mucho.

Medité un instante y resolví que haría la experiencia en serio, profunda y definitivamente, pues siempre me ha preocupado el problema de la muerte. Pensé entonces en don Pedro, pensé en él con fervor y con gravedad. Me dije: «Si algo de verdad hay en esto, si por algún medio es posible convocar el alma de los muertos ante nosotros, que sea esta noche y que sea el espíritu de Henríquez Ureña que se presente.» Era muy alta ya la hora, estábamos solos en medio de la serranía, el silencio de la noche estrellada era total. Pareció de pronto como si la solemnidad de mi callada invocación hubiese influido sobre mis compañeros, aniquilando el espíritu frívolo con que de ordinario se llevan a cabo esos experimentos sin embargo tenebrosos.

No sucedió nada, no hubo ninguna respuesta que revelase la presencia invocada, mientras yo temblaba interiormente. Poco a poco los otros volvieron al aire juguetón, pero yo no pude hacerlo y nunca olvidé aquella experiencia fallida.

Vi por primera vez a Henríquez Ureña en 1924. Cursaba yo el primer año en el colegio secundario de la Universidad, colegio excepcional en que un grupo de hombres realizaba un experimento pedagógico. La Universidad de la Plata, organizada por Joaquín V. González, había nacido con una inspiración distinta: grandes institutos científicos, organizados por extranjeros de jerarquía, como el astrónomo Hartmann, daban a sus claustros el tono de la investigación que caracterizaba a los centros de Heidelberg o Goettingen; parte de ese espíritu originario se fue perdiendo luego, en la avalancha de la profesionalización y de la demagogia electoral. Al lado de aquellos grandes institutos de ciencias físicas y naturales, la Universidad llegaba, verticalmente, hasta la enseñanza secundaria y la primaria: un colegio nacional y una escuela de primeros estudios, donde los chicos tenían hasta su imprenta propia, dieron a nuestra universidad un carácter insólito en la vida argentina. Baste decir que en aquel colegio secundario tuvimos profesores como Rafael Alberto Arrieta, Henríquez Ureña y Martínez Estrada.

Fue precisamente Rafael Alberto Arrieta, miembro del Consejo Superior, quien hizo venir a Henríquez Ureña. Era en junio de 1924.

Yo estaba en primer año, cuando supimos que tendríamos como profesor a un «mexicano». Así fue anunciado y así lo consideramos durante un tiempo. Entró aquel hombre silencioso, y aristócrata en cada uno de sus gestos, que con palabra mesurada imponía una secreta autoridad. A veces he pensado, quizás injustamente, qué despilfarro constituyó tener a semejante maestro para unos chiquilines inconscientes como nosotros. Arrieta recuerda con dolor la reticencia y la mezquindad con que varios de sus colegas recibieron al profesor dominicano. Esa reticencia y esa mezquindad que inevitablemente manifiestan los mediocres ante un ser de jerarquía acompañó durante la vida a Henríquez Ureña, hasta el punto de que jamás llegó a ser profesor titular de ninguna de las facultades de letras. Lo trataron tan mal como si hubiera sido argentino, lo que constituyó una suerte de demostración por el absurdo de que los países latinoamericanos efectivamente formamos, como siempre lo mantuvo don Pedro, una sola y única patria. Aquel humanista excelso, quizás único en el continente, hubo de viajar durante años y años entre Buenos Aires y La Plata, con su portafolio cargado de deberes de chicos insignificantes, deberes que venían corregidos con minuciosa paciencia y con invariable honestidad, en largas horas nocturnas que aquel maestro quitaba a los trabajos de creación humanística.

En *El escritor y sus fantasmas* he explicado por qué, en momentos de caos, decidí seguir ciencias físico-matemáticas: buscaba en el orden platónico el orden que no encontraba en mi interior.

Perdí entonces de vista a don Pedro por años.

¡Cuánto tiempo habría ganado si, accediendo a mi inclinación literaria, hubiese seguido a su lado, en alguna de aquellas disciplinas de humanidades que tanto me atraían! Un día de 1940 supe que quería hablarme. Yo había publicado un pequeño ensayo sobre *La invención de Morel,* en una revista literaria que editábamos en La Plata, una de esas revistas que sobreviven hasta el tercer o cuarto número. Acababa de volver del Instituto Curie, de París, donde oficialmente había ido para trabajar en radiaciones atómicas, pero donde me pasé el tiempo dando vueltas por ahí, conversando con los surrealistas y queriendo dar forma a mi primera novela, *La fuente muda;* novela que siempre permaneció inacabada y de la que sólo algunos capítulos aparecieron años más tarde en *Sur.*

Cuando estuve delante del maestro me dijo, con una sonrisa enigmática que acababa de leer mi nota sobre Bioy Casares y que deseaba llevar algo mío a *Sur.* Me emocionó profundamente aquel acto de generosidad y así reanudé mis relaciones con don Pedro.

A partir de entonces lo vi con cierta frecuencia, a veces en La Plata, más tarde en Buenos Aires, sobre todo en el Instituto de Filología. A veces acompañándolo hasta el famoso y sempiterno tren de La Plata, como cuando yo era niño. Llevaba como entonces su portafolio lleno de deberes corregidos, paciente y honradamente. «¿Por qué pierde tiempo en eso?», le dije alguna vez, apenado al ver cómo pasaban sus años en tareas inferiores. Me miró con suave sonrisa, y su reconvención llegó con pausada y levísima ironía: «Porque entre ellos puede haber un futuro escritor.»

Y así murió un día de 1946: después de correr ese maldito tren, con su portafolio colmado, con sus libros. Todos de alguna manera somos culpables de aquella muerte prematura. Todos estamos en deuda con él. Todos debemos llorarlo cada vez que se recuerde su silueta ligeramente encorvada y pensativa, con su traje siempre oscuro y su sombrero siempre negro, con aquella sonrisa señorial y ya un poco melancólica. Tan modesto, tan generoso que, como dice Alfonso Reyes, era capaz de atravesar una ciudad entera a media noche, cargado de libros, para acudir en ayuda de un amigo.

Para los que superficialmente imaginan que un centroamericano ha de ser haragán y fácil, charlatán y pomposo, era un desmentido constante. Disciplinado, trabajador y profundo, preciso y austero, parecía puesto para probar qué triviales suelen ser esas generalizaciones que establecen relación entre el clima y el temperamento. Esos lugares comunes que la mala literatura difundió, cierta filosofía pretendió fundar y que, finalmente, el cine norteamericano explotó en forma industrial: grandilocuentes italianos, que no se compaginan con el duro Dante ni con el seco Pirandello: exuberantes españoles que dejarían a Antonio Machado sin patria.

Esa teoría termológica, generalmente nacida en países de clima frío, que convierte en poco menos que charlatanes a cualquier habitante de las regiones de mucho sol, debería hacerlos esperar el máximo de estatura espiritual entre los lapones; y borraría en su favor la literatura de Homero, Esquilo, Sófocles, Horacio, Dante, Cervantes; todo el arte del Renacimiento; buena parte de la filosofía occidental (¿no dijo alguien que no es casi más que un conjunto de notas al pie de los textos platónicos?) sin contar con las tres grandes religiones monoteístas, que surgieron en los abrasadores desiertos del Mediterráneo.

Recuerda Arrieta que, apenas llegado a nuestro colegio, alguien torpemente se refirió, en la sala de profesores, a la hojarasca de las tierras calientes. Con energía, pero sin destemple, tal como le era peculiar, el antillano demolió al mediocre autor de la alusión. Seguramente como consecuencia del penoso incidente, en un número de la revista *Valoraciones* (1925) escribió sobre ese lugar común de los «petits pays chauds». Y volvió a la carga cuando Ortega recomendó a los argentinos «estrangular el énfasis» (ese énfasis al que Ortega era proclive), como cuando Eugenio d'Ors despidió a Reyes como aquel que «retuerce el cuello a la exuberancia». Con razón, sostenía don Pedro que en cualquier país del mundo existen los dos tipos humanos, y que en nuestro idioma hay tantos espíritus pomposos como otros que descuellan por la tersura clásica de su estilo. Y bien podría haberse puesto él mismo como ejemplo. Romántico por naturaleza, desde muchacho seguramente refrenó su impulso dionisíaco, confiando más en el trabajo que en la inspiración, más en la severidad clásica que en el mero instinto sensible. También Platón era en eso un guía, y así como Sócrates recomendaba a sus muchachos desconfiar del cuerpo y sus pasiones, fuente de toda inspiración romántica, a pesar de (por) ser un demoníaco, así H. Urdía recomendaba la matemática como maestra de la medida.

Vinculado con esta preocupación debemos ver no sólo su propia disciplina y su propia laboriosidad, que lo llevaba a trabajar su prosa y su pensamiento, sino también su reiterada recomendación de disciplina y trabajo serio a los estudiantes de la América Latina, inclinada (eso es cierto) al superficial trato de las cosas. En *Patria de la Justicia,* afirma: «No es ilusión la utopía, sino el creer que los ideales se realizan sobre la tierra sin esfuerzo y sin sacrificio. Hay que trabajar. Nuestro ideal no será la obra de uno o dos o tres hombres de genio, sino de la cooperación sostenida, llena de fe, de muchos, de innumerables hombres modestos.»

Si bien Henríquez Ureña no era un filósofo en sentido estricto, todas sus ideas literarias o sociales, estéticas o políticas, emanaban de una definida concepción del mundo. Cuenta su hermano Max que desde niño fue solicitado por dos tendencias opuestas: la matemática y la poesía. Sus familiares llegaron a creer, en algún momento, que terminaría dedicándose a las ciencias exactas. La vida lo llevó luego hacia el universo de las letras, pero lo cierto es que su espíritu fue el resultado integral de esa aparente dualidad.

Se ha dicho que se nace platónico o aristotélico. En tal caso, él nació platónico, y su temperamento lo llevó a buscar una síntesis de la ciencia y el arte, tal como en cierto modo puede afirmarse de aquella filosofía. Ya que si en la Academia imperaba el lema de la geometría, Sócrates era un hombre preocupado por la existencia concreta y entera, y su más egregio discípulo era un poeta vigilado por un matemático.

Por otra parte, la propensión didáctica (aunque más riguroso sería decir mayéutica) lo acercaba a la clásica figura, bien que no estuviese poseído por el demonismo del maestro. No ya con sus iguales, sino con sus chicos del Colegio Nacional de La Plata, discutía sobre todos los problemas del cielo y de la tierra, en calles o plazas, en cafés o patios de la escuela: infatigable, a veces ligeramente irónico (pero, en general, con tierna ironía, con apacible sátira), con aquella suerte de contenida pasión, con la serenidad que, por su estirpe filosófica, deberíamos llamar *sofrosine*, corrigiendo levemente a sus alumnos, alentando sus intuiciones, respondiendo siempre, pero también preguntando y —aunque resulte asombroso— aprendiendo y anotando lo que en tales ocasiones aprendía. A veces era algo sobre fútbol, otras sobre el lenguaje de un diariero; pues nada de lo humano le era indiferente.

Más adelante, cuando yo estudiaba matemáticas, sus preguntas se referían al universo no-euclideano, a los números transfinitos, o la posición de la lógica moderna sobre las aporías eleáticas. Sus demandas no eran productos de mera curiosidad, no acumulaba conocimientos, frívolamente, como un diletante objetos raros en su habitación, sino por la necesidad de integrar su cosmovisión. Sus preguntas eran exactas y revelaban un gran conocimiento previo. Vivía en permanente tensión mental, aunque lo disimulaba bajo una máscara anecdótica y risueña. Pero ni los comentarios que le merecía de pronto un sombrero femenino pertenecían al reino de la contingencia: todo parecía, por el contrario, insertarse en una concepción del mundo. Concepción del mundo que se iba desplegando e integrando con aquel diálogo perpetuo y con aquella invariable cortesía, que lo hacía admitir hasta las preguntas más chocantes de un alumno que estimaba: «¿Cómo puede soportar, don Pedro, una ópera?», preguntaba alguno de nosotros. Y él escuchaba a veces sin responder, con aquella sonrisa sutilísima y ligeramente irónica que era más temible que la respuesta oral.

Su platonismo se manifestó desde joven, en algunas de sus traducciones y conferencias. Y es probable que de este temprano amor provenga su repugnancia por el positivismo. Fue uno de los primeros en rebelarse aquí contra ese pensamiento que dominaba los cerebros dirigentes de la América Latina.

Más que una filosofía, el positivismo constituyó en nuestro continente una calamidad, pues ni siquiera alcanzó en general el nivel comtiano: casi siempre fue mero cientificismo y materialismo primario. Hacia fines de siglo la ciencia reinaba soberanamente, sin siquiera las dudas epistemológicas que aparecerían algunas décadas más tarde. Se descubrían los rayos X, la radiactividad, las ondas hertzianas. El misterio de esas radiaciones invisibles, ahora reveladas y dominadas por el hombre, parecían mostrar que pronto *todos* los misterios serían revelados; poniéndose en el mismo plano de calidad el enigma del alma y el de la telegrafía sin hilos. Todo lo que estaba más allá de los hechos controlables y medibles era metafísica, y como lo incontrolable para la ciencia no existía, la metafísica era puro charlatanismo. El espíritu era una manifestación de la materia, del mismo modo que las ondas hertzianas. El alma, con otros entes semejantes, fue desterrada al Museo de las Supersticiones.

Naturalmente, la metafísica que aparatosamente era expulsada por la puerta, volvió a entrar por la ventana. Pero una de muy mala calidad. Lo que debe de ser el castigo que el patrono de los filósofos tiene preparado para los que descreen de la metafísica.

Zoólogo enérgico, Haeckel fundó un monismo materialista que, en última instancia, no era más que un hilozoísmo jónico; aunque con veinte siglos de retardo. Ese distinguido naturalista declaró vana toda discusión sobre la libertad, el determinismo, Dios y la inmortalidad: su sistema resolvía definitivamente esas cuestiones, y demostraba la falsedad del dualismo entre la materia y el espíritu, así como la contraposición entre la naturaleza y la cultura.

La *Deutsche Monitsbund* se encargó de propagar la buena nueva, que llegaba a nuestras bibliotecas y colegios junto con máquinas electrónicas y libros de Darwin, Haeckel y Buchner.

El profesor Richard Gans, contratado por la Universidad de La Plata para dirigir su Instituto de Física, explicaba a sus alumnos Loyarte e Isnardi el problema de la filosofía mediante este apólogo: «En el comienzo de los tiempos todos los conocimientos estaban en un gran tonel. Vino un día alguien, puso la mano y sacó las matemáticas; otro día alguien extrajo la física; más tarde se extrajeron la geografía, la zoología, la botánica y así durante un tiempo. Hasta que llegó quien, metiendo la mano, la movió en todas direcciones sin encontrar nada más. Eso que extrajo era la filosofía.»

Siendo alumno de la facultad oí esa idea transmitida por uno de sus discípulos, lo que revela que todavía en 1930 dominaba la mentalidad positivista, por lo menos en las facultades de ciencias. Creo no exagerar si digo que esa mentalidad sigue dominando subrepticia o abiertamente en la inmensa mayoría de nuestros hombres de ciencia y en buena parte de los profesores que se titulan progresistas. Ahora no están respaldados por ranas de Galvani y modestas pilas de Volta, sino por neutrones y bombas atómicas. Pero aunque el respaldo es más espectacular, filosóficamente sigue siendo tan débil como en 1900.

La difusión del positivismo en América Latina tiene su explicación.

Estos países, que salían apenas de sus guerras civiles, estaban necesitados de una filosofía de la acción concreta, de un pensamiento que promoviera el progreso y la educación popular.

El fenómeno es bien visible en la Argentina, a partir de la caída de Rosas: Alejandro Korn (uno de los pensadores que inició la lucha contra el positivismo en nuestro país, y al que con la sola disculpa de la pasión política ataqué injustamente cuando yo era un estudiante marxista) sostiene que la obra civilizadora de Sarmiento y Alberdi era «positivismo en acción». Aquellos hombres, después del ocaso del romanticismo se entregaron, en buena medida forzados por las circunstancias, a ese pensamiento tan unido al progreso técnico que el país necesitaba con urgencia. Esa filosofía, que estaba en el aire y que más bien era un *Zeitgeist* que una *Weltanschauung* era el pensamiento de una clase dirigente progresista, liberal y laica; pues la Colonia, de la que querían sacudirse definitivamente, estaba para ellos vinculada a la religión, al atraso y a la «metafísica». Y en esta posición dialéctica se echan de ver ya todas las virtudes y todos los defectos que un día harían necesaria la reacción antipositivista. Pues si es verdad que la nación necesitaba progreso y educación, es un grueso paralogismo imaginar que sólo podían alcanzarse mediante aquel tipo de pensamiento; pensamiento, que, llevado a sus últimas instancias, promovía un nuevo dogmatismo, más precario que el anterior y filosóficamente más superficial. Como se pudo ver cuando el tiempo redujo al absurdo sus postulados y cuando un hombre como Ingenieros se convirtió en el dechado de la ilustración argentina. Y si Paulsen pudo decir que *Enigmas del Universo,* de Haeckel, era una ofensa para el pueblo que había producido un Kant o un Schopenhauer, nosotros podemos afirmar que por lo menos resultó muy triste ofrecer como paradigma de nuestra cultura las obras de ese epígono de Haeckel. Para Ingenieros, la lógica y la moral, la estética y la sociología, el derecho y la teología, eran simples productos de la psicología humana: y esto, a su vez, simple producto de la anatomía y la fisiología cerebral. De semejante manera, todo quedaba reducido a un monismo zoológico.

Del daño espiritual que aquella mentalidad significó, dan cuenta los textos de enseñanza que se utilizaron durante décadas (y que en muchas partes todavía se siguen usando); aquella mentalidad que desde Paraná irradió el país entero a través de miles de maestras y profesores normalistas. Alejandro Korn nos dice que el Instituto de Paraná produjo la emancipación del chato dogmatismo de sacristía. Afirmación en que hay algo cierto: la chatura de ese dogmatismo de sacristía. Lo que no dice es que fue suplantado por otro dogmatismo de signo contrario, tan chato y burdo como el anterior. Un dogmatismo que aún hoy impide a miles de estudiantes acceder con el espíritu abierto a las más altas filosofías contemporáneas. Si en aquel modelo que fue en un tiempo el Colegio Nacional de La Plata, tuvimos que sobrellevar a un profesor de psicología que nos dedicaba la casi totalidad de su tiempo a enseñarnos la anatomía del cerebro, puede imaginarse lo que ha sucedido en escuelas filosóficamente más desamparadas.

Se comprende así la magnitud y la profundidad de la lucha que debieron llevar a cabo aquellos pioneros como Henríquez Ureña. Inútil advertir que su actitud no era meramente la del irracionalismo, que combate al racionalismo de la ciencia desde una pura subjetividad. Tampoco era el de él un ataque a las formas más notables de la filosofía post-kantiana, muchas veces sutilmente ligadas con el positivismo, tal como es el caso de William James y de F. Nietzsche. Por el contrario, fue el primero que en este continente hizo conocer el pensamiento de estos dos pensadores. Su combate fue contra las formas comtiana y spenceriana del positivismo y, más que todo, contra las groseras metafísicas del naturalismo científico.

Aunque de estirpe platónica, yo me inclinaría a afirmar que su pensamiento estaba muy cerca del *persona-lismo*. Así lo señalan su encarnizada defensa del hombre concreto, su posición contra la tecnolatría y al mismo tiempo su fe en las ideas y en la razón vital. De modo que si era un enemigo del cientificismo, también era un enemigo del puro irracionalismo. Fue el suyo un equilibrio muy feliz y muy adecuado a su temperamento, tan propenso a sentir la emisión intelectual de una demostración matemática bien hecha como a conmoverse ante los poemas más ininteligibles de Rimbaud.

Fue un espíritu de síntesis, que ansiaba armonizar el mundo de la razón con el de la inspiración irracional, el universo de la ciencia con el de la creación artística. Su síntesis de individuo y universo, de razón y emoción, de originalidad y tradición, de concreto y abstracto, de hombre y humanidad es evidente en toda su obra de investigación y de enseñanza. No era ecléctico; era un romántico que quería el orden, un poeta que admiraba la ciencia.

Su actitud ante la gramática

Henríquez Ureña detestaba todo intento inquisitorial con respecto al idioma, y si colaboró en textos gramaticales fue con el solo objeto de compensar con una obra sensata la influencia nefasta de otros libros. Sus opiniones gramaticales estaban atemperadas por su saber lingüístico. La faena que junto a Amado Alonso llevó a cabo en el Instituto de Filología fue inmensa, y a medida que pasa el tiempo más se ha de valorar lo que significó. De ahí surgieron investigadores de la talla de María Rosa Lida, su hermano Raimundo y Ángel Rosenblat. Así como las traducciones de las obras capitales de Saussure, Vossler y sus escuelas. Pienso que Henríquez Ureña estaba más cerca de la posición de Vossler. Pero tanto una como otra escuela señalaron el fin de la policía gramatical.

Desde luego, negaba la existencia de un castellano general, fiel a su temperamento artístico y a su teoría idiomática. El lenguaje era para él uno y dialécticamente vario, y consideraba disparatado que a un argentino se lo obligase a hablar o a escribir como si hubiese nacido en Toledo. Sin embargo, su castellano era el que uno no hubiera elegido como común a todos, españoles e hispanoamericanos, de haber estado obligados a una decisión. Aquel idioma rico y, sin embargo, sencillo, aristocrático y no obstante lleno de amor por lo popular, delicado y a la vez de neta precisión, constituía un paradigma que todos admirábamos. Podría constituir sin duda el castellano que uniera idiomáticamente esta vasta patria que él ansiaba unir política y socialmente.

Como bien observa Alfonso Reyes, manejaba una prosa inmaculada, sin desconcertarse por la novedad. Realización cabal de la tesis vossleriana, que ve en la lengua la síntesis de tradición y de novedad, de grupo e individuo, de norma y libertad.

La cultura era para Henríquez Ureña la síntesis del tesoro heredado y lo que el hombre y su comunidad contemporánea creaba dentro de ese cuadro preexistente; razón por la cual criticaba toda pretensión de una cultura puramente autóctona, que desconociera o menospreciara la herencia europea; como combatía la tendencia europeizante que, sobre todo bajo la influencia positivista, desdeñó la raíz americana. Así también con el lenguaje.

Me parece claro que la posición filosófica que aparece ya en sus años mozos, en su lucha contra el positivismo, esa posición integradora y espiritualista tenía que conducirlo hacia Vossler en lo idiomático. No soy técnico e ignoro su proceso personal así como la forma en que pudo encontrarse o influir sobre Amado Alonso; pero considero cierto que su desembocadura en la filosofía del lenguaje de un Humboldt y de Vossler era inevitable.

Como siempre, sus teorías se manifestaban en su actividad, y en este caso en su forma de escribir y enseñar. Los que tuvimos la suerte de recibir sus enseñanzas somos testimonios de aquella manera suya de enseñar mediante los buenos ejemplos literarios, no a través de rígidas normas gramaticales. Decía «Donde termina la gramática empieza el arte», lo que de paso indicaba que era absurdo aplicar las reglas de la Academia a los creadores.

Enseñaba el lenguaje con el lenguaje mismo, tal como Hegel afirmaba que se debe enseñar a nadar nadando. No exigía un previo aprendizaje gramatical sino, más bien, daba ese conocimiento a medida que el aprendizaje empírico del lenguaje en los escritores valiosos lo hacía indispensable (como una guía nos sirve para recorrer una hermosa ciudad, desconocida, y sólo entonces). Recuerdo cómo nos hacía leer los buenos autores, y cómo paralelamente hacíamos el trabajo de composición. La poca gramática que se nos indicaba lo era a través de las correcciones que el profesor hacía sobre esos trabajos nuestros; que de ese modo se nos aparecían como reglas de un idioma viviente, no como normas dictadas por cadáveres para ceremonias funerarias. En aquella enseñanza se distinguía la *poiesis* de la *tekhné*. En aquel colegio no hubo preceptiva, disciplina que don Pedro detestaba, denunciándola como el disfraz inofensivo con que se volvía a introducir la vieja retórica latina; inútil disciplina con que los romanos (pueblo, en arte, de imitadores) pretendían enseñar la fabricación de belleza. Siendo que el arte, repetía Henríquez Ureña, no puede reducirse a reglas ni fórmulas. Y la gramática la veía como el imperfecto conato de una ciencia del lenguaje, penoso sobreviviente de aquellas normativas latinas en espera de que la lingüística la desaloje para siempre. Los académicos tiemblan ante esta perspectiva, que les parece apocalíptica, imaginando que una lengua sin codificación fatalmente termine en el desorden. Y sin embargo —como señala Bally— hay idiomas de gran popularidad como el armenio y el turco, que no han sufrido mayormente la influencia de la escuela; así como las obras maestras de la literatura griega datan de una época en que la enseñanza gramatical no existía. Los romanos, los primeros académicos de Europa, legisladores natos, no resistieron la tentación de legislar también el idioma, y desde entonces sufrimos la calamidad. Calamidad relativa, es cierto, porque nunca la gramática ni la retórica pudieron impedir la aparición de grandes creadores. El mismo Henríquez Ureña nos recuerda que si bien esas disciplinas se propagaron en toda Europa durante la Edad Media, como medio de aprender a escribir discursos y poemas en latín, a su lado, impertérritas y vivas, se formaban las obras en lengua vulgar, que nada debieron jamás a la preceptiva escolar. Así las *Eddas* y las *Sagas*, el *Cantar de los Nibelungos* y la *Canción de Rolando*, el *Cantar del Mio Cid*, el romancero español, los poemas religiosos, las narraciones caballerescas, la poesía de los trovadores provenzales, la *Divina Comedia*, los sonetos de Petrarca, los cuentos de Boccaccio. Y aunque el Renacimiento trata de imponer las normas de la antigüedad clásica a la cultura moderna y en parte lo consiguió, también muestra Henríquez Ureña que la mayor parte de los grandes escritores fueron rebeldes, de modo que importantísimas obras de la literatura europea se levantan aparte, cuando no francamente en contra, de las ilustres recomendaciones: las epopeyas de Boyardo y Ariosto, el teatro de Shakespeare y Marlowe, el teatro de Lope y de Calderón, y toda la novela, desde *Lazarillo* y el *Quijote* hasta el *Gulliver* y el *Cándido.*

AMÉRICA UNA Y JUSTA

Este hombre que alguien llamó «peregrino de América» (y cuando se dice América en relación a él debe entenderse América Latina, no esa teórica América total que la retórica de las cancillerías ha puesto de moda, por motivos menos admirables), tuvo dos grandes sueños utópicos; como San Martín y Bolívar, el de la unidad en la Magna Patria; y la realización de la Justicia en su territorio, así, con mayúscula.

Aquel hombre superior, que nos puso en guardia contra la estrechez del positivismo, constituye un vivo ejemplo de que no es imprescindible ser partidario fetichista de la ciencia para desear la superación de las grandes injusticias que hay en nuestra realidad social; vivo ejemplo para los espíritus mediocres que en ciertas formas actuales del viejo positivismo acusan de «reaccionarios» a los que ponen los valores del espíritu por encima de un crudo materialismo, a los que imaginen (y demuestren) que no es menester arrodillarse ante la ciencia, o (lo que es más burdo) ante una heladera eléctrica para repudiar la injusticia.

Espíritu exquisito, hecho al parecer para el ejercicio de la pura belleza, dijo sin embargo cosas como ésta: «El ideal de justicia está antes que el ideal de cultura: es superior el hombre apasionado de justicia al que sólo aspira a su propia perfección intelectual. Al diletantismo de Goethe, opongamos el nombre de Platón, nuestro primer maestro de utopía, el que entregó al fuego todas sus versiones de poeta para predicar la verdad y la justicia en nombre de Sócrates, cuya muerte le reveló la terrible imperfección de la sociedad en que vivía. Si nuestra América no ha de ser sino una prolongación de Europa, si lo único que hacemos es ofrecer suelo nuevo a la explotación del hombre por el hombre (y por desgracia, ésa es hasta ahora nuestra única realidad), si no nos decidimos a que ésta sea la tierra de promisión para la humanidad cansada de buscarla en todos los climas, no tenemos justificación. Sería preferible dejar desiertas nuestras pampas si sólo hubieran de servir para que en ellas se multiplicaran los dolores humanos; no los dolores que alcanzará a evitar nunca, los que son hijos del amor y la muerte, sino los que la codicia y la soberbia infligen al débil y al hambriento. Nuestra América se justificará ante la humanidad del futuro cuando, constituida en magna patria, fuerte y próspera por los dones de su naturaleza y por el trabajo de sus hijos, dé el ejemplo de la sociedad donde se cumple la emancipación del brazo y de la inteligencia.»

Fragmento que por otra parte nos muestra la firmeza y hasta la implacable consecuencia que aquel humanista apacible manifestaba cuando de la justicia se trataba. Por motivos comprensibles, hay la tendencia a recordarnos únicamente el lado amable de Pedro Henríquez Ureña. Conviene entonces advertir que su paciencia y su infinita bondad se acaba cuando se desconocían (y sobre todo cuando se lo hacía hipócritamente) esos grandes principios que hacen a la dignidad del hombre. «Testigo insobornable» lo llamó su gran amigo Alfonso Reyes, que también nos dice que su coraje rayaba en la impertinencia cuando era necesario; momento en que de aquel ser delicado podían salir ironías demoledoras y hasta frases de violenta y viril indignación.

Su vida entera se realizó, así como su obra, en función de aquella utopía latinoamericana. Aunque pocos como él estaban dotados para el puro arte y para la estricta belleza, aunque era un auténtico *scholar* y hubiera podido brillar en cualquier gran universidad europea, casi nada hubo en él que fuese arte por el arte o pensamiento por el pensamiento mismo. Su filosofía, su lucha contra el positivismo, sus ensayos literarios y filológicos, todo formó parte de su silenciosa batalla por la unidad y por la elevación de nuestros pueblos.

Aquel humanista no era uno de los que se solazan en la mera arqueología, pues todo en él se refería, de modo directo o indirecto, al hombre concreto. Alguien dijo que era un hombre de ideas y teorías. Sí, pero de ideas y teorías encarnadas. Y la carne no existe en abstracto sino en un lugar y en un tiempo determinados. Como a los seres que de verdad les importa el hombre, era *este* hombre que lo apasionaba. Debemos temblar cada vez que alguien se apasiona por el hombre con H mayúscula, por esa abstracción que se llama Humanidad: entonces es capaz de guillotinar o torturar multitudes enteras. Basta pensar en Robespierre o en Stalin. En el fondo, son seres que no aman a nadie, y son mortales enemigos del hombre concreto (el único que existe) en la medida, precisamente, en que aman una abstracción.

Es cierto que Henríquez Urdía era un humanista. Sí, lo era. Y también es cierto que su espíritu universal detestaba el provincianismo. Pero su universalidad no era genérica, no era la del técnico o el científico que trabaja con símbolos y letras griegas; era el universalismo del artista, que obra con sentimientos de individuos precisos. Por eso tomaba de la tradición lo que era vivo, lo que importaba para lo nuestro, lo de hoy y aquí; motivo por lo que era filólogo, no gramático. Y de aquel Platón que tanto admiraba, no era tanto el esplendor de sus teorías abstractas que admiraba como su aliento poético. Aliento poético que lo convierte en un ser vivo no sólo para su tiempo sino para todos los tiempos, mientras haya hombres que vivan, o amen y sufran sobre la tierra. Era, en suma, el Platón que podía ser útil en la construcción de esa utopía latinoamericana en la que siempre creyó.

Por eso tampoco podía ser un especialista. Y los que lo critican por su versatilidad no advierten que él no era un ecléctico sino un integralista; y que esa multiplicidad de intereses era la manifestación inevitable de su filosofía concreta y unitaria. La especialización, en buena medida consecuencia del desarrollo técnico de una civilización escisora, es más que una virtud un infortunio para el hombre, aunque haya servido para aumentar nuestro poderío físico. Pues ¿quién ha dicho que es el poder físico la meta más alta del hombre?

Sacrificó mucho de lo que hubiera podido hacer en el plano teórico por esa cálida obra personal que llevó a cabo a lo largo de esta América. Sobre todo enseñando. «No debe haber cultura superior sin cultura popular.» Y así, aquel notable espíritu que había sido precursor de la filosofía moderna en América Latina y que podría haber dedicado su existencia a brillantes investigaciones filológicas, se entregó a esa lucha modesta y oscura desde su juventud, desde que comenzó su tarea educativa en México, junto a Vasconcelos. Y más de una vez sostuvo que, tal como era nuestra precaria realidad, los mejores de nuestros intelectuales debían sacrificar la obra de meditación retirada en favor de la obra comunal y la elevación del hombre medio. Así, sucedió con Martí en Cuba y con Sarmiento en Argentina. Un escritor nace en Francia y se encuentra, por decirlo así, con una patria hecha; aquí debe escribir haciéndola al mismo tiempo como aquellos pioneros del lejano oeste que cultivaban la tierra con el arma al lado. ¿No empuñó literalmente un fusil José Hernández?

Esa gran utopía con que soñaba, ardientemente en su juventud, melancólicamente en su último tiempo, era la utopía de una patria de hombres libres, de una generosa tierra integradora, una suerte de país platónico que no fuese el reinado de la pura materia. Ansiaba que termináramos con nuestras rencillas provincianas, predicaba la necesidad de unión (señalando el desastre que fue para Grecia el separatismo de sus ciudades-estado) y trataba de hacernos comprender el formidable tesoro que encierra un continente constituido por veinte naciones hermanas, de una misma lengua, y por lo tanto, de una misma tradición y cultura. Dolido de nuestros defectos, de nuestros repentismos y nuestra superficialidad, de nuestra frecuente propensión a lo fácil; dolido de nuestra miseria y nuestra división, soñaba (soñó hasta el día de su muerte) con una patria que se levantase técnicamente, que aboliese la miseria y la injusticia, pero no cometiese el mismo error de los Estados Unidos, poniendo los valores materiales por sobre los espirituales.

ABADDÓN
EL EXTERMINADOR

1974

DE UN REPORTAJE PUBLICADO EN 1974

En el momento en que me ofrece una de sus máscaras más acogedoras aprovecho para decirle:

—Muchos no creyeron en la publicación de esta novela. Emite un gruñido y me observa con una cara muy irónica.

—Usted tampoco —prosigo.

—Eso es cierto, yo no.

Claro, yo lo sabía, no tiene ninguna gracia. Sabía hasta qué punto puede llegar la destructividad, la autodestructividad de este hombre. Sabía cuántos libros quedaron abortados en sus cajones o quemados con furor. ¿No se había salvado acaso por milagro *Sobre héroes y tumbas*? ¿No habían luchado a brazo partido las tres o cuatro personas más cercanas para salvarla del fuego? También ahora, en estos años, sus allegados han oído y han visto a Sabato renegando de lo que escribía, diciendo que no sabía si valía la pena ya escribir nada. Pocas veces debe de haberse experimentado la sensación del escritor «agónico» como frente a este creador cuya obra parece salir de una tremenda lucha entre feroces enemigos que viven en su propio corazón.

—Ahora —me dice— es como si hubiese echado una carta en el buzón. Ya es irreversible. Lo hice para obligarme.

Los que leyeron los capítulos iniciales advirtieron la extrañísima estructura, con su propio autor metido en la ficción. «Una novela a la segunda potencia», se ha dicho. ¿Implica también esto un cuestionamiento del género? ¿Pero cómo?

Sabato se concentra en sí mismo, revuelve con la cucharita el poso del café, como algunos de sus fantasmas.

—Participo como personaje —explica luego, lentamente—. Pero no es algo pirandelliano. Usted sabe, esa actitud tan mental... No, nada de eso.

—Tampoco lo de *Contrapunto*, ¿no?

—Por supuesto que no. Allí es un personaje escritor, como en los *Falsificadores de monedas*, de Gide. No digo que esto sea mejor, digo que es otra cosa. En esta novela intento actuar junto con mis propios personajes. No como testigo, como narrador ni como crítico ni como testigo. Sino como un personaje más, violenta y apasionadamente. De manera carnal, casi sangrienta. También enigmática.

—Un poco como en los sueños.

—Eso. En el sueño está nuestro yo más identificable con los otros, con los terribles.

—Se ha hablado de cuestionamiento de la novela. ¿Intenta en esta obra algún género de cuestionamiento?

—Sí, pero no en el sentido en que se ha hecho hasta ahora, me parece.

Sonriéndose (y cuando sonríe parece un chico) agregó:

—Si no le parece demasiado grandiosa la caracterización, le diré que se trata de un cuestionamiento técnico, sino metafísico y ontológico. ¿Qué bárbaro, no?

Ahora se ríe, pero luego esa risa extraña, casi siniestra cesa de inmediato para volver a su expresión angustiada.

—¿Cómo, y psicológicamente?

—Bueno, sí, claro. Esa problemática no se expresa en el vacío, como podría hacerse en un tratado de filosofía de la literatura. Se expresa a través de una especie de pesadilla, a través de seres carnales que viven y sufren. Esto no quiere decir que esta novela sea «psicológica» (le ruego que ponga comillas a esta palabra, para evitar la fácil ironía de los que creen que para escribir hoy es necesario reírse de esa palabra).

En fin, esta novela es en todo caso tan psicológica y sociológica como las dos anteriores que publiqué. Pero sólo un candoroso puede creer que *El túnel* es una novela de celos cuando, en rigor, trata de expresar el drama del absoluto y la soledad, en el hombre alienado de nuestro tiempo. Lo mismo sucede con *Héroes* que no es ni psicológico ni sociológico, aunque esté construida sobre seres carnales que padecen dramas psíquicos y estén inscriptos en una inevitable realidad social.

—Pienso, Sabato, que sólo un oligofrénico puede creer que el Informe sobre Ciegos es mera psicología y sociología. Otra pregunta. Su propia intervención como personaje puede llegar a suscitar otro malentendido. Me refiero a la idea de que éste es un libro autobiográfico.

Me miró con asombro.

—Pero usted ya sabe lo que pienso sobre el tema —dijo. —Yo sí, pero los nuevos lectores no.

—Desde Chestov, por lo menos, sabemos que toda literatura es en última instancia autobiográfica. Un baile de disfrazados. Claro, en este caso me expongo más fácilmente a ese malentendido trivial. Pero el que lea la novela comprenderá que es una idea totalmente equivocada. Creo que es una especie de provocación a esa trivialidad desde la posición más vulnerable. Además las partes más fantásticas de la novela son aquellas en que participo «yo». Ponga comillas a este pronombre.

¡Tan de Sabato, eso! Esa especie de fascinación que siente por exponerse a cualquier ataque, sobre todo a los más fáciles.

—A mí no tiene que convencerme —le digo—. Conozco muy bien su filosofía de la literatura. Y su opinión sobre la «tranche la vie», aquella vieja ilusión de los naturalistas. Ese papel del narrador a base de tijeras y papel carbónico. Y ahora de grabadores.

—Precisamente. Así como la fotografía liberó a la pintura de la necesidad de reproducir el mundo externo, el periodismo y los grabadores han liberado a la literatura de esa tarea inútil. El realismo de la novela, al menos de lo que yo considero novela en serio, no es ese superficialismo, sino la expresión de la realidad entera, incluyendo aquella realidad profunda que sólo puede darse, como en los sueños, mediante el símbolo y el mito.

—Hace poco leí un reportaje a Sartre en que confesaba abandonar para siempre la novela porque no permitía, como el teatro, alcanzar el mito. ¿No le parece que se equivoca inexplicablemente? ¿Qué es una obra como *Moby Dick*, entonces?

—Desde luego. Y *El proceso* y la mayor parte de la literatura profunda. O es mito poética o no es más que un documento periodístico.

—Pienso que es el caso de su propia literatura. Volviendo al Informe sobre Ciegos, ¿quién puede sostener que es una crónica de la vida de los ciegos en las cloacas de Buenos Aires? Precisamente es esa condición mítica la que le reprochan ciertos marxistas. ¿Qué dirán ahora que el mismísimo Sartre sostiene que la única literatura válida es la mitológica?

—Ha empleado bien la palabra «ciertos». Son los seudos marxistas que en nombre del proletariado exigen naturalismo burgués.

—A raíz de esos capítulos se ha pronunciado inevitablemente, la expresión «obra abierta».

Me mira con ironía.

—Hace rato que se hace obra abierta. ¿No lo es, acaso, el Quijote? Lo que pasa es que a ciertos papanatas hay que ponerles un cartel en la primera página que diga: «Ojo, que ésta es una obra abierta.» Hay muchísimas que lo son sin condescender a esa clase de advertencias.

Pienso que su amarga reflexión tiene como origen tanto ensayo sobre obras espectacularmente abiertas, mientras se pasaba por alto otras que lo eran de modo revolucionario, aunque más recóndito.

—Obra abierta también lo era ya *Héroes y tumbas* —le digo.

Me mira de manera indescifrable. ¿Es ironía, es amargura? No lo sé.

—En ese volumen editado por el profesor Giacomán, en Emecé —le digo— hay un ensayo de Hélène Baptiste, de la Universidad de París. Un análisis sobre las estructuras de *Héroes* en comparación con Kafka y Faulkner.

Sigue mirándome de modo indescifrable. Anoto ahora el fragmento: «En el Informe sobre Ciegos, Fernando Vidal se refiere a Castel y echa luz sobre *El túnel*, según sus convicciones, que no son las del lector... Fuerza es reconocer que examinar el crimen de un neurópata de una novela desde la perspectiva de un paranoico de otra es una idea que da a la obra de Sabato una vertiginosa profundidad.» Ahora en esta nueva novela me parece que da un paso todavía más audaz, al hacer que un personaje de él, Bruno, escriba parte de una novela sobre Sabato. Se lo digo.

—Mire, descrito así podría parecer una especie de acrobacia y usted sabe hasta qué punto puedo detestar esa sola hipótesis. No, no hay ni acrobacia ni prestidigitación. Ha sido la única e inevitable forma de expresar el drama de fondo que necesitaba expresar, el drama del escritor en la crisis total. Muchas veces he dicho que las únicas innovaciones técnicas legítimas son las provocadas por necesidades de fondo. Las otras son bizantinismos que caracterizan a escuelas o épocas de decadencia. No sé cuál será el valor definitivo de mi literatura, pero algo le puedo asegurar: que no ha sido escrita con tinta.

—Ha dicho usted en un reportaje que esta novela es probablemente la última.

—Sí. Cuando aparezca, el lector advertirá por qué. Es al mismo tiempo una culminación de mi obra y un cierre.

—Pero seguirá haciendo algún género de literatura, supongo.

—Probablemente. Una especie de teatro.

—Me gusta lo de «especie».

Me observó con esa expresión de chico travieso que de vez en cuando (muy de vez en cuando) suele iluminar su rostro sombrío. Murmuró algo que no entendí y luego volvió a su expresión habitual.

Le dejé y me fui meditando en el extraño fenómeno humano y literario que encarna. Independiente con ferocidad, alejado de capillas y modas, ajeno a logias y revistas. Creando una especie de barrera electromagnética en su torno y luego sufriendo los efectos de esa barrera. Terrible testigo de su tiempo, sufriendo los efectos de sus juicios implacables.

En la tarde del 5 de enero,

de pie en el umbral del café de Guido y Junín, Bruno* vio venir a Sabato, y cuando ya se disponía a hablarle sintió que un hecho inexplicable se producía: a pesar de mantener la mirada en su dirección, Sabato siguió de largo, como si no lo hubiese visto. Era la primera vez que ocurría algo así y, considerando el tipo de relación que los unía, debía excluir la idea de un acto deliberado, consecuencia de algún grave malentendido.

Lo siguió con ojos atentos y vio cómo cruzaba la peligrosa esquina sin cuidarse para nada de los automóviles, sin esas miradas a los costados y esas vacilaciones que caracterizan a una persona despierta y consciente de los peligros.

La timidez de Bruno era tan acentuada que en rarísimas ocasiones se atrevía a telefonear. Pero, después de un largo tiempo sin encontrarlo en La Biela ni en el Roussillon, y cuando supo por los mozos que en todo ese período no había reaparecido, se decidió a llamar a su

---

* Personaje de *Sobre héroes y tumbas*. Para la cabal comprensión de *Abaddón* se recomienda leer previamente aquella novela. *(N. del ed.)*

casa. «No se siente bien», le respondieron con vaguedad.

«No, no saldría por un tiempo.» Bruno sabía que, en ocasiones durante meses, caía en lo que él llamaba «un pozo», pero nunca como hasta ese momento sintió que la expresión encerraba una temible verdad. Empezó a recordar algunos relatos que le había hecho sobre maleficios, sobre un tal Schneider, sobre desdoblamientos. Un gran desasosiego comenzó a apoderarse de su espíritu, como si en medio de un territorio desconocido cayera la noche y fuese necesario orientarse con la ayuda de pequeñas luces en lejanas chozas de gentes ignoradas, y por el resplandor de un incendio en remotos e inaccesibles lugares.

En la madrugada de esa misma noche

se producían, entre los innumerables hechos que suceden en una gigantesca ciudad, tres dignos de ser señalados, porque los unía el vínculo que tienen siempre los personajes de un mismo drama, aunque a veces se desconozcan entre sí, y aunque uno de ellos sea un simple borracho.

En el viejo bar Chichín, de la calle Almirante Brown esquina Pinzón, su dueño, mientras se disponía a cerrar el negocio, le dijo al único parroquiano que quedaba en el mostrador:

—Dale, Loco, que hay que cerrar.

Natalicio Barragán apuró su copita de caña quemada y salió tambaleante. Ya en la calle, repitió el cotidiano milagro de atravesar con distraída placidez la avenida recorrida a esa hora de la noche por autos y colectivos enloquecidos. Y luego, como si caminara sobre la insegura cubierta de un barco en mar gruesa, bajó hacia la Dársena Sur por la calle Brandsen.

Al llegar a Pedro de Mendoza, las aguas del Riachuelo, en los lugares en que reflejaban la luz de los barcos, le parecieron teñidas de sangre. Algo le impulsó a levantar los ojos, hasta que vio por encima de los mástiles un monstruo rojizo que abarcaba el cielo hasta la desembocadura del Riachuelo, donde perdía su enorme cola escamada.

Se apoyó en la pared de zinc, cerró los párpados y descansó, agitado. Después de unos momentos de turbia reflexión, en que sus ideas trataban de abrirse paso en un cerebro lleno de desperdicios y yuyos, volvió a abrirlos. Y de nuevo, ahora más nítidamente, vio el dragón cubriendo el firmamento de la madrugada como una furiosa serpiente que llameaba en un abismo de tinta china.

Quedó aterrado.

Alguien, felizmente, se acercaba. Un marinero.

—Mire —le comentó con voz trémula.

—Qué —preguntó el hombre con esa bonhomía que la gente de buen corazón emplea con los borrachos.

—Allá.

El hombre dirigió la mirada en la dirección que le indicaba.

—Qué —repitió, observando con atención.

—¡Eso!

Después de escrutar un buen rato aquella región del cielo, el marinero se alejó, sonriendo con simpatía. El Loco lo siguió con sus ojos, luego volvió a apoyarse contra la pared de zinc, cerró sus párpados y meditó con temblorosa concentración. Cuando volvió a mirar, su terror se hizo más intenso: el monstruo ahora echaba fuego por las fauces de sus siete cabezas. Entonces cayó desmayado.

Al despertar, tirado en la vereda, era de día. Los primeros obreros se dirigían a sus trabajos. Pesadamente, sin recordar en ese instante la visión, se encaminó al cuarto de su conventillo.

El segundo hecho se refiere al joven Nacho Izaguirre. Desde la oscuridad que le favorecían los árboles de la Avenida del Libertador, vio detenerse un gran Chevy Sport, del que bajaron su hermana Agustina y el señor Rubén Pérez Nassif, presidente de Inmobiliaria Perenás. Eran cerca de las dos de la mañana. Entraron en una de las casas de departamentos. Nacho permaneció en su puesto de observación hasta las cuatro, aproximadamente, y luego se retiró hacia el lado de Belgrano, con toda probabilidad hacia su casa. Caminaba con las manos en los bolsillos de sus raídos blue jeans, encorvado y cabizbajo.

Mientras tanto, en los sórdidos sótanos de una comisaría de suburbio, después de sufrir tortura durante varios días, reventado finalmente a golpes dentro de una bolsa, entre charcos de sangre y salivazos, moría Marcelo Carranza, de veintitrés años, acusado de formar parte de un grupo de guerrilleros.

Testigo, testigo impotente,

se decía Bruno, deteniéndose en aquel lugar de la Costanera Sur donde quince años atrás Martín le dijo «aquí estuvimos con Alejandra». Como si el mismo cielo cargado de nubes tormentosas y el mismo calor de verano lo hubiera conducido inconsciente y sigilosamente hasta aquel sitio que nunca más había visitado desde entonces. Como si ciertos sentimientos quisieran resurgir desde alguna parte de su espíritu, en esa forma indirecta en que suelen hacerlo, a través de lugares que uno se siente inclinado a recorrer sin exacta y clara conciencia de lo que está en juego. Pero, ¿cómo nada en nosotros puede resurgir como antes? se condolía. Puesto que no somos lo que éramos entonces, porque nuevas moradas se levantaron sobre los escombros de las que fueron destruidas por el fuego y el combate, o, ya solitarias, sufrieron el paso del tiempo, y apenas si de los seres que las habitaron perduran el recuerdo confuso o la leyenda, finalmente apagados u olvidados por nuevas pasiones y desdichas: la trágica desventura de chicos como Nacho, el tormento y muerte de inocentes como Marcelo.

Apoyado en el parapeto, oyendo el rítmico golpeteo del río a sus espaldas, volvió a contemplar Buenos Aires a través de la bruma, la silueta de los rascacielos contra el cielo crepuscular.

Las gaviotas iban y venían, como siempre, con la atroz indiferencia de las fuerzas naturales. Y hasta era posible que en aquel tiempo en que Martín le hablaba allí de su amor por Alejandra, aquel niño que con su niñera pasó a su lado, fuese el propio Marcelo. Y ahora, mientras su cuerpo de muchacho desvalido y tímido, los restos de su cuerpo, formaban parte de algún horno eléctrico, idénticas gaviotas hacían en un cielo parecido las mismas y ancestrales evoluciones. Y así todo pasaba y todo era olvidado, mientras las aguas seguían golpeando rítmicamente las costas de la ciudad anónima.

Escribir al menos para eternizar algo: un amor, un acto de heroísmo como el de Marcelo, un éxtasis. Acceder a lo absoluto. O quizá (pensó con su característica duda, con aquel exceso de honradez que lo hacía vacilante y en definitiva ineficaz), quizá necesario para gente como él, incapaz de esos actos absolutos de la pasión y el heroísmo. Porque ni aquel chico que un día se prendió fuego en una plaza de Praga, ni Ernesto Guevara, ni Marcelo Carranza habían necesitado escribir. Por un momento pensó que acaso era el recurso de los impotentes. ¿No tendrían razón los jóvenes que ahora repudiaban la literatura? No lo sabía, todo era muy complejo, porque si no habría que repudiar, como decía Sabato, la música y casi toda la poesía, ya que tampoco ayudaban a la revolución que esos jóvenes ansiaban. Además, ningún personaje verdadero era un simulacro levantado con palabras: estaban construidos con sangre, con ilusiones y esperanzas y ansiedades verdaderas, y de una oscura manera parecían servir para que todos, en medio de esta vida confusa, pudiésemos encontrar un sentido a la existencia, o por lo menos su remota vislumbre.

Una vez más en su larga vida sentía esa necesidad de escribir, aunque no le era posible comprender por qué ahora le nacía de ese encuentro con Sabato en la esquina de Junín y Guido. Pero al mismo tiempo experimentaba su crónica impotencia frente a la inmensidad. El universo era tan vasto. Catástrofes y tragedias, amores y desencuentros, esperanzas y muerte, le daban la apariencia de lo inconmensurable. ¿Sobre qué debería escribir? ¿Cuáles de esos infinitos acontecimientos eran esenciales? Alguna vez le había dicho a Martín que podía haber cataclismos en tierras remotas y sin embargo nada significar para alguien: para ese chico, para Alejandra, para él mismo. Y de pronto, el simple canto de un pájaro, la mirada de un hombre que pasa, la llegada de una carta son hechos que existen de verdad, que para ese ser tienen una importancia que no tiene el cólera en la India. No, no era indiferencia ante el mundo, no era egoísmo, al menos de su parte: era algo más sutil. Qué extraña condición la del ser humano para que un hecho tan espantoso fuera verdad. Ahora mismo, se decía, niños inocentes mueren quemados en Vietnam por bombas de napalm: ¿no era una infame ligereza escribir sobre algunos pocos seres de un rincón del mundo? Descorazonado, volvía a observar las gaviotas en el cielo. Pero no, se rectificaba. Cualquier historia de las esperanzas y desdichas de un solo hombre, de un simple muchacho desconocido, podía abarcar a la humanidad entera, y podía servir para encontrarle un sentido a la existencia, y hasta para consolar de alguna manera a esa madre vietnamita que clama por su hijo quemado. Claro, era lo bastante honesto para saber (para temer) que lo que él pudiese escribir no sería capaz de alcanzar semejante valor. Pero ese milagro era posible, y otros podían lograr lo que él no se sentía capaz de conseguir. O sí, quién nunca podía saberlo. Escribir sobre ciertos adolescentes, los seres que más sufren en este mundo implacable, los más merecedores de algo que a la vez describiera su drama y el sentido de sus sufrimientos, si es que alguno tenían. Nacho, Agustina, Marcelo. Pero, ¿qué sabía de ellos? Apenas si vislumbraba en medio de las sombras algunos significativos episodios de su propia vida, sus propios recuerdos de niño y adolescente, la melancólica ruta de sus afectos.

Pues, ¿qué sabía realmente no ya de Marcelo Carranza o de Nacho Izaguirre sino del propio Sabato, uno de los seres que más cerca había estado siempre de su vida? Infinitamente mucho pero infinitamente poco. En ocasiones, lo sentía como si formara parte de su propio espíritu, podía imaginar casi en detalle lo que habría sentido frente a ciertos acontecimientos. Pero de repente le resultaba opaco, y gracias si a través de algún fugaz brillo de sus ojos le era dado sospechar lo que estaba sucediendo en el fondo de su alma; pero quedando en calidad de suposiciones, de esas arriesgadas suposiciones que con tanta suficiencia arrojamos sobre el secreto universo de los otros. ¿Qué conocía, por ejemplo, de su real relación con aquel violento Nacho Izaguirre y sobre todo con su enigmática hermana? En cuanto a sus relaciones con Marcelo, sí, claro, sabía cómo apareció en su vida, por esa serie de episodios que parecen casuales pero que, como siempre repetía el propio Sabato, sólo lo eran en apariencia. Hasta el punto de poderse imaginar, finalmente, que la muerte de ese chico en la tortura, el feroz y rencoroso vómito (por decirlo de alguna manera) de Nacho sobre su hermana, y esa caída de Sabato estaban no sólo vinculados sino vinculados por algo tan poderoso como para constituir por sí mismo el secreto motivo de una de esas tragedias que resumen o son la metáfora de lo que puede suceder con la humanidad toda en un tiempo como éste.

Una novela sobre esa búsqueda del absoluto, esa locura de adolescentes pero también de hombres que no quieren o no pueden dejar de serlo: seres que en medio del barro y el estiércol lanzan gritos de desesperación o mueren arrojando bombas en algún rincón del universo. Una historia sobre chicos como Marcelo y Nacho y sobre un artista que en recónditos reductos de su espíritu siente agitarse esas criaturas (en parte vislumbradas fuera de sí mismo, en parte agitadas en lo más profundo de su corazón) que demandan eternidad y absoluto. Para que el martirio de algunos no se pierda en el tumulto y en el caos sino que pueda alcanzar el corazón de otros hombres, para removerlos y salvarlos. Alguien tal vez como el propio Sabato frente a esa clase de implacables adolescentes, dominado no sólo por su propia ansiedad de absoluto sino también por los demonios que desde sus antros siguen presionándolo, personajes que alguna vez salieron en sus libros, pero que se sienten traicionados por las torpezas o cobardías de su intermediario; y avergonzado él mismo, el propio Sabato, por sobrevivir a esos seres capaces de morir o matar por odio o amor o por su empeño de desentrañar la clave de la existencia. Y avergonzado no sólo por sobrevivirlos sino por hacerlo con ruindad, con tibias compensaciones. Con el asco y la tristeza del éxito.

Sí, si su amigo muriera, y si él, Bruno, pudiese escribir esa historia. Si no fuera como desdichadamente era: un débil, un abúlico, un hombre de puros y fracasados intentos.

Nuevamente volvió su mirada a las gaviotas sobre el cielo en decadencia. Las oscuras siluetas de los rascacielos en medio de cárdenos esplendores y catedrales de humo, y poco a poco entre los melancólicos violáceos que preparan la funeraria corte de la noche. Agonizaba la ciudad entera, alguien que en vida fue groseramente ruidoso pero que ahora moría en dramático silencio, solo, vuelto hacia sí mismo, pensativo. El silencio se hacía más grave a medida que avanzaba la noche, como se recibe siempre a los heraldos de las tinieblas.

Y así terminó un día más en Buenos Aires, algo irrecuperable para siempre, algo que lo acercaba un poco más a su propia muerte.

UN PEDIDO DE CUENTAS

Se había sentado en un rincón, como siempre, y desde allí observaba a los dos ocupantes de esa mesita que da sobre la avenida Quintana. Le era posible ver bien a la chica, porque estaba de frente y porque la luz de la tarde le daba sobre la cara. Pero al muchacho lo veía de espaldas, su perfil.

Era la primera vez que los encontraba. De eso estaba seguro, porque la expresión de ella era inolvidable. ¿Por qué? Al comienzo no acertaba a comprenderlo.

Su pelo era muy corto, de color bronce oscuro, de bronce sin lustrar. Los ojos a primera vista también parecían oscuros, pero luego se advertía que eran verdosos. La cara era huesuda, fuerte, con una mandíbula muy apretada y una de esas bocas que resultan salientes como consecuencia, seguramente, de una dentadura que avanza hacia adelante. En esa boca se sentía la obstinación de alguien que es capaz de guardar un secreto hasta en medio de la tortura. Tendría diecinueve años. No: veinte años. Casi no hablaba, limitándose a escuchar al chico, con una mirada profunda y remota, un poco como abstraída, que la hacía memorable. ¿Qué había en su mirada? Pensó que quizá tuviera una ligera desviación en los ojos.

No, no la había visto nunca. Y no obstante tenía la sensación de estar viendo algo ya conocido. ¿Habría encontrado alguna vez a una hermana? ¿A la madre? La sensación del «ya visto», como siempre le sucedía, le provocaba desazón, una desazón acentuada por la certeza de que hablaban de él. Ese triste sentimiento que sólo los escritores pueden sufrir y que únicamente ellos pueden comprender, pensaba con amargura. Porque no basta ser conocido (como un actor o un político) para experimentar ese matiz de desazón: es imprescindible ser autor de ficciones, alguien que es enjuiciado no sólo por lo que son juzgadas las personas públicas sino por lo que los personajes de novela son o sugieren.

Sí, hablaban de él. O, mejor dicho, era evidente que el

muchacho lo hacía. Hasta había llegado a mirarlo de reojo, momento en que pudo estudiar mejor el perfil de su cara: la misma boca de ella (abultada hacia delante), idéntico pelo de bronce sin limpiar, la misma nariz huesuda y un poco aguileña, idéntica boca grande de labios muy carnosos.

Eran hermanos, sin ninguna clase de duda. Y él tendría un año o dos menos que ella. Su expresión le había resultado sarcástica, y sus manos, muy huesudas y largas, se contraían con una fuerza desproporcionada: había algo inarmónico en todo él, sus movimientos eran abruptos, repentinos y torpes.

A medida que pasaba el tiempo aumentaba su desasosiego. Y estaba poniéndose de mal humor cuando al menos se le aclaró uno de los enigmas: Van Gogh con la oreja cortada. Se habían interpuesto la diferencia de sexo, edad, la venda, el gorro de pieles, la pipa. El mismo extravío en la mirada, la misma manera abstraídamente sombría de observar la realidad. Ahora se explicaba aquella primera sensación de ojos negros, que en realidad eran verdosos.

El hallazgo lo sobresaltó redoblándose su ansiedad por lo que estaban discutiendo.

¿Sentirían otros escritores lo que él experimentaba ante un desconocido que ha leído sus libros? Una mezcla de vergüenza, curiosidad y temor. A veces, como en ese momento, era un chico, un estudiante que lleva las insignias de sus tribulaciones y amarguras, y entonces trataba de imaginarse por qué leía sus libros, qué páginas podrían ayudarlo en sus ansiedades, y cuáles, por el contrario, sólo servirían para intensificarlas; qué fragmentos marcaría con ferocidad o alegría, como prueba de su rencor contra el universo, o como confirmación de una sospecha sobre el amor o la soledad. Pero otras veces era un hombre, una dueña de casa, una mujer de mundo. Lo que más le asombraba era esa variedad de seres que pueden leer el mismo libro, como si fueran muchos y hasta infinitos libros diferentes; un único texto que no obstante permite innumerables interpretaciones, distintas y hasta opuestas, sobre la vida y la muerte, sobre el sentido de la existencia. Porque de otro modo resulta incomprensible que apasionase a un muchacho que piensa en la posibilidad de asaltar un banco y a un empresario que ha triunfado en los negocios. «Botella al mar», se ha dicho. Pero con un mensaje equívoco, que puede ser interpretado de tantas maneras que difícilmente el náufrago sea localizado. Más bien una vasta posesión, con su castillo bien visible, pero también complicadas dependencias para sirvientes y súbditos (en algunas de las cuales tal vez esté lo más importante), cuidados parques pero también enmarañados bosques con lagunas y pantanos, con temibles grutas. De modo que cada visitante se siente atraído por partes diferentes del vasto y complejo dominio, fascinado por las oscuras grutas y disgustado por los cuidados parques, o recorriendo con temeroso furor las grandes ciénagas pobladas de serpientes mientras otros escuchan frivolidades en los salones estucados.

En cierto momento, las cosas que decía el muchacho parecieron inquietar a su hermana, que en voz baja pareció recomendarle algo. Él, entonces, medio se incorporó, pero ella, agarrándolo de un brazo, lo forzó a sentarse de nuevo. Observó en ese gesto que ella también tenía manos fuertes y huesudas, y demostraba una notable fuerza en sus músculos. La discusión prosiguió, o mejor dicho él siguió argumentando y ella oponiéndose a algo que estaba en juego. Hasta que por fin el chico se levantó bruscamente y antes de que ella pudiera detenerlo se dirigió hacia donde estaba Sabato.

A menudo había asistido a las vacilaciones de un estudiante en un café que por fin se decidía a acercársele. Por esa larga experiencia, calculó que se produciría algo muy desagradable.

El chico era alto para su edad, más que lo normal, y sus movimientos le confirmaron la impresión mientras permanecía sentado: era áspero y violento, en toda su actitud se adivinaba el rencor. No sólo contra Sabato: contra la realidad entera.

Cuando estuvo frente él, con una voz excesiva para su comentario, casi gritando, le dijo:

—Vimos una foto suya en esa revista *Gente*.

La cara que puso el decir «esa revista» es la que ciertas personas ponen cuando tienen que pasar cerca de excrementos.

Sabato lo miró como preguntándole qué significa su observación.

—Y hace poco salió un reportaje —agregó como si lo acusara.

Aparentando no advertir el tono, Sabato admitió:

—Sí, efectivamente.

—Y ahora, en el último número, lo vi asistiendo a la inauguración de una boutique en el pasaje Alvear.

Sabato estaba al borde del estallido. No obstante, respondió haciendo un último esfuerzo para contenerse:

—Sí, la boutique de una pintora amiga.

—Amigas que tienen boutique —agregó con sorna el chico.

Entonces, Sabato explotó, levantándose:

—¿Y quién sos vos para juzgarme y para juzgar a mis amigos? —gritó.

—¿Yo? Tengo mucho más derecho de lo que una persona como usted puede imaginar.

Sin darse cuenta, Sabato se encontró dándole una bofetada que casi lo hace caer.

—¡Mocoso insolente! —gritó, mientras todo el mundo se interponía y alguien arrastraba de un brazo al chico hacia su mesa. También la hermana se había levantado, corriendo hacia el lugar del incidente. Y luego, ya en su mesa, Sabato advirtió que le hablaba a su hermano en voz baja pero severamente. Entonces, con aquella brusquedad que lo caracterizaba, el muchacho se levantó y salió del café corriendo. Sabato quedó deprimido y avergonzado. Todo el mundo lo observaba y algunas mujeres cuchicheaban por ahí. Pagó y se fue sin mirar a los costados.

Comenzó a caminar por la Recoleta, tratando de serenarse. Sentía una rabia infinita, pero lo curioso es que no se trataba tanto de una rabia contra aquel chico sino contra sí mismo y contra la realidad toda. ¡La «realidad»! ¿Qué realidad? ¿Cuál de las muchas que hay? Quizá la peor, la más superficialmente humana: la de las boutiques y las revistas populares. Sintió asco contra él mismo, pero también indignación por aquella espectacular y fácil actitud del muchacho: el asco contra su propia persona parecía llegar hasta el mismo chico, entrar en él, ensuciarlo de alguna manera que en ese momento no alcanzaba a comprender, para luego rebotar y golpearlo nuevamente a él, en plena cara, violenta y humillantemente.

Se sentó en el banco circular que rodea las raíces del gran gomero.

El parque iba apagándose con la sombra del atardecer. Cerró los ojos y comenzaba a meditar sobre su vida entera cuando sintió una voz de mujer que lo llamaba con timidez. Al abrir los ojos la vio delante, en actitud vacilante y quizá culpable. Se levantó.

La chica lo miró unos instantes con aquella expresión de retrato de Van Gogh y por fin se animó a decirle:

—La actitud de Nacho no expresa toda la verdad.

Sabato se quedó mirándola y luego comentó con sorna:

—Caramba, menos mal.

Ella apretó la boca y por un segundo intuyó que su frase había sido desafortunada. Trató de atenuarla:

—Bueno, realmente, no quise decir tampoco eso. Ya ve, todos nos equivocamos, decimos palabras que no nos representan con exactitud... Quiero decir...

S. se sintió muy torpe, sobre todo porque ella seguía mirándolo con aquella expresión inescrutable. Se produjo una situación un poco ridícula, hasta que ella dijo:

—Bien, lamento mucho... yo... Nacho... ¡Adiós!

Y se fue.

Pero de pronto se detuvo, vaciló y finalmente volvió para agregar:

—Señor Sabato —su voz era trémula—, quiero decir... mi hermano y yo... sus personajes... digo, Castel, Alejandra...

Se detuvo y se quedaron mirándose un momento. Luego ella agregó, de modo siempre vacilante:

—No vaya a sacar una idea equivocada... Esos personajes absolutos... usted comprende... usted... esos reportajes... esa clase de revistas...

Se calló.

Y casi sin transición, como con seguridad habría hecho también su hermano, gritó «¡Es horrible!» y salió casi corriendo. Sabato quedó paralizado por su actitud, por sus palabras, por su sombría y áspera belleza. Luego, mecánicamente, empezó a caminar por el parque, tomando el sendero que bordea el paredón del Asilo.

EN EL CREPÚSCULO

—pensaba Bruno—, las estatuas lo contemplaban desde allá arriba con su intolerable melancolía, y con seguridad empezaba a dominarlo el mismo sentimiento de desamparo y de incomprensión que alguna vez había sentido Castel caminando por ese mismo sendero. Y, sin embargo, esos muchachos, que comprendían ese desamparo en aquel desdichado, no eran capaces de sospecharlo en él mismo; no terminaban de comprender que aquella soledad y aquel sentido del absoluto de alguna manera seguían refugiados en algún rincón de su propio ser, ocultándose o luchando contra otros seres, horribles o canallescos, que allí también vivían, pugnando por hacerse lugar, demandando piedad o comprensión, cualquiera hubiese sido su suerte en las novelas, mientras el corazón de S. seguía aguantando en esta turbia y superficial existencia que los torpes llaman «la realidad».

QUERIDO Y REMOTO MUCHACHO:

me pedís consejos, pero no te los puedo dar en una simple carta, ni siquiera con las ideas de mis ensayos, que no corresponden tanto a lo que verdaderamente soy sino a lo que *querría* ser, si no estuviera encarnado en esa carroña podrida o a punto de podrirse que es mi cuerpo. No te puedo ayudar con esas solas ideas, bamboleantes en el tumulto de mis ficciones como esas boyas ancladas en la costa sacudidas por la furia de la tempestad. Más bien podría ayudarte (y quizá lo he hecho) con esa mezcla de ideas con fantasmas vociferantes o silenciosos que salieron de mi interior en las novelas, que se odian o se aman, se apoyan o se destruyen, apoyándome y destruyéndome a mí mismo.

No rehúyo darte la mano que desde tan lejos me pedís. Pero lo que puedo decirte en una carta vale muy poco, a veces menos que lo que podría animarte con una mirada, con un café que tomáramos juntos, con alguna caminata en este laberinto de Buenos Aires.

Te desanimás porque no sé quién te dijo no sé qué. Pero ese amigo o conocido (¡qué palabra más falaz!) está demasiado cerca para juzgarte, se siente inclinado a pensar que porque comés como él es tu igual; o, ya que te niega, de alguna manera es superior a vos. Es una tentación comprensible: si uno come con un hombre que escaló el Himalaya, observando con suficiencia la forma en que toma el cuchillo, uno incurre en la tentación de considerarse su igual o superior, olvidando (tratando de olvidar) que lo que está en juego para ese juicio es el Himalaya, no la comida.

Tendrás infinidad de veces que perdonar ese género de insolencia.

La verdadera justicia sólo la recibirás de seres excepcionales, dotados de modestia y sensibilidad, de lucidez y generosa comprensión. Cuando aquel resentido de Sainte-Beuve afirmó que jamás ese payaso de Stendhal podría hacer una obra maestra, Balzac dijo lo contrario; pero es natural: Balzac había escrito la *Comedia humana* y ese caballero una novelita cuyo nombre no recuerdo. De Brahms se rieron gentes semejantes a Sainte-Beuve. Mientras que Schumann, el maravilloso Schumann, el desdichadísimo

Schumann, afirmó que había surgido un músico del siglo. Es que para admirar se necesita grandeza, aunque parezca paradójico. Y por eso tan pocas veces el creador es reconocido por sus contemporáneos: lo hace casi siempre la posteridad, o al menos esa especie de posteridad contemporánea que es el extranjero, la gente que está lejos, la que no ve cómo te vestís. Si esto les pasó a Stendhal y Cervantes, ¿cómo podés desanimarte por lo que diga un simple conocido que vive al lado de tu casa? Cuando apareció el primer tomo de Proust (después que Gide tirara los manuscritos al canasto), un cierto Henri Ghéon escribió que ese autor se había «encarnizado en hacer lo que es propiamente lo contrario de una obra de arte, el inventario de sus sensaciones, el censo de sus conocimientos, en un cuadro sucesivo, jamás de conjunto, nunca entero, de la movilidad de los paisajes y las almas». Es decir, ese presuntuoso critica casi lo que es la esencia del genio proustiano. ¿En qué Banco de la Justicia Universal se pagará a Brahms el dolor que sintió, que inevitablemente hubo de sentir aquella noche en que él mismo tocaba al piano en su primer concierto para piano y orquesta, cuando lo silbaron y le arrojaron basura? No ya Brahms, detrás de una sola y modesta canción de Discépolo, cuánto dolor hay, cuánta tristeza acumulada, cuánta desolación.

Me basta con leer uno de tus cuentos para saber que un día llegarás a ser importante. Pero ¿estás dispuesto a sufrir esos horrores? Me decís que estás perdido, vacilante, que no sabés qué hacer, que yo tengo la obligación de decirte una palabra.

¡Una palabra! Tendría que callarme, lo que podrías interpretar como una atroz indiferencia, o tendría que hablarte durante días, o vivir con vos durante años, y a veces hablar y a veces callar o caminar juntos por ahí sin decirnos nada, como cuando se muere alguien que queremos mucho y cuando comprendemos que las palabras son irrisorias o torpemente ineficaces. Sólo el arte de los otros artistas te salva en esos momentos, te consuela, te ayuda. Sólo te es útil (¡qué espanto!) el padecimiento de los seres grandes que te han precedido en ese calvario.

Es entonces cuando además del talento o del genio necesitarás de otros atributos espirituales: el coraje para decir tu verdad, la tenacidad para seguir adelante, una curiosa mezcla de fe en lo que tenés que decir y de reiterado descreimiento en tus fuerzas, una combinación de modestia ante los gigantes y de arrogancia ante los imbéciles, una necesidad de afecto y una valentía para estar solo, para rehuir la tentación pero también el peligro de los grupitos, de las galerías de espejos. En esos instantes te ayudará el recuerdo de los que escribieron solos: en un barco, como Melville; en una selva, como Hemingway; en un pueblito, como Faulkner. Si estás dispuesto a sufrir, a desgarrarte, a soportar la mezquindad y la malevolencia, la incomprensión y la estupidez, el resentimiento y la infinita soledad, entonces sí, querido B., estás preparado para dar tu testimonio. Pero, para colmo, nadie te podrá garantizar lo porvenir, porvenir que en cualquier caso es triste: si fracasás, porque el fracaso es siempre penoso y, en el artista, trágico; si triunfás, porque el triunfo es una especie de vulgaridad, una suma de malentendidos, un manoseo; convirtiéndote en esa asquerosidad que se llama un hombre público, y con derecho (¿con derecho?) un chico, como vos mismo eras al comienzo, te podrá escupir. Y también deberás aguantar esa injusticia, agachar el lomo y seguir produciendo tu obra, como quien levanta una estatua en un chiquero. Leé a Pavese: «Haberte vaciado por entero de vos mismo, porque no sólo has descargado lo que sabés de vos sino también lo que sospechás y suponés, así como tus estremecimientos, tus fantasmas, tu vida inconsciente. Y haberlo hecho con sostenida fatiga y tensión, con cautela y temblor, con descubrimientos y fracasos. Haberlo hecho de modo que toda la vida se concentrara en este punto, y advertir que es como si no lo acoge y da calor un signo humano, una palabra, una presencia. Y morir de frío, hablar en el desierto, estar solo día y noche como un muerto.»

Pero sí, oirás de pronto esa palabra —como ahora, donde esté Pavese oye la nuestra—, sentirás la anhelada presencia, el esperado signo de un ser que desde otra isla oye tus gritos, alguien que entenderá tus gestos, que será capaz de descifrar tu clave. Y entonces tendrás fuerzas para seguir adelante, por un momento no sentirás el gruñido de los cerdos. Aunque sea por un fugitivo instante, sentirás la eternidad.

No sé cuándo, en qué momento de desilusión Brahms hizo sonar esas melancólicas trompas que oímos en el primer movimiento de su primera sinfonía. Quizá no tuvo fe en las respuestas, porque tardó trece años (¡trece años!) para volver sobre esa obra. Habría perdido la esperanza, habría sido escupido por alguien, habría oído risas a sus espaldas, habría creído advertir equívocas miradas. Pero aquel llamado de las trompas atravesó los tiempos y de pronto, vos o yo, abatidos por la pesadumbre, las oímos y comprendemos que, por deber hacia aquel desdichado tenemos que responder con algún signo que le indique que lo comprendimos.

Estoy mal, ahora. Mañana, o dentro de un tiempo seguiré.

por tener, en alguna forma y medida, algo en común con ellos. Todavía lo estaba viendo al Coco, no hacía demasiado tiempo, hablando de los «negritos» y poniendo aquel gesto irónico de menosprecio cuando él les decía que esos negritos habían dejado sus huesos a lo largo y a lo ancho de la América Latina, luchando en aquellos pequeños ejércitos de liberación, que iban a miles de leguas a combatir, en territorios desolados, por objetivos tan ideales como la libertad y la dignidad. Y ahora convertido en furioso peronista de salón. ¿Qué tenía que hacer cerca de ellos? Sí, claro, estaba allí con otros fines. Pero de cualquier manera estaba allí porque los conocía, porque en cierta medida había tenido siempre contacto con ellos. Pero, en fin, quién podía jactarse de ser superior a los demás. Alguien había dicho que en cada criatura está el germen de la humanidad entera; todos los dioses y demonios que los pueblos imaginaron, temieron y adoraron se hallan en cada uno de nosotros, y, si quedara un solo niño en una catástrofe planetaria, ese niño volvería a procrear la misma raza de divinidades luminosas y perversas.

Caminaba hacia la estación en el silencio de la noche y luego se recostó sobre el pasto, en la cercanía de grandes y solemnes eucaliptos, mirando hacia un cielo de tinta azulnegra. Las novae de su época del observatorio le volvieron a la mente, esas inexplicables explosiones siderales. Tenía su idea, la idea de un astrofísico enloquecido por las herejías:

Hay millones de planetas en millones de galaxias, y muchos repetían sus amebas y megaterios, sus hombres de Neanderthal, y luego sus Galileos. Un día encontraban el radium, otro lograban partir el átomo de uranium y no podían controlar la fisión o no resultaban capaces de impedir la lucha atómica, hasta que el planeta estalla en un infierno cósmico: la Nova, la nueva estrella. A lo largo de los siglos, esas explosiones van señalando el final de sucesivas civilizaciones de plásticos y computadoras. Y en el apacible cielo estrellado de esa misma noche le estaba llegando el mensaje de alguno de esos colosales cataclismos, producido allá cuando en la Tierra aún pastaban los dinosaurios en las praderas mesozoicas.

Recordó la patética imagen de Molinelli, intermediario risible entre los hombres y las deidades que presiden el Apocalipsis. Aquellas palabras de 1938, mientras le apuntaba con su lapicito mordido: Uranio y Plutón eran los mensajeros de los Nuevos Tiempos, actuarían como volcanes en erupción, señalarían el límite entre las dos Eras.

Sin embargo, ese cielo estrellado parecía ajeno a cualquier interpretación catastrófica: emanaba serenidad, armoniosa e inaudible música. El topos uranos, el hermoso refugio. Detrás de los hombres que nacían y morían, muchas veces en la hoguera o en la tortura, de los imperios que arrogantemente se levantaban e inevitablemente se derrumbaban, aquel cielo parecía constituir la imagen menos imperfecta del otro universo: el incorruptible y eterno, la suma perfección que sólo era dable escalar con los transparentes pero rígidos teoremas.

También él había intentado ese ascenso. Cada vez que había sentido el dolor, porque esa torre era invulnerable; cada vez que la basura ya era insoportable, porque esa torre era límpida; cada vez que la fugacidad del tiempo lo atormentaba, porque en aquel recinto reinaba la eternidad.

Encerrarse en la torre.

Pero el remoto rumor de los hombres había terminado siempre por alcanzarlo, se colaba por los intersticios y subía desde su propio interior. Porque el mundo no sólo estaba fuera sino en lo más recóndito de su corazón, en sus vísceras e intestinos, en sus excrementos. Y tarde o temprano aquel universo incorruptible concluía pareciéndole un triste simulacro, porque el mundo que para nosotros cuenta es éste de aquí: el único que nos hiere con el dolor y la desdicha, pero también el único que nos da la plenitud de la existencia, esta sangre, este fuego, este amor, esta espera de la muerte; el único que nos ofrece un jardín en el crepúsculo, el roce de la mano que amamos, una mirada destinada a la podredumbre pero nuestra: caliente y cercana, carnal.

Sí, tal vez existiera ese universo invulnerable a los destructivos poderes del tiempo; pero era un helado museo de formas petrificadas, aunque fuesen perfectas, formas regidas y quizá concebidas por el espíritu puro. Pero los seres humanos son ajenos al espíritu puro, porque lo propio de esta desventurada raza es el alma, esa región desgarrada entre la carne corruptible y el espíritu puro, esa región intermedia en que sucede lo más grave de la existencia: el amor y el odio, el mito y la ficción, la esperanza y el sueño. Ambigua y angustiada, el alma sufre (¡cómo podría no sufrir!), dominada por las pasiones del cuerpo mortal y aspirando a la eternidad del espíritu, vacilando perpetuamente entre la podredumbre y la inmortalidad, entre lo diabólico y lo divino. Angustia y ambigüedad de la que en momentos de horror y de éxtasis crea su poesía, que surge de ese confuso territorio y como consecuencia de esa misma confusión: un Dios no escribe novelas.

hasta que se encontró frente al Boston. ¿Cómo había llegado hasta allí? En otro tiempo frecuentaba ese café, cuando iba a conversar con los chicos de la universidad. Pero, ¿ahora?

Pidió una ginebra y, como en otras ocasiones angustiosas, concentró su atención en las manchas de las viejas paredes. A medida que las escrutaba comenzó a entrever una caverna en que creía distinguir tres seres que le resultaban familiares. Sus actitudes, la especie de hipogeo en que se desarrollaba la ceremonia, todo parecía configurar un grave ritual que a él le parecía haber vivido en alguna existencia anterior.

Su vista fue cansándose por el empecinamiento en descubrir detalles, en particular los del mistagogo que lo dirigía. Cerró los ojos, reposó un poco, aunque su ansiedad iba en aumento, y luego, con la convicción de que aquello estaba vinculado a su existencia, volvió al escrutinio de sus rasgos. Hasta que los detalles fueron integrando un rostro conocido y perverso, el de alguien que infructuosamente, durante años y años, se había esforzado en apartar de su vida: ¡el rostro de R.!

Apenas encontrada la clave de aquel código secreto, el resto se le reveló instantáneamente. Cerrando de nuevo los ojos, pero esta vez apretándolos como para negarse al recuerdo, resurgió el lujurioso espanto de aquella noche de 1927.

Pero eso no fue lo más sorprendente, y quizá lo habría atribuido luego a esa tendencia que se tiene a encontrar en las manchas lo que obsesiona. Lo inverosímil fue la entrada de R. en el café en ese exacto momento, como si hubiese estado espiándolo y esperando el instante en que terminara de descifrar el hierograma. No lo veía desde 1938.

Se sentó cerca, pidió ginebra, la tomó, pagó y se fue sin hacer el menor intento de hablarle.

Se sentó anonadado. Lo había seguido, era claro. Pero, en ese caso, ¿por qué no se acercó a hostigarlo como en el tiempo del Laboratorio Curie? Reflexionó que aquel hombre manejaba innumerables técnicas de acoso, y que su presencia silenciosa y significativa era una de las formas que tenía para sus advertencias. ¿Pero en este caso qué?

Caviló con vertiginosa lentitud sobre el horror de aquella caverna, hasta que comprendió o creyó comprender que debía volver a los subsuelos de la calle Arcos.

Cuando de nuevo vio la vieja casa, rodeada por los modernos edificios en torre, tuvo la sensación de contemplar una momia en un bazar de artefactos cromados.

Un cartel colocado a lo largo de la verja anunciaba la subasta judicial. Mirando aquellos despojos mugrientos y leprosos, y conociendo como conocía a R., pensó que no había irrumpido nuevamente en su camino sólo para invitarlo a echar una última mirada a un álbum familiar que va a ser quemado por personas indiferentes: sintió que estaba en juego algo infinitamente más profundo. Y más temible.

Echó una mirada a la puerta. Estaba cerrada con cadena y candado, aunque tan herrumbrosos como la antigua verja. Era casi seguro que nadie la había abierto durante todos esos años de pleitos y sucesiones. ¿Para qué? Más probable era que don Amancio jamás hubiese querido verla, ni siquiera desde la calle.

Se llegó hasta la puerta cochera, hermosa artesanía de fierro que habría sido robada por esa combinación de ladrones y anticuarios que abundan en Buenos Aires. Y ahora la reemplazaba un par de burdas hojas de chapa. Oxidadas, abolladas, con leyendas que decían VIVA PERÓN, las hojas estaban precariamente unidas por un grueso alambre, a través de dos agujeros improvisados.

Buscó una ferretería por la calle Juramento, compró una pinza de corte lateral y una linterna y luego caminó a la espera de la noche. Por Juramento llegó hasta Cuba y entró en la plaza de Belgrano, donde permaneció sentado en un banco, fascinado por la iglesia que iba penetrando más en regiones ocultas de su espíritu a medida que el crepúsculo avanzaba. Empezó a no ver ni oír nada del tumulto que a esa hora reina en esa parte de la ciudad, sintiéndose cada vez más solo. Era un aciago crepúsculo, presidido por deidades ocultas y malignas, recorrido por murciélagos que iniciaban su existencia nocturna, aves de las tinieblas cuyo canto es el chirrido de ratas aladas, mensajeros de las deidades tenebrosas, gelatinosos heraldos del horror y de las pesadillas, secuaces de esa teocracia de las cavernas, de esos soberanos de ratas y comadrejas.

Se abandonaba con voluptuosidad a sus visiones, le pareció asistir a la teofanía del máximo monarca de las tinieblas, rodeado de su corte de basiliscos, cucarachas, hurones y batracios, lagartos y comadrejas.

Hasta que despertó al tumulto cotidiano, a las luces de neón y al estrépito de los automóviles. Pensó que era ya lo suficientemente oscuro para que en la arboleda de la calle Arcos nadie advirtiera sus actos. Sin embargo, multiplicó sus precauciones, esperó que algún transeúnte se alejara, vigiló la entrada de las grandes casas de departamentos e iba a proceder al corte de los alambres cuando le pareció que de una de aquellas casas, como si hubiese estado oculto hasta ese momento, se alejase rápidamente una corpulenta figura que conocía demasiado bien.

Quedó paralizado por el miedo.

Si aquella sombra fugitiva era efectivamente la del doctor Schneider, ¿qué vínculo existía entre él y R.? Más de una vez había pensado que R. trataba de forzarlo a entrar en el universo de las tinieblas, a investigarlo, como en otro tiempo con Vidal Olmos; y que Schneider trataba de impedirlo, o, en caso de permitirlo, de modo que resultase el castigo largamente preparado.

Luego de un tiempo se calmó y reflexionó que estaba demasiado excitado y que aquella silueta no tenía por qué ser la del doctor Schneider, que, por lo demás, no podía tener ningún interés en mostrarse ante él en caso de haberlo vigilado desde la oscuridad, como en tantas otras ocasiones.

Cortó el alambre y entró, cuidando de volver la hoja del portón a su lugar.

En la noche de verano, entre nubarrones, la luna iluminaba de cuando en cuando aquel fúnebre escenario. Con creciente exaltación, avanzó por el parque, devorado por un monstruoso cáncer: entre las palmeras y magnolias, entre los jazmines y los cactos, enredaderas desconocidas habían realizado extrañas alianzas, mientras grandes yuyos vivían como mendigos entre los escombros de un templo cuyo culto jamás conocieron.

Contemplaba la ruina de aquella mansión, con sus frisos caídos, las persianas podridas o desquiciadas, los vidrios rotos.

Se acercó a la casita de la servidumbre. No tenía fuerzas, al menos por el momento, para volver sus ojos hacia aquella ventana de la casa grande. Así que se sentó en el suelo volviéndole las espaldas, para mirar los despojos, entre meditativo y horrorizado, porque sabía que al concluir al amarillento álbum tendría que enfrentarse con el horror. Y tal vez porque tenía esa certeza se demoraba en el recuerdo de Florencio y Juan Bautista, ambos prefigurando a Marcelo: con la misma piel mate, el pelo negro y aquellos grandes ojos oscuros y húmedos; prontos, en cuando les creciera la barba, para asistir al entierro del Conde de Orgaz. Florencio, distraído, pensando en otra cosa, en algún apacible paisaje de otro sitio (de otro continente, de otro planeta), un «poco ido», como con precisa intuición decía la gente de campo de aquel tiempo. Expresión que contrastaba, a pesar de la casi identidad de los rasgos físicos, con la realista y sensata expresión de su hermano menor. Y entonces reflexionaba de nuevo que Marcelo había heredado el aire y el carácter no de su padre Juan Bautista sino de su tío Florencio, como si alguien en la familia recibiese la tarea de mantener una inútil pero hermosa tradición.

Observaba el eucalipto al que Nicolás se había trepado en aquel atardecer de 1927 para su reiterada imitación del mono. Y recordó cómo súbitamente dejó de chillar y todos se callaron y él había sentido el aviso sobre la nuca. Dándose vuelta con temerosa lentitud, levantando la cabeza, sabiendo el lugar exacto de donde provenía el llamado, vio entonces en la ventana, allá arriba, a la derecha, la estática imagen de Soledad.

Resultaba arduo establecer por la poca luz hacia dónde dirigía ella su mirada paralizante. Pero él lo sabía.

Luego desapareció y poco a poco reanudaron la actividad anterior, aunque no ya con la euforia despreocupada de un minuto antes.

Jamás relató a nadie los hechos vinculados con Soledad, si exceptuaba a Bruno. Aunque, naturalmente, nada le dijo del monstruoso rito. Y ahora, sentado en el parque, después de casi medio siglo, sentía o presentía que se cerraría el círculo. Recordaba aquella noche, el distraído rasgueo de la guitarra por Florencio, las interminables papas fritas de Juan Bautista, y a Nicolás cantando a cada rato *La pulpera de Santa Lucía*, hasta que le gritaron «basta» y pudieron dormir. No él, claro.

A Bruno le había relatado cómo la conoció en casa de Nicolás, en aquella sala presidida por el gran retrato al óleo de Rosas. Estudiaban un teorema de trigonometría cuando sintió a sus espaldas la presencia de uno de esos seres que no necesitan hablar para comunicarse. Se había dado vuelta y por primera vez vio los mismos ojos grisverdosos, la boca apretada y la misma expresión autoritaria de su antepasado, bastarda heredera de él como seguramente era. Nicolás había enmudecido, como ante la presencia de un soberano absoluto. En un tono calladamente imperioso preguntó por algo, y Nicolás respondió con una voz que nunca antes le había oído. Después de lo cual se retiró tan sigilosamente como había llegado. Tardaron un tiempo en volver al teorema, y S. quedó con una turbia impresión, que recién en su madurez creyó poder resumir así: había aparecido para hacerle saber que existía, que estaba. Dos verbos en que vaciló infinidad de veces, hasta que se decidió a emplearlos juntos, no obstante saber que no significaban lo mismo y que hasta podían temiblemente contrastar. Pero esa caracterización la pudo hacer casi cuarenta años más tarde, cuando por primera vez le contó a Bruno, como si en aquel entonces sólo hubiese tomado una fotografía y recién después de tanto tiempo fuera capaz de interpretarla.

Esa noche del teorema soñó que avanzaba por un pasadizo subterráneo y que a su término estaba Soledad esperándolo, desnuda, fosforescente en la oscuridad.

Desde aquella noche no pudo casi concentrar la atención en nada que no fuera ese sueño. Hasta que llegó el verano y pudo por fin llegar a la casa de la calle Arcos, donde sabía que ella lo esperaba.

Y ahí estaba, ahora, temblando en la oscuridad, esperando la respiración del sueño en sus tres compañeros. Luego incorporándose con el mayor cuidado, salió con los zapatos en la mano, para colocárselos en el parque.

Con cautela, caminó hacia la puerta trasera de la casa grande, la puerta de la gran mampara que cerraba el jardín de invierno.

Tal como lo imaginó, la puerta estaba sin llave. A través de los vidrios, extrañamente coloreada por los losanges azules y carmesíes, cada vez que las nubes lo permitían, la luz de la luna iluminaba el jardín de invierno. En cuanto se acostumbró a la semioscuridad, la vio al pie de la escalinata que conducía al piso superior. La luminosidad incierta y transitoria la instalaba en su verdadero mundo. Alguna vez le había contado a Bruno que Soledad parecía la confirmación de esa antigua doctrina de la onomástica, pues su nombre correspondía con exactitud a lo que era: hermética y solitaria, parecía guardar el secreto de una de esas Sectas poderosas y sangrientas, cuya divulgación se castiga con el suplicio y la muerte. Su violencia interior estaba como mantenida bajo presión en una caldera. Pero una caldera alimentada por un fuego helado. Le aclaró, ella misma era un oximoron, no el precario lenguaje con que podía describírsela. Más que sus indispensables palabras (o sus gritos sexuales), sus silencios sugerían hechos que no correspondían a lo que habitualmente se llaman «cosas de la vida», sino a esa otra clase de verdades que rigen las pesadillas. Era un ser nocturno, un habitante de cuevas, y tenía la misma mirada paralizante y la misma sensualidad de las serpientes.

—Vamos —se limitó a ordenar.

Y dirigiéndose hacia una de las puertas laterales, entraron en una antecámara. Con una antigua lámpara de kerosén que llevaba en su mano derecha y que le confirmaba que todo estaba previsto, llegó a uno de los rincones y le indicó la tapa de un sótano.

Bajaron por escalones de ladrillos, sintiéndose poco a poco la fresca humedad de los subsuelos de tierra. Entre toda clase de trastos, se dirigió hacia un lugar en que le indicó otra tapa, que él levantó. Comenzaron así otro descenso, pero esta vez por una escalera de grandes ladrillos chatos de la época colonial, semiderruidos por más de doscientos años de humedad. Misteriosos hilillos de agua proveniente de filtraciones se deslizaban a lo largo de las paredes y hacían aquel segundo subterráneo más sobrecogedor.

La escasa luz de la lámpara no le permitía ver lo que había, pero por ese apagado eco de los pasos que sólo se oye en los recintos muy profundos y vacíos, se inclinaba a suponer que nada había fuera de la escalera misma; hasta desembocar en un estrecho pasadizo cavado en la tierra, sin siquiera la defensa de paredes de ladrillo. El túnel apenas permitía el paso de una sola persona, y ella marchaba delante con su lámpara, y a través de su túnica casi transparente, él podía ver su cuerpo moviéndose con mórbida majestad.

Más de una vez había leído en diarios y revistas acerca de los túneles secretos de Buenos Aires, construidos en los tiempos de la Colonia y descubiertos durante la construcción de subterráneos y rascacielos. Y nunca había visto que nadie diera una explicación aceptable. Particularmente recordaba el túnel de casi kilómetro y medio entre la iglesia del Socorro y la Recoleta, las catacumbas de la

Manzana de las Luces y los pasadizos que intercomunicaban esos túneles con viejas casas del siglo XVIII, todos integrantes de un laberinto cuyo objetivo nadie ha logrado desentrañar.

Llevaban ya caminando más de media hora, aunque le era difícil estimar con exactitud el lapso, porque en aquella realidad el tiempo no se le aparecía con los ritmos de la vida normal y de la luz. En cierto sentido, aquella marcha silenciosa y delirante se le ocurría eterna, siguiendo los meandros y las bifurcaciones del pasadizo. Y le asombraba la seguridad con que ella caminaba por la ruta que correspondía al lugar en cuya búsqueda iban. Mientras pensaba, con horror, que quien no conociera el exacto detalle de aquel laberinto jamás podría volver a ver las calles de Buenos Aires, perdido para siempre entre esos hurones, comadrejas y ratas que de pronto sentía (más que veía) atravesar fugitivamente delante de ellos hacia sus laberintos aún más asquerosos e impenetrables.

Hasta que por fin comprendió que llegaban al lugar, pues se veía al fondo una vaga luminosidad. El túnel fue ensanchándose y a su término se encontraron en una caverna más o menos del tamaño de un cuarto, aunque muy torpemente construido, con paredes de grandes ladrillos coloniales, y una escalera que apenas podía adivinar en uno de sus extremos. Sobre uno de los muros había un farol de los que se usaban en la época del Virrey Vértiz, que proporcionaba aquella mortecina iluminación.

En el centro había un jergón casi carcelario, colocado sobre el propio suelo, pero que daba la sensación de ser usado aún en la actualidad, y también unos burdos bancos de madera colocados contra los muros. Todo era siniestro y más bien sugería la imagen de una cárcel que de otra cosa.

Acababa Soledad de apagar su lámpara cuando S. sintió los pasos de alguien que bajaba por las escaleras. Pronto pudo ver su rostro duro y sus ojos de nictálope: ¡era R.! No lo había vuelto a ver desde que se había ido de Rojas a estudiar en La Plata, recordaba siempre el tormento del gorrión enceguecido, y ahora lo encontraba ante él, cuando imaginó (y deseó) que jamás volvería a cruzarse en su camino.

¿Qué vínculo podía haber entre R. y Soledad? ¿Por qué se encontraba aquí, como esperándolo? Súbitamente tuvo la sensación de que Soledad y él tenían algo en común, esa idéntica condición nocturna, atroz y fascinante a la vez.

—No creíste volver a verme, ¿eh? —dijo con aquella voz ronca y sarcástica que detestaba.

Estaban los tres en aquel antro formando un triángulo de pesadilla. Miró a Soledad y la encontró más hermética que nunca, con una majestad que no correspondía a su edad, hierática. Si no fuese por su pecho, cada vez más agitado, podía creerse que era una estatua: una estatua que secretamente se estremecía. Debajo de su túnica S. entreveía su cuerpo de mujer serpiente.

Oyó de nuevo la voz de R. que le decía, señalando con un gesto de su cabeza hacia arriba:

—Estamos bajo la cripta de la iglesia de Belgrano. ¿La conocés? Esa iglesia redonda. La iglesia de la Inmaculada Concepción —agregó con tono irónico.

Después, con voz que a S. le pareció distinta, casi de temor (lo que en él era inverosímil), dijo:

—Te diré que también éste es uno de los nudos del universo de los Ciegos.

Al cabo de un silencio, añadió:

—Éste será el centro de tu realidad, desde ahora en

adelante. Todo lo que hagas o deshagas te volverá a conducir hasta aquí. Y cuando no vuelvas por tu propia voluntad, nosotros nos encargaremos de recordarte tu deber.

Entonces se calló y Soledad se quitó la túnica, con movimientos lentos y rituales. A medida que levantaba su vestidura, con los brazos cruzados y en alto, fue surgiendo su cuerpo de anchas caderas, su cintura estrecha, su ombligo y luego, finalmente, sus pechos, que oscilaban con los movimientos.

Una vez desnuda se arrodilló sobre el camastro en dirección a S., lentamente echó su cuerpo hacia atrás, mientras abría sus piernas y las estiraba hacia adelante.

S. sintió que allí estaba en ese momento el centro del Universo.

R. tomó el farol de la pared, que despedía un fuerte olor a aceite quemado y mucho humo, recorriendo la cueva se puso al lado de S., y le ordenó:

—Ahora mirá lo que tenés que ver.

Acercando el farol al cuerpo de Soledad, iluminó su bajovientre, hasta ese momento oscurecido. Con horrenda fascinación, S. vio que en lugar del sexo Soledad tenía un enorme ojo grisverdoso, que lo observaba con sombría expectativa, con dura ansiedad.

—Y ahora —dijo R.— tendrás que hacer lo que es necesario que hagas.

Una fuerza extraña empezó desde ese instante a gobernarlo y sin dejar de mirar y ser mirado por el gran ojo vertical, se fue desnudando, y luego lo hizo arrodillar ante Soledad, entre sus piernas abiertas. Así permaneció unos instantes mirando con pavor y sadismo al sombrío ojo sexual.

Entonces ella se incorporó, con salvaje fulgor, su gran

boca se abrió como la de una fiera devoradora, sus brazos y piernas lo rodearon y apretaron como poderosos garfios de carne y poco a poco, como una inexorable tenaza lo obligó a enfrentarse con aquel gran ojo que él sentía allá abajo cediendo con su frágil elasticidad hasta reventarse. Y mientras sentía que aquel frígido líquido se derramaba, él comenzaba su entrada en otra caverna, aún más misteriosa que la que presenciaba el sangriento rito, la monstruosa ceguera.

Ahora, después de cuarenta y cinco años, estaba de vuelta en la vieja casa de la calle Arcos. «Cuando no lo hagás por tu propia voluntad, nosotros nos encargaremos de recordarte tu deber.» Se lo había advertido en aquella noche de 1927 y se lo había recordado en 1938, en París, cuando él creyó que podía refugiarse en el luminoso universo de la ciencia. Y ahora se lo acababa de reiterar, en silencio, cuando... ¿Cuando qué?

No lo sabía y acaso jamás llegase a desentrañarlo. Pero sí comprendía que R. lo había buscado en el Boston para formularle la advertencia. Y así se encontraba en medio de los desechos del antiguo parque.

Hasta ese momento no había tenido fuerzas para mirar hacia la mampara del jardín de invierno. Todo en apariencia se repetía: la noche de verano, el calor, la luna entre parecidos nubarrones de tormenta. Pero se interponían el infortunio y las tempestades, el ostracismo y la desilusión, el mar y los combates, el amor y las arenas del desierto. ¿Qué era, pues, lo que este retorno tenía realmente de retorno?

Vaya a saber si por su estado de ánimo, por el enigma que siempre había rodeado a María de la Soledad, por algo que de verdad existía, la luz lunar tenía una aciaga y tortuosa consistencia. Comenzó a parecerle que no estaba en el parque de una vieja pero conocida casa de Belgrano sino en el territorio de un planeta abandonado, emigrados los hombres hacia otras regiones del universo, huyendo de una maldición. Huyendo de un planeta en el que no había ni habría nunca más jornadas de sol, para siempre librado a la lívida luz de la luna. Pero de una luna que en virtud de su permanencia definitiva adquiría un poder sobrenatural, a la vez dotado de infinita melancolía y de violenta, sádica pero funeraria sexualidad.

Comprendió que ya era hora.

Se incorporó y caminó hacia la mampara de vidrios rotos, derruida por el tiempo y la incuria. Abrió con esfuerzo la puerta oxidada y empezó la marcha hacia los subsuelos, rehaciendo con su linterna el camino de otro tiempo.

Sabía que al término de aquel laberinto algo estaba esperándolo. Pero no sabía qué.

El ascenso

fue infinitamente más dificultoso que el descenso, porque el sendero era resbaladizo y de pronto sentía pavor de deslizarse hacia aquel abismo cenagoso que adivinaba. Apenas podía mantenerse en pie, se dejaba conducir por el instinto y a favor de la escasa luminosidad que se filtraba desde alguna grieta en las alturas. Así fue ascendiendo poco a poco, con cautela pero con esperanza, esperanza que aumentaba a medida que la luminosidad era mayor. Sin embargo, pensó (y ese pensamiento lo angustiaba), la luz no era la que puede provenir de una jornada de sol sino más de un cielo iluminado por uno de esos soles de medianoche que alumbran glacialmente las regiones polares; y aunque esta idea no tenía fundamento razonable, se fue afirmando en su mente hasta el punto de convertirse en lo que podría llamarse una esperanza descorazonadora: la misma clase de sentimiento que puede formarse en el ánimo de quien vuelve a su patria después de errar muchísimo tiempo por horrendos parajes, y sospecha, con creciente angustia, que la patria a la que vuelve puede haber sido devastada en su ausencia por alguna sombría calamidad, por invisibles y crueles demonios.

Se agitaba mucho en la difícil subida, aunque la agitación podía provenir también de esa sospecha que le apretaba el corazón. Se detenía pero no se sentaba; no sólo porque el sendero era barroso sino por el temor que le infundían las gigantescas ratas que sentía pasar entre sus piernas y que por momentos alcanzaba a entrever en aquella penumbra: asquerosas, de ojitos malignos, rechinantes y feroces. Cuando sintió que se acercaba al final, su certeza de la calamidad que lo esperaba fue confirmándose, pues, en lugar de percibirse cada vez más el característico rumor de Buenos Aires, parecía como que se acentuase el silencio. Por fin sus ojos vislumbraron lo que parecía ser la entrada al sótano de una casa. Lo era. A través de un boquete que se abría en una pared de ladrillos semipodridos por la humedad y el tiempo, entró en aquel sótano donde al comienzo sólo alcanzó a entrever montones de objetos indefinidos, mezclados con la gredosa tierra que las lluvias habían ido depositando, junto a cascotes, maderas corrompidas y yuyos que se elevaban buscando anhelosamente la luz de las rendijas superiores.

Se introdujo por entre aquellos esponjosos montones para buscar la salida que seguramente lo llevaría hacia la planta baja del edificio, cualquiera que fuese ese edificio. El techo era de mampostería, y quizá por eso no se había venido abajo. Pero mostraba una gran grieta por la que entraba la luz que iluminaba, aunque muy pobremente, aquel subterráneo; luz que le hizo reflexionar, sin embargo, en la posibilidad de que arriba no hubiese el edificio que primero había supuesto sino algún baldío con restos de la primitiva construcción. La grieta no pertenecía a la parte de mampostería sino, ahora podía comprobarlo, a una antigua puerta de madera, blandamente astillada por la putrefacción. Calculó que esa puerta debía de conducir a una escalera que aún no alcanzaba a divisar, tal era el amontonamiento de basura. Trató de encaramarse por encima de uno de aquellos montones, pero, al desmoronarse debajo de sus pies algo que no era sólido sino esponjoso y fofo, salió una manada de enormes ratas, algunas de las cuales, en su histeria, se le vinieron encima, y corriendo por las piernas y por su cuerpo llegaron hasta su cara. A manotones, con indecible repugnancia y desesperación, trató de rechazarlas y arrancarlas de su cuerpo. Pero no pudiendo impedir que una alcanzase su cara: en medio de chillidos, sintió su asquerosa piel contra la mejilla, y por un segundo sus ojos se enfrentaron con los rojizos, perversos y centelleantes ojitos de aquella bazofia viviente y rabiosa. No pudo contenerse y de su garganta salió un grito estridente que fue apagado por un vómito, como si gritara medio ahogado en un pantano de repugnantes aguas podridas. Porque el vómito no era de comida (no recordaba haber comido en larguísimo tiempo) sino un viscoso líquido que le quedó chorreando lentamente como una nauseabunda baba espesa.

Retrocedió por instinto y se encontró de nuevo más abajo, en el irregular boquete por el que había entrado al sótano, o lo que en un tiempo remoto lo había sido. Las ratas huyeron en todas direcciones y por unos instantes tuvo algo de descanso, que aprovechó para pasarse la manga de su camisa por la boca, limpiándose los restos de la inmundicia. Permaneció paralizado por el pavor y por el asco. Sentía que desde todos los rincones de aquel antro, decenas y quizá centenas de ratas lo vigilaban con sus ojitos milenarios. Un gran desaliento volvió a apoderarse de su ánimo, pero tuvo la sensación de que no le sería posible traspasar aquella muralla de basura viviente. Pero más temible se le aparecía aún la perspectiva de permanecer en ese lugar, donde tarde o temprano sería vencido por el sueño, para derrumbarse en el cieno a merced de las ratas acechantes. Esa perspectiva le dio fuerzas para acometer el ascenso final. Y la convicción de que aquella barrera de inmundicia y de ratas era lo último que lo separaba de la luz. Como loco, apretó su boca y se lanzó hacia la salida, escaló vertiginosamente cúmulos de desperdicios, pisó ratas chillantes, braceó sin descanso para evitar que lo atacaran o que se treparan por su cuerpo como antes y así pudo llegar hasta la puerta de madera podrida, que cedió a sus desesperados puntapiés.

Un gran silencio reinaba en la ciudad

Sabato caminaba entre las gentes, pero no lo advertían, como si fuera un ser viviente entre fantasmas. Se desesperó y comenzó a gritar. Pero todos proseguían su camino, en silencio, indiferentes, sin mostrar el menor signo de haberlo visto ni oído.

Entonces tomó el tren para Santos Lugares.

Al llegar a la estación, bajó, caminó hacia la calle Bonifacini, sin que nadie lo mirase ni saludase. Entró en su casa y se produjo una sola señal de su presencia: Lolita mudamente ladró con los pelos erizados. Gladys la hizo callar, irritada: estás loca, pareció gritarle, no ves que no hay nadie. Entró a su estudio. Delante de su mesa de trabajo estaba Sabato sentado, como meditando en algún infortunio, con la cabeza agobiada sobre las dos manos.

Caminó hacia él, hasta ponerse delante, y pudo advertir que sus ojos estaban mirando al vacío, absortos y tristísimos.

—Soy yo —le explicó.

Pero permaneció inmutable, con la cabeza entre las manos. Casi grotescamente, se rectificó:

—Soy vos.

Pero tampoco se produjo ningún indicio de que el otro lo oyera o lo viese. Ni el más leve rumor salió de sus labios, no se produjo en su cuerpo ni en sus manos el más ligero movimiento.

Los dos estaban solos, separados del mundo. Y, para colmo, separados entre ellos mismos.

De pronto observó que de los ojos del Sabato sentado habían comenzado a caer algunas lágrimas. Con estupor sintió entonces que también por sus mejillas corrían los característicos hilillos fríos de las lágrimas.

EL DESCONOCIDO DE VINCI

1979

Ambigüedad de Leonardo

Pocas palabras tan falaces como el verbo conocer, cuando a los seres humanos se refiere. Pululan los conocidos en la vida cotidiana, pero hasta el más transparente en ellos puede asombrarnos y hasta aterrarnos con los abismos y monstruos de sus sueños. ¿Qué podríamos esperar de un genio, qué infinitamente lo sobrepasa en sus virtudes y defectos?

Leonardo era apuesto, vestía con refinados terciopelos, le gustaba conversar en las reuniones —«fu nel parlare eloquentissimo»—, esgrimía de modo eximio el florete y, al menos en su juventud extravagante, era presuntuoso y se complacía en asombrar a la corte con sus espectáculos.

Éste es el Leonardo visible.

El otro, el críptico, fue un gran desconocido, y debemos inferirlo de la elusiva melancolía de sus cuadros, de las equívocas y levemente demoníacas sonrisas de sus mujeres y santos, del profundo desprecio que emana de algunas anotaciones de su Diario sobre los hombres y las reuniones mundanas. Quizá más de una vez debe de haber sentido lo mismo que una noche experimentó Kierkegaard al volver de una fiesta en que había brillado por su ingenio: el impulso de suicidarse.

¿Cuál sería su rostro en la soledad? Podemos sospechar que tendría algo de horrendo y hasta de trágico. Porque siempre llevamos una máscara, una máscara que es distinta para cada uno de los papeles que se nos tiene asignados en la vida: el del honorable padre o el de sigiloso amante, el del rígido profesor o el del sobornable canalla. ¿Pero qué expresión ofrecemos cuando por fin en la soledad nos quitamos la última que llevamos? ¿Cuando nadie, absolutamente nadie, nos escruta, nos exige, nos intima o nos ataca?

Ya al penetrar en el taller que tenía por el tiempo en que trabajaba para Ludovico el Moro, dos paneles nos advertían contra la trivialidad de aquellas interpretaciones cortesanas: el de la izquierda, un dragón; en el de la derecha, una flagelación de Cristo. Pero aún después de entrar, viéndolo trabajar, comenzaba la más intrincada dualidad: como científico, se servía de la luminosa razón; como artista, exploraba un universo que únicamente puede indagarse con la intuición poética, oscuro e inexplicable; un universo ya anunciado por aquellos dos símbolos de la entrada, territorio en que sus ojos de nictálope eran capaces de visiones que el común de los mortales sólo encuentra en los sueños. Allí Leonardo era atormentado por el Mal y por sus metáforas del Dragón, que en todas las leyendas el héroe debe aniquilar; y de esa Medusa, con furiosas serpientes por cabellos, que trae el significativo recuerdo de Baudelaire, otro perseguido: «Ce qu'il y a d'etrange dans la femme —prédestination— c'est qu'elle est à la fois le péché et l'Enfer.»

Es muy difícil conocer de verdad a Leonardo da Vinci, pero seguramente estamos más cerca de su desciframiento si acudimos a sus ambiguos hierogramas.

PROFANIDAD Y ANGUSTIA DEL RENACIMIENTO

Al despertar del vasto ensueño medieval, el hombre comienza a descubrir el paisaje y su propio cuerpo. La realidad tenderá desde ese momento a ser más profana, pero es ilusorio suponer que ese proceso se llevará a cabo sin graves incertidumbres y sin dramáticos desgarramientos.

La primera actitud del ser humano hacia la naturaleza es de candoroso amor, como en Francisco de Asís. Pero, como bien observa Max Scheler, el amor suscita el deseo de dominio; y aquel amor panteísta de los inicios será seguido por una dominación proveniente de una doble raíz: una nueva clase que únicamente busca el provecho material, y una ciencia positiva que investiga las leyes del mundo físico para ponerlo a su servicio; capitalismo y conocimiento científico que son el anverso y el reverso de una misma mentalidad, que llegará hasta este tiempo nuestro signado por la cantidad y la abstracción.

El fundamento del mundo medieval era la tierra, estática y conservadora. Se vivía en términos de eternidad, el tiempo era el natural de los pastores y cultivadores, el del despertar y el trabajo, el del hombre y el amor: el pulso de la eternidad. También el espacio era cualitativo, no respondía a las leyes de la física sino a los principios de la metafísica: la magnitud de una Virgen en un cuadro nada tenía que ver con las proporciones: tenía que ver con las sagradas jerarquías.

Pero el mundo que tumultuosamente ha de reemplazarlo es el de la ciudad, liberal y dinámica por esencia, regida por la cantidad y la abstracción. El tiempo es oro porque los florines se multiplican por el simple transcurso de las horas, y hay que medirlo seriamente, y los relojes mecánicos sobre los campanarios sustituyen a los bellos ciclos de la vida y de la muerte. El espacio será ahora medido por topógrafos, e irrumpe en el arte a través de los mismos artesanos que construyen obras de ingeniería.

El geómetra Piero della Francesca es uno de los que introduce la perspectiva en la pintura. Y Leonardo anota en sus cuadernos: «Dispón luego las figuras de hombres vestidos o desnudos de la manera que has propuesto, sometiendo a la perspectiva las magnitudes, para que ningún detalle de tu trabajo resulte contrario a lo que aconsejan la razón y los efectos naturales.»

El comercio con Oriente y la fantástica prosperidad de las comunas italianas favorecen la llegada de aquellos eruditos griegos que se ganaban la vida en Constantinopla, y con ellos el misticismo numerológico de Pitágoras celebra un matrimonio de conveniencia con el misticismo de los ducados, ya que la Aritmética rige por igual el mundo de los poliedros y el de los negocios.

¿Cómo no sentirse tentado de considerar a Leonardo un hombre representativo de esa mentalidad? A primera vista es el ingeniero por antonomasia: construye puentes y represas, inventa máquinas textiles, dirige la fabricación de cañones, investiga la estática y la dinámica, fabrica robots. Pero deberían ponernos en guardia contra esa primera impresión sus tétricas noches en la morgue del hospital Santa María, en que solo, a la luz de un candil, diseca cadáveres y estudia las vísceras. Sus ojos en esas siniestras sesiones no son los de un mero médico sino los de un espíritu casi infernal, que aspira a desvelar el secreto de la vida para crearla. Porque estudia la garganta e intenta fabricar un monstruo parlante; analiza la estructura del cerebro y trata de localizar el alma; examina las válvulas del corazón, ese «instrumento maravilloso del Maestro

Supremo», y trata de construir corazones mecánicos; y hace la autopsia de una mujer encinta para averiguar el origen de la vida, el último enigma. «Voglio far miracoli!»

Ya cuando era estudiante de física me subyugó el enigma de este frecuentador de salones y morgues, por parecerme que revelaba el desgarramiento del hombre que pasa de las tinieblas a la luz más deslumbrante, del mundo nocturnal de los sueños al de las ideas claras, de la metafísica a la física; y recíprocamente. Se me ocurría que como en nadie se daba así el doloroso desgarramiento que padecen los hombres (y sobre todo los genios) que, para bien y para mal, están destinados a vivir en el fin de una era y en el comienzo de otra. Con parte de su ser aún en la Edad Media, reparamos en él un no sé qué de teúrgico, un cierto sentido de los milagros infernales, y una intensa preocupación por el Bien y el Mal: mientras que en otra parte de su personalidad se advierte la primera mente científica y tecnológica de los Tiempos Modernos.

En el mundo del espíritu —dictaminó Heráclito— todo marcha constantemente hacia su contrario. Y no puede ser bien juzgado el Renacimiento sin esta enantiodromia del oscuro filósofo de Efeso. Como proceso de secularización, no sólo no puede impedir la aparición de hombres como Savonarola, sino que es la única forma de explicarla. Y cuando en el Palazzo Bargello contemplamos al San Giovannino de Donatello, comprendemos hasta qué punto puede ser errónea la idea de una lineal profanidad en aquel complejísimo momento de la historia, cuya sola designación ya es muestra de ligereza: ¿cómo podía renacer el Mundo Antiguo? Claro que reaparecían ciertas formas mentales por el hecho de retornar la ciudad; pero las ciudades del Renacimiento ya no eran aquellas de la Grecia clásica: las distinguía profunda y misteriosamente el cristianismo. La duplicidad del espíritu renacentista nos ilumina sobre esa insatisfacción (¿neurótica?) que observamos en las angustiosas esculturas de Miguel Ángel, en los terribles apóstoles de Donatello y en las equívocas figuras de Leonardo. Ya no era posible volver a la simple naturaleza con la alegre despreocupación pagana, ni a la perfección clásica que sólo puede alcanzarse con una absoluta paz interior. Es probable que Berdiaev tenga razón cuando afirma que la disociación cristiana entre la vida terrena y la divina no podrá ya ser superada en el curso de nuestra civilización.

Ocupémonos, pues, del Leonardo metafísico.

Carne y geometría

Al incorporarse sobre las dos patas traseras, un extraño animal abandona para siempre la felicidad zoológica para inaugurar la infelicidad en un miserable cuerpo destinado a la muerte. Solamente se salvarán de la catástrofe los únicos que ignoran su fin: los niños. Los únicos inmortales.

Pero todo lo que está sobre la faz de la tierra padece la inclemencia del tiempo. Hasta las arrogantes pirámides faraónicas, levantadas con la sangre de miles de esclavos, constituyen nada más que simulacros de la eternidad, derruidas como finalmente son por los huracanes del desierto y sus arenas. La ingrávida figura geométrica que es su esqueleto matemático, sin embargo, es invulnerable a esos poderes destructivos. Bajo el claro cielo de Calabria, escuchando las armonías de la más inmaterial de las artes, Pitágoras de Crotona fue el primero en intuir un universo eterno de triángulos, de pentágonos, de poliedros.

Algo así como cien años más tarde, un genio vicioso, un hombre que profundamente (y acaso dramáticamente) sufría la precariedad de su cuerpo, sueña a su vez con ese universo impecable e insta a sus discípulos a escalarlo con la geometría. Su alumno más famoso intenta explicar el acceso de los mortales a ese *topos uranos* con una metáfora: en otro tiempo, dos caballos alados arrastraron un carro conducido por el alma, acompañada por los dioses, hacia ese Lugar de las Formas Perfectas; pero cuando ya alcanzaba a vislumbrar su resplandor, o quizá por eso mismo, perdió el gobierno de sus caballos y se precipitó a tierra; desde entonces, está condenada a ver únicamente las burdas materializaciones de aquellas Formas, empujadas y maltratadas por la turbulencia de este universo temporal. Pero algo le ha quedado de aquella confraternidad con los dioses: la inteligencia; y la geometría, su logro más perfecto, silenciosamente le indica que, más allá de la furia de las tempestades, de los seres que aman y se destrozan, de los imperios que arrogantemente se levantan y míseramente se derrumban, hay otro universo eterno e invulnerable.

Algo así como mil años más tarde, otro genio (que, como todos los hombres, pero con la mayor intensidad que el genio porporciona, obtuvo las transitorias venturas del amor y la amistad y sufrió la inevitable desdicha del tiempo) también buscará con la ayuda de las matemáticas no sólo el poder sino la eternidad; y, cuando las matemáticas no bastaran, mediante el arte en que el tiempo no transcurre. Y dirá en sus momentos de melancolía: «Oh, tempo consumatore delle cose; oh, invidiosa antichità, per la quale tutte le cose sono consumate dai duri denti della vecchiezza, poco a poco, con lenta morte!» ¿Cómo no había de colocar, debajo de sus frágiles imágenes, las perdurables formas de la geometría? Contemplemos *La Virgen de las Rocas:* en la secreta gruta dolomítica, veladamente azulina y verdosa, delicadamente alejada del horrible mundo, debajo de las sutiles vestiduras y de la callada gracia de los gestos, los austeros triángulos, el esqueleto de la eternidad.

En una novela titulada *To the Lighthouse,* una pintora ansía «que todo parezca ligero y pronto a temblar al más leve soplo de viento, pero que debajo haya una estructura de hierro». Esta estética es la que practica la misma Virginia Woolf, y es también la de Leonardo. Una estética que ya es una metafísica.

Y ese despojo de lo contingente, aquella «necessità» a la que alude en sus anotaciones: el índice con que enigmáticamente señala el ángel no es un elemento superfluo o meramente decorativo; en la variación que se conserva en la National Gallery, hecha por alumnos o imitadores, ese gesto fue suprimido, y el cuadro es sigilosamente inferior.

El insoslayable yo del artista

Respetuoso de la ciencia, contemporáneo de las grandes discusiones sobre las Ideas platónicas, Leonardo pintaba efectivamente sobre triángulos, círculos y pentágonos; pero la temblorosa carne de sus ángeles y madonas se apartaba sutil pero invenciblemente de esa rigidez matemática, como de aquellos pesados aparatos que, después de sus noches de morgue, destinaba a imitar corazones y voces. El arcano de la vida y de la muerte, que en vano trataba de desvelar en sus disecciones y que torpemente trataba de recrear en sus robots, era en cambio alcanzado en su pintura.

En Leonardo aparece dramáticamente la lucha entre el deseo de objetividad que caracteriza a la ciencia y la inevitable subjetividad que brota en el arte. Esas silentes grutas en que se refugian sus equívocos semblantes, ¿qué son sino el indirecto retrato del propio Leonardo?

Are not mountains waves and skies a part
of me and my soul, as I of them?

Si la ciencia puede y en rigor debe prescindir del yo, el arte no puede hacerlo, y esa «incapacidad» es precisamente la raíz de su poderío, lo que le permite acceder a la universalidad concreta, en virtud de aquella dialéctica kierkegaardiana, según la cual más alcanzamos el corazón de todos cuanto más ahondamos en el nuestro.

Así vamos de la vida al universo perfecto de la geometría, pero debemos volver, si queremos seguir perteneciendo a la raza humana. Como todos los artistas, Leonardo buscó el orden en el tumulto, la calma en la inquietud, la paz en la desdicha; y de la mano de Platón intentó acceder a su universo. Pero ese reino no es el de los hombres, esas abstracciones no los apaciguan sino transitoriamente, y todos concluyen por añorar este mundo terrestre, en que se vive con dolor, pero en el que se vive: el único que nos ofrece pesadumbre pero el único que nos proporciona plenitud humana. Puesto que lo peculiar del ser humano no es el espíritu puro sino esa desgarrada región intermedia llamada alma, región en que acontece lo más grave de la existencia y lo que más importa: el amor y el odio, el mito y la ficción, la esperanza y el sueño; nada de lo cual es espíritu puro sino una vehemente mezcla de ideas y de sangre. Ansiosamente dual, el alma padece entre la carne y el espíritu, dominada por las pasiones del cuerpo mortal, pero aspirando a la eternidad del espíritu. El arte (es decir la poesía) surge de ese confuso territorio y a causa de su misma confusión: Dios no necesita del arte.

La universalidad concreta

Irritado quizá por la beatería, Benedetto Croce niega a Leonardo cualquier jerarquía filosófica; y es claro que tiene razón si por filósofo entendemos a quien ha elaborado un sistema de pensamiento. Pero si se atiende a la búsqueda de lo Absoluto mediante esa intuición a la vez intelectual del científico y emocional del artista, no me parece ilegítimo considerarlo precursor del arquetipo que el Romanticismo alemán imaginó para la reconciliación de lo racional y lo irracional.

Paul Valéry nos asegura que «c'est le pouvoir que lui importe»; para él es sobre todo un ingeniero que abre las compuertas de la tecnología moderna. Pero ese «sobre todo» es lo que me parece inexacto, pues no sólo indagó las verdades de la física sino ese Absoluto que persiguió con la plenitud de sus facultades: intelectuales y emotivas; ya que para desvelar la clave de los mitos y los sueños son torpemente inútiles los silogismos y teoremas. Y en esto se diferencian estos seres bifrontes de aquellos filósofos estrictos en que pensaba Croce cuando dio su áspero dictamen. Claro que no podríamos compararlo con Hegel, sería grotesco; pero sí podemos proponerlo como ese *Kraftmensch* recomendado por el romanticismo germánico, y como un anticipo de Superhombre anunciado por Nietzsche.

Leonardo tiene nostalgia, casi ansiedad del Infinito,

condenado como todo hombre está a la finitud. ¿No es la *Sehnsucht* de aquellos poetas y pensadores de Alemania? ¿Ese salto de lo finito a lo infinito, no es el que han dado siempre los artistas totales como él? ¿Exageraba Schelling cuando sostenía que las formas del arte son las formas de las cosas en sí?

Suponer que la esencia de la realidad únicamente puede ser alcanzada por el pensamiento puro de los filósofos es por otra parte arrogancia de esta cultura racionalista que ha dominado a Occidente durante dos milenios. ¿Por qué han de ser ellos y no esos individuos duales como Leonardo? Si hasta los más grandes de esos pensadores tuvieron que recurrir al mito cuando trataron de alcanzar el Absoluto: Platón, al describir el movimiento dialéctico que lleva hasta las Ideas; Hegel, en el momento en que quiere hacer intuible el drama de la conciencia desdichada. Para no mencionar a los filósofos existencialistas, que se vieron forzados a completar sus tratados con dramas y novelas.

Cuando el hombre era una integridad y no este ser patéticamente escindido que nos ha proporcionado la mentalidad moderna, la poesía y el pensamiento constituían una sola manifestación del espíritu. Como afirma Jaspers, desde la magia de las palabras rituales hasta la representación de los destinos humanos, desde las invocaciones a los dioses hasta las plegarias, la poesía impregnaba la expresión entera del ser humano. Y la primera filosofía, aquella primigenia indagación del cosmos desde las costas jónicas no era sino una bella y honda expresión de la actividad poética. Pero en esta destructiva era de la des-mitificación (que torpemente se confunde con des-mistificación, como si mito y charlatanismo fueran la misma cosa), se pretende que el progreso está jalonado por el paulatino desalojo del pensamiento poético: freudianos, positivistas y buena parte de marxistas tratan de colonizar los nuevos territorios después de «sanear los pantanos de la inconsciencia». Como a todos los colonizadores que intentan imponer su propia mentalidad, les ha ido bastante mal, cuando simplemente no han incurrido en los extremos más grotescos: un tal Th. Schmidt nos asegura que «el color del Tintoretto es lóbrego y trágico debido a que la República de Venecia había perdido el monopolio de la sal». ¿Y no ha habido quien explicara la poesía de Shakespeare mediante la acumulación primitiva del capital en las Islas Británicas?

Mito, religión y arte son por esencia refractarias a cualquier tentativa racionalizadora, y su «lógica» desafía todas las categorías de la lógica aristotélica o dialéctica. Con ellos y en ellos el hombre toca los fundamentos últimos de la condición humana, que persisten a través de épocas y culturas. Por eso nos sigue emocionando Sófocles, aunque las estructuras sociales y económicas de su tiempo hayan desaparecido hace más de dos mil años; este hecho asombra a Marx, empeñado como estaba en rechazar cualquier valor metahistórico.

El napolitano Giambattista Vico ya vio en el siglo XVIII el parentesco entre la poesía y el mito, y es indiscutible que las obras de arte son mitologías que revelan las verdades últimas de la condición humana, aunque sea a la manera sibilina que les es propia: no «sabemos» qué quiso decir exactamente Kafka con su vasto símbolo (él tampoco lo sabía), pero si nos desasosiega es por algo profundamente verdadero y revelador; ese «algo» es el misterio del arte irreductible a toda clase de razones que no sean aquellas pascalianas «raisons du coeur». Y Pascal fue un genio matemático que asombró a los grandes especialistas a los once años: no habrá sido por despecho que estableció esa calificación definitiva.

La desesperación de lo innumerable

Pero Leonardo no sólo perseguía el Infinito en profundidad sino en extensión, lo que tal vez fue su más grande error, porque es inabarcable. A lo largo de sus cinco mil páginas de anotaciones se certifica este desatino. Corre con neurótica ansiedad, de dragones a aeroplanos, de aortas a anunciaciones, de santos a tanques de guerra. Y para colmo lo domina el ansia de perfección, «il voler cercare sempre eccelenza sopra eccelenza e perfezione sopra perfezione», dice Vasari. Y, como era de presumir, la envidia o la simple estupidez consagran fatal defecto lo que era la señal de su vocación por el Infinito: Lorenzo lo deja ir de Florencia, dándole apenas una carta de recomendación para Ludovico, y éste oye con la clásica sorna de los hombres realistas proyectos que podrían extender inmensamente la realidad. León X le encarga un cuadro, tanto por conformar a su hermano Giuliano, pero cuando advierte que Leonardo empieza a estudiar unas plantas para fabricar un nuevo barniz, se encoge de hombros y comenta por ahí: «Costui non è per far nulla», cuando debería haber dicho «Costui non è per far nulla si non l'infinito». Pero seamos sin embargo justos, algo de razón tenía, pues para eso se necesita por lo menos la eternidad.

Casi aislado en Roma, sigue sus investigaciones sobre botánica, descubre las leyes de la filotaxia y del heliotropismo, explica la ascensión de la savia por capilaridad, traza mapas de la costa pontificia, elabora planes de drenaje para los pantanos de la región, descubre la ley del paralelogramo, inventa el primer troquel mecánico para acuñar monedas, estudia la caída de los cuerpos, piensa en el giroscopio, indaga la anatomía de los pájaros y la fisiología del vuelo, calcula la potencia de los vientos, investiga los problemas de la densidad y trabaja en su tratado de la voz.

Comienza a sentirse viejo, la muerte le preocupa y escribe con letra pequeñita en su anotador: «No se debe desear lo imposible.»

Francisco I lo invita entonces a irse con él. Junta sus intrumentos y bocetos, sus maquettes y robots, sus manuscritos y colores, y se va a Francia. Allí prosigue sus búsquedas febrilmente, queriendo aprovechar cada minuto que le resta. Pero había demasiado que hacer, el tiempo corre ahora de modo vertiginoso, y siente que trabaja con atroz lentitud. Diez años le había costado pintar la Cena y ni siquiera pudo terminar el rostro de Cristo, quizá porque sólo Dios puede hacerlo. Se agita de un lado para el otro, los problemas se le ramifican laberínticamente, pasa de las fortificaciones a la física y de la física a la anatomía; y todavía, fatigado y envejecido, tiene que montar espectáculos cortesanos, que organiza con oculta pero dolorosa ironía: para eso le pagan. Luego vuelve a su pabellón de Cloux y prosigue. Allí ha llevado su Mona Lisa y su Juan Baustista, que quiere retocar, porque sus expresiones no corresponden con exactitud a lo que durante años ha intuido. Su mano derecha ya cuelga inerte y ahora debe trabajar únicamente con la izquierda. En noches de sombría desesperación medita en su obra dispersa, en sus trabajos malogrados —como el caballo de Sforza—, en el deterioro de la Cena, y en la formidable masa de manuscritos que esperan su sistematización: tratados de anatomía, de hidráulica, de óptica, de pintura, de arquitectura, de vuelo, de fortificaciones.

Todo quedará inconcluso.

Observemos ese autorretrato que con sanguínea mano dibujó entonces. Debajo de su poderosa frente, dos ojos penetrantes escrutan el Universo, desde el fondo de un espíritu impenetrable; una boca amarga denota asco reprimido y varonil melancolía. ¡Qué lejos estamos de aquel adolescente que ser Piero llevó al taller del Verrocchio, luminoso y esbelto. Observamos el trabajo del tiempo y la desventura: ¡qué abismo abierto por desilusiones y amarguras entre ese semblante y el que Andrea del Verrocchio le hizo en su joven David! ¡Qué inconmensurable distancia de desiertos y fieras! Sobre este rostro de la vejez fueron dejando su huella (lenta pero inexorablemente) la fe y los desencantos, el amor y el odio, las muertes vividas o presentidas, los otoños que lo entristecieron o desalentaron, los fantasmas que lo visitaron en sus sueños. En esos ojos que lloraron por dolor, que se cerraron por el sueño pero también por el pudor o la astucia, en esos labios que se apretraron por empecinamiento pero también por crueldades, en esas cejas que se contrajeron por inquietud o por extrañeza, que tantas veces se levantaron en la interrogación y en la duda, se fue delineando la móvil geografía que el alma termina por grabar sobre la sutil y maleable materia del rostro; revelándose así, según la fatalidad que le es propia (ya que sólo puede existir encarnada) a través de esa carne que a la vez es su prisión y su única posibilidad de existencia.

Sí, ahí lo tenemos; es el rostro con que el alma de Leonardo observó (y sufrió) el Universo. Como un condenado a muerte entre rejas.

Después de las fastuosas celebraciones que su monarca organizó en honor del Delfín y de Lorenzo, se encerró en su pabellón y anotó: «Ahora continuaré.» Pero el duro invierno de 1519 y el Destino habían decidido ya otra cosa. Cuando Leonardo comprendió que su hora había llegado, su espíritu retornó a una pequeña aldea construida sobre las estribaciones del Monte Albano, vio seguramente un viejo olivo a cuya sombra dormitaba en las solitarias siestas de verano, vio una gruta que exploraba con temor y fascinación, y oyó el murmullo del arroyo. Pues a medida que nos acercamos a la muerte, también nos acercamos a la tierra: pero no a la tierra en general sino a aquel ínfimo pedazo (pero tan querido, tan añorado) en que transcurrió la infancia, en que tuvimos nuestros juegos e instauramos nuestra magia. Y entonces recordamos algún árbol, la cara de un amigo, un perro que corría con nosotros, un camino polvoriento y secreto en la siesta estival, un rumor de cigarras, aquel arroyito. Cosas así. No grandes cosas sino modestísimas cosas, que en esos momentos adquieren melancólica majestad.

Llama a su amigo Messer Francesco di Melzi, le encarga sus manuscritos, le da sus últimas disposiciones y, en sus momentos finales, declara olvidar las injusticias y amarguras que había sufrido en un mundo implacable. Y así, el 2 de mayo de 1519, muere lejos de su patria, encomendando su alma al Dios que había admirado como supremo y verdadero Hacedor.

Sus huesos se perdieron durante las guerras que, como antes y como siempre, azotaron aquella región del mundo, como azotaron y azotarán las otras. Un poeta francés de la época romántica, Arsène Houssaye, buscó sus restos en los lugares más verosímiles, y por fin eligió los que denotaban un cuerpo alto y una gran cabeza. Los enterró en la capilla de Saint-Blaise, poniendo sobre su tumba una pequeña lápida. Allí quizás aún descansen los restos del que Friedrich Nietzsche dijo que guardaba el silencio del que ha visto una vasta región de Bien y de Mal. Unos pocos huesos, o el polvo de unos pocos huesos: todo lo que queda del cuerpo de aquel genio numeroso.

PALABRAS PARA EL HOMENAJE A JORGE LUIS BORGES EN LA BIBLIOTHÈQUE NATIONALE DE PARÍS

Cuando todavía yo era un muchacho, versos suyos me ayudaron a descubrir melancólicas bellezas de Buenos Aires: en viejas calles de barrio, en rejas y aljibes de antiguos patios, hasta en la modesta magia que la luz rojiza del crepúsculo convoca en charcos de agua. Luego, cuando lo conocí personalmente, supimos conversar de Platón y de Heráclito de Éfeso, con el pretexto de vicisitudes porteñas. Más tarde, ásperamente la política nos alejó. Porque, así como Aristóteles dijo que las cosas se diferencian en lo que se parecen, en ocasiones los hombres llegan a separarse por lo que aman.

¡Cuánta pena para mí que eso sucediera!

Su muerte nos privó de un mago, de uno de los grandes poetas de cualquier tiempo. Y todos los que vinimos después —inevitablemente— hemos tomado algo de su tesoro.

PRÓLOGO A *NUNCA MÁS*, INFORME DE LA COMISIÓN NACIONAL SOBRE LA DESAPARICIÓN DE PERSONAS

1984

A poco de hacerse cargo del gobierno, el presidente Raúl Alfonsín ordenó el procesamiento de las Juntas Militares que gobernaron durante la dictadura militar (1976-1983), responsables, en última instancia, de los horrores cometidos y nombró una comisión para investigar esos crímenes (CONADEP). Como presidente fue designado Ernesto Sabato. Al cabo de nueve meses, esa comisión expidió sus conclusiones, resumidas en el libro Nunca más *(también conocido como «Informe Sabato»), y prologadas por Ernesto Sabato con el texto que reproducimos a continuación.*

NUNCA MÁS - INFORME DE LA CONADEP - SEPTIEMBRE DE 1984

Durante la década del setenta la Argentina fue convulsionada por un terror que provenía tanto desde la extrema derecha como de la extrema izquierda, fenómeno que ha ocurrido en muchos otros países. Así aconteció en Italia, que durante largos años debió sufrir la despiadada acción de las formaciones fascistas, de las Brigadas Rojas y de grupos similares. Pero esa nación no abandonó en ningún momento los principios del derecho para combatirlo, y lo hizo con absoluta eficacia, mediante los tribunales ordinarios, ofreciendo a los acusados todas las garantías de la defensa en juicio; y en ocasión del secuestro de Aldo Moro, cuando un miembro de los servicios de seguridad le propuso al General Della Chiesa torturar a un detenido que parecía saber mucho, le respondió con palabras memorables: «Italia puede permitirse perder a Aldo Moro. No, en cambio, implantar la tortura».

No fue de esta manera en nuestro país: a los delitos de los terroristas, las Fuerzas Armadas respondieron con un terrorismo infinitamente peor que el combatido, porque desde el 24 de marzo de 1976 contaron con el poderío y la impunidad del Estado absoluto, secuestrando, torturando y asesinando a miles de seres humanos.

Nuestra Comisión no fue instituida para juzgar, pues para eso están los jueces constitucionales, sino para indagar la suerte de los desaparecidos en el curso de estos años aciagos de la vida nacional. Pero, después de haber recibido varios miles de declaraciones y testimonios, de haber verificado o determinado la existencia de cientos de lugares clandestinos de detención y de acumular más de cincuenta mil páginas documentales, tenemos la certidumbre de que la dictadura militar produjo la más grande tragedia de nuestra historia, y la más salvaje. Y, si bien debemos esperar de la justicia la palabra definitiva, no podemos callar ante lo que hemos oído, leído y registrado; todo lo cual va mucho más allá de lo que pueda considerarse como delictivo para alcanzar la tenebrosa categoría de los crímenes de lesa humanidad. Con la técnica de la desaparición y sus consecuencias, todos los principios éticos que las grandes religiones y las más elevadas filosofías erigieron a lo largo de milenios de sufrimientos y calamidades fueron pisoteados y bárbaramente desconocidos.

Son muchísimos los pronunciamientos sobre los sagrados derechos de la persona a través de la historia y, en nuestro tiempo, desde los que consagró la Revolución francesa hasta los estipulados en las Cartas Universales de Derechos Humanos y en las grandes encíclicas de este siglo. Todas las naciones civilizadas, incluyendo la nuestra propia, estatuyeron en sus constituciones garantías que jamás pueden suspenderse, ni aun en los más catastróficos estados de emergencia: el derecho a la vida, el derecho a la integridad personal, el derecho a proceso; el derecho a no sufrir condiciones inhumanas de detención, negación de la justicia o ejecución sumaria.

De la enorme documentación recogida por nosotros se infiere que los derechos humanos fueron violados en forma orgánica y estatal por la represión de las Fuerzas Armadas. Y no violados de manera esporádica sino sistemática, de manera siempre la misma, con similares secuestros e idénticos tormentos en toda la extensión del territorio. ¿Cómo no atribuirlo a una metodología del terror planificada por los altos mandos? ¿Cómo podrían haber sido cometidos por perversos que actuaban por su sola cuenta bajo un régimen rigurosamente militar, con todos los poderes y medios de información que esto supone? ¿Cómo puede hablarse de «excesos individuales»? De nuestra información surge que esta tecnología del infierno fue llevada a cabo por sádicos pero regimentados ejecutores. Si nuestras inferencias no bastaran, ahí están las palabras de despedida pronunciadas en la Junta Interamericana de Defensa por el jefe de la delegación argentina, General Santiago Omar Riveros, el 24 de enero de 1980: «Hicimos la guerra con la doctrina en la mano, con las órdenes escritas de los Comandos Superiores.» Así, cuando ante el clamor universal por los horrores perpetrados, miembros de la Junta Militar deploraban los «excesos de la represión, inevitables en una guerra sucia», revelaban una hipócrita tentativa de descargar sobre subalternos independientes los espantos planificados.

Los operativos de secuestro manifestaban la precisa organización, a veces en los lugares de trabajo de los señalados, otras en plena calle y a la luz del día, mediante procedimientos ostensibles de las fuerzas de seguridad que ordenaban «zona libre» a las comisarías correspondientes. Cuando la víctima era buscada de noche en su propia casa, comandos armados rodeaban la manzanas y entraban por la fuerza, aterrorizaban a padres y niños, a menudo amordazándolos y obligándolos a presenciar los hechos, se apoderaban de la persona buscada, la golpeaban brutalmente, la encapuchaban y finalmente la arrastraban a los autos o camiones, mientras el resto del comando casi siempre destruía o robaba lo que era transportable. De ahí se partía hacia el antro en cuya puerta podía haber inscriptas las mismas palabras que Dante leyó en los portales del infierno: «Abandonad toda esperanza, los que entráis».

De este modo, en nombre de la seguridad nacional, miles y miles de seres humanos, generalmente jóvenes y hasta adolescentes, pasaron a integrar una categoría tétrica y fantasmal: la de los Desaparecidos. Palabra —¡triste privilegio argentino!— que hoy se escribe en castellano en toda la prensa del mundo.

Arrebatados por la fuerza, dejaron de tener presencia civil. ¿Quiénes exactamente los habían secuestrado? ¿Por qué? ¿Dónde estaban? No se tenía respuesta precisa a estos interrogantes: las autoridades no habían oído hablar de ellos, las cárceles no los tenían en sus celdas, la justicia los desconocía y los *habeas corpus* sólo tenían por contestación el silencio. En torno de ellos crecía un ominoso silencio. Nunca un secuestrador arrestado, jamás un lugar de detención clandestino individualizado, nunca la noticia de una sanción a los culpables de los delitos. Así transcurrían días, semanas, meses, años de incertidumbres y dolor de padres, madres e hijos, todos pendientes de rumores, debatiéndose entre desesperadas expectativas, de gestiones innumerables e inútiles, de ruegos a influyentes, a oficiales de alguna fuerza armada que alguien les recomendaba, a obispos y capellanes, a comisarios. La respuesta era siempre negativa.

En cuanto a la sociedad, iba arraigándose la idea de la desprotección, el oscuro temor de que cualquiera, por inocente que fuese, pudiese caer en aquella infinita caza de brujas, apoderándose de unos el miedo sobrecogedor y de otros una tendencia consciente o inconsciente a justificar el horror: «Por algo será», se murmuraba en voz baja, como queriendo así propiciar a los terribles e inescrutables dioses, mirando como apestados a los hijos o padres del desaparecido. Sentimientos sin embargo vacilantes, porque se sabía de tantos que habían sido tragados por aquel abismo sin fondo sin ser culpable de nada; porque la lucha contra los «subversivos», con la tendencia que tiene toda caza de brujas o de endemoniados, se había convertido en una represión demencialmente generalizada, porque el epíteto de subversivo tenía un alcance tan vasto como imprevisible. En el delirio semántico, encabezado por calificaciones como «marxismo-leninismo», «apátridas», «materialistas y ateos», «enemigos de los valores occidentales y cristianos», todo era posible: desde gente que propiciaba una revolución social hasta adolescentes sensibles que iban a villas-miseria para ayudar a sus moradores. Todos caían en la redada: dirigentes sindicales que luchaban por una simple mejora de salarios, muchachos que habían sido miembros de un centro estudiantil, periodistas que no eran adictos a la dictadura, psicólogos y sociólogos por pertenecer a profesiones sospechosas, jóvenes pacifistas, monjas y sacerdotes que habían llevado las enseñanzas de Cristo a barriadas miserables. Y amigos de cualquiera de ellos, y amigos de esos amigos, gente que había sido denunciada por venganza personal y por secuestrados bajo tortura. Todos, en su mayoría inocentes de terrorismo o siquiera de pertenecer a los cuadros combatientes de la guerrilla, porque éstos presentaban batalla y morían en el enfrentamiento o se suicidaban antes de entregarse, y pocos llegaban vivos a manos de los represores.

Desde el momento del secuestro, la víctima perdía todos los derechos; privada de toda comunicación con el mundo exterior, confinada en lugares desconocidos, sometida a suplicios infernales, ignorante de su destino mediato o inmediato, susceptible de ser arrojada al río o al mar, con bloques de cemento en sus pies, o reducida a cenizas; seres que sin embargo no eran cosas, sino que conservaban atributos de la criatura humana: la sensibilidad para el tormento, la memoria de su madre o de su hijo o de su mujer, la infinita vergüenza por la violación en público; seres no sólo poseídos por esa infinita angustia y ese supremo pavor, sino, y quizás por eso mismo, guardando en algún rincón de su alma alguna descabellada esperanza.

De estos desamparados, muchos de ellos apenas adolescentes, de estos abandonados por el mundo hemos podido constatar cerca de nueve mil. Pero tenemos todas las razones para suponer una cifra más alta, porque muchas familias vacilaron en denunciar los secuestros por temor a represalias. Y aún vacilan, por temor a un resurgimiento de estas fuerzas del mal.

Con tristeza, con dolor hemos cumplido la misión que nos encomendó en su momento el Presidente Constitucional de la República. Esa labor fue muy ardua, porque debimos recomponer un tenebrosos rompecabezas, después de muchos años de producidos los hechos, cuando se han borrado deliberadamente todos los rastros, se ha quemado toda documentación y hasta se han demolido edificios. Hemos tenido que basarnos, pues, en las denuncias de los familiares, en las declaraciones de aquellos que pudieron salir del infierno y aun en los testimonios de represores que por oscuras motivaciones se acercaron a nosotros para decir lo que sabían.

En el curso de nuestras indagaciones fuimos insultados y amenazados por los que cometieron los crímenes, quienes lejos de arrepentirse, vuelven a repetir las consabidas razones de «la guerra sucia», de la salvación de la patria y de sus valores occidentales y cristianos, valores que precisamente fueron arrastrados por ellos entre los muros sangrientos de los antros de represión. Y nos acusan de no propiciar la reconciliación nacional, de activar los odios y resentimientos, de impedir el olvido. Pero no es así: no estamos movidos por el resentimiento ni por el espíritu de venganza; sólo pedimos la verdad y la justicia, tal como por otra parte las han pedido las iglesias de distintas confesiones, entendiendo que no podrá haber reconciliación sino después del arrepentimiento de los culpables y de una justicia que se fundamente en la verdad. Porque, si no, debería echarse por tierra la trascendente misión que el poder judicial tiene en toda comunidad civilizada. Verdad y justicia, por otra parte, que permitirán vivir con honor a los hombres de las fuerzas armadas que son inocentes y que, de no procederse así, correrían el riesgo de ser ensuciados por una incriminación global e injusta. Verdad y justicia que permitirán a esas fuerzas considerarse como auténticas herederas de aquellos ejércitos que, con tanta heroicidad como pobreza, llevaron la libertad a medio continente.

Se nos ha acusado, en fin, de denunciar sólo una parte de los hechos sangrientos que sufrió nuestra nación en los últimos tiempos, silenciando los que cometió el terrorismo que precedió a marzo de 1976, y hasta, de alguna manera, hacer de ellos una tortuosa exaltación. Por el contrario, nuestra Comisión ha repudiado siempre aquel terror, y lo repetimos una vez más en estas mismas páginas. Nuestra misión no era la de investigar sus crímenes sino estrictamente la suerte corrida por los desaparecidos, cualesquiera que fueran, proviniesen de uno o de otro lado de la violencia. Los familiares de las víctimas del terrorismo anterior no lo hicieron, seguramente, porque ese terror produjo muertes, no desaparecidos. Por lo demás el pueblo argentino ha podido escuchar y ver cantidad de programas televisivos, y leer infinidad de artículos en diarios y revistas, además de un libro entero publicado por el gobierno militar, que enumeraron, describieron y condenaron minuciosamente los hechos de aquel terrorismo.

Las grandes calamidades son siempre aleccionadoras, y sin duda el más terrible drama que en toda su historia sufrió la Nación durante el periodo que duró la dictadura militar iniciada en marzo de 1976 servirá para hacernos comprender que únicamente la democracia es capaz de preservar a un pueblo de semejante horror, que sólo ella puede mantener y salvar los sagrados y esenciales derechos de la criatura humana. Únicamente así podremos estar seguros de que NUNCA MÁS en nuestra patria se repetirán hechos que nos han hecho trágicamente famosos en el mundo civilizado.

ERNESTO SABATO

ÍNDICE

Seix Barral

19/20 11

Centenario